Academia
de
Princesas

Academia de Princesas

SHANNON HALE

Oniro

Título original: *Princess Academy*
Publicado originalmente en inglés, en 2005, por Bloomsbury Publishing,
Nueva York
Este libro ha sido publicado con el permiso de Bloomsbury USA

Traducción de Noemí Risco

Diseño de cubierta: Escletxa

© 2005 by Shannon Hale

© 2008 de la traducción, Noemí Risco

© 2008 exclusivo de todas las ediciones en lengua española:
    Ediciones Oniro, S.A.
    Avda. Diagonal 662 – 664, Planta Baja - 08034 Barcelona - España
    (oniro@edicionesoniro.com – www.edicionesoniro.com)

ISBN: 978-84-9754-315-6
Depósito legal: B-6.005/2008

Impreso en Hurope, S.L.
Lima, 3- 08030 Barcelona

Impreso en España - Printed in Spain

Para los buenos amigos,
y en especial para Rosi, una montañesa de verdad

Capítulo uno

Por el este amanece,
lo que hace que bostece,
la cama me atrapa y no me deja marchar.
la canción del cantero
de invierno duradero
me hace levantarme y ponerme a caminar.

Miri se despertó al oír el balido adormilado de una cabra. El mundo estaba tan oscuro como si tuviera los ojos cerrados, pero quizá las cabras podían oler el amanecer que se filtraba a través de las grietas de las paredes de piedra de la casa. Aunque todavía estaba medio dormida, era consciente del frío de finales de otoño que rondaba su manta y quiso acurrucarse un poco más e hibernar como un oso noche y día.

Entonces se acordó de los comerciantes, retiró la manta y se sentó. Su padre creía que hoy sería el día en que subirían los carros por las montañas y entrarían en el pueblo con gran estruendo. En aquella época del año, entre todos los aldeanos había mucho movimiento debido a la última actividad comercial de la temporada; se apresuraban en cuadrar unos cuantos bloques y conseguir todo lo posible para comerciar, para comer durante los meses en los que se quedaban atrapados por la nieve. Miri estaba deseando ayudar.

Cuando Miri se levantó, se estremeció al oír el crujido del colchón de vainas de guisantes y pasó con cuidado por encima de su padre y de su hermana mayor, Marda, que estaban dormidos en sus camastros. Durante una semana había albergado la ansiosa esperanza de ir corriendo hoy a la cantera y estar ya trabajando cuando su padre llegara. Así tal vez no le diría que se fuera.

Se puso los leotardos de lana y una camisa encima del pijama, pero aún no se había atado la primera bota cuando un crujido de vainas de guisantes le dijo que alguien más se había despertado.

Su padre removió las brasas de la chimenea y añadió boñiga de cabra. La luz anaranjada brilló y dibujó su enorme sombra en la pared.

—¿Ya es por la mañana? —Marda se apoyó en un brazo y miró a la luz de la lumbre con los ojos entrecerrados.

—Sólo para mí —contestó su padre.

Miró hacia donde estaba Miri, inmóvil, con un pie en una bota y las manos en los cordones.

—No —fue todo lo que dijo.

—Papá. —Miri se puso la otra bota y se dirigió hacia él arrastrando los cordones por el suelo sucio. Mantuvo la voz tranquila, como si se le acabara de ocurrir aquella idea—. Pensaba que con los accidentes y el mal tiempo que ha habido últimamente podrías valerte de mi ayuda, sólo hasta que los comerciantes lleguen.

Su padre no repitió que no, pero ella se dio cuenta, por la manera tan concentrada que tenía de ponerse las botas, de que era lo que quería decir. Afuera se oía una de las canciones que cantaban los trabajadores cuando iban a la cantera: *La canción del cantero de invierno duradero*. El sonido se acercó y con él una insistencia de que había llegado el momento de unirse a la canción, deprisa, deprisa, antes de que los trabajadores pasaran, antes de que la nieve recubriera la montaña dentro del invierno. El sonido hizo que el corazón de Miri quedara apretado entre dos piedras. Era una canción unificadora y no la invitaba a participar.

Avergonzada por haber mostrado sus ganas de ir, Miri se encogió de hombros y dijo:

—Vale.

Cogió la última cebolla de un barril, cortó un trozo de queso de cabra y le dio la comida a su padre mientras abría la puerta.

—Gracias, mi flor. Si los comerciantes vienen hoy, haz que me sienta orgulloso.

La besó encima de la cabeza y empezó a cantar con los otros antes de alcanzarles.

La garganta le quemaba. Le haría sentirse orgulloso.

Marda ayudó a Miri a hacer las tareas de la casa: deshollinaron la chimenea y el carbón acumulado, pusieron a secar el estiércol fresco de cabra y añadieron más agua al tocino en remojo que había para cenar. Mientras Marda cantaba, Miri parloteaba sobre nada en especial, sin mencionar el hecho de que su padre no la dejaba ir a trabajar. Pero la tristeza colgaba de ella como ropa mojada y quería reírse para quitársela de encima.

—La semana pasada pasé por casa de Bena —dijo Miri— y el vejestorio de su abuelo estaba sentado fuera. Le estuve observando asombrada porque parecía no molestarle una mosca que zumbaba por su cara, cuando, ¡plas!, se la espachurró contra la boca.

Marda sintió vergüenza ajena.

—Pero Marda, se la dejó ahí —dijo Miri—. Aquella mosca muerta se le quedó pegada justo debajo de la nariz. Y cuando me vio, dijo: «Buenas tardes, señorita», y la mosca... —El estómago de Miri se encogió al intentar seguir hablando mientras se reía—. La mosca tembló cuando movió la boca... y... ¡y en ese momento su alita aplastada se enderezó como si también estuviera saludándome!

Marda siempre decía que no se podía resistir a la risa grave y ronca de Miri, que desafiaba a la misma montaña a no retumbar. Pero a Miri le gustaba más la risa de su hermana que una barriga llena de sopa, y en cuanto la oyó, su corazón se sintió más ligero.

Salieron de la casa detrás de las cabras y las ordeñaron en el fresco intenso de la mañana. El frío de la cima de su montaña anticipaba el invierno, pero el aire no tenía tanta fuerza por la brisa que llegaba del valle. El rosa del cielo se transformó en amarillo y después en azul al salir el sol; sin embargo, la atención de Miri seguía centrada en el oeste y en el camino de las tierras bajas.

—He decidido volver a comerciar con Enrik —dijo Miri— y estoy empeñada en sacarle algo más. ¿No sería una proeza?

Marda sonrió mientras tarareaba. Miri reconoció la melodía; era una de las que cantaban los trabajadores de la cantera cuando sacaban arrastrando piedras del yacimiento. Las canciones les ayudaban a llevar un ritmo al tirar.

—Quizás algo más de cebada o pescado salado —dijo Miri.

—O miel —apuntó Marda.

—Mucho mejor.

La boca se le hacía agua al pensar en pasteles calientes, frutos secos almibarados para las fiestas, y reservaría un poco para echar unas gotitas sobre las galletas en algunas tardes del crudo invierno.

A petición de su padre, Miri se había encargado de comerciar durante los últimos tres años. Este año estaba decidida a hacer que el tacaño comerciante de las tierras bajas le entregara más de lo que estaba dispuesto a dar. Se imaginó la tranquila sonrisa que mostraría la cara de su padre cuando le dijera lo que había hecho.

—No puedo evitar preguntarme —dijo Marda, que agarraba la cabeza de una cabra especialmente malhumorada mientras Miri la ordeñaba—, después de que te marcharas, cuánto tiempo se quedó la mosca.

A mediodía Marda se marchó para ayudar en la cantera. Miri nunca hablaba de aquel momento del día, cuando Marda se iba y Miri se quedaba. Nunca diría lo insignificante y fea que se sentía. «Que crean que no me importa —pensaba Miri—, porque no me importa, no.»

Cuando Miri tenía ocho años todos los otros niños de su edad habían empezado a trabajar en la cantera: llevaban agua, iban por herramientas y desempeñaban otras tareas básicas. Cuando le preguntó a su padre por qué ella no podía, la cogió en brazos, la besó encima de la cabeza y la meció con tanto amor que ella supo que saltaría por las cimas de las montañas si él se lo pedía. Después, con aquella suave voz baja, le dijo:

—Nunca pondrás el pie en la cantera, mi flor.

No le volvió a preguntar por qué. Miri, desde que nació, había sido diminuta, y a los catorce años era más pequeña que las chicas más jóvenes que ella. Había un refrán en el pueblo que decía que cuando se creía que algo era inútil, era «más flaco que el brazo de un habitante de las tierras bajas». Cada vez que Miri lo oía quería cavar un hoyo en las rocas y arrastrarse bien hondo hasta desaparecer de la vista.

—Inútil —dijo con una risa. Todavía le dolía, pero le gustaba fingir, incluso para ella misma, que no le importaba.

Miri hizo subir a las cabras por una cuesta que había detrás de su casa hasta el único trozo de hierba que todavía era extenso. En invierno las cabras del pueblo iban a pastar a las cimas de las montañas. En la misma aldea, no crecía nada verde. Los restos de roca se esparcían y se amontonaban en lugares mucho más profundos de lo que Miri podía cavar, y el pedregal se desparramaba por la ladera que tocaba los senderos del pueblo. Era lo que tenía vivir al lado de una cantera. Miri oyó que los comerciantes de las tierras bajas se quejaban, pero ella estaba acostumbrada a tener gravilla amontonada bajo los pies, polvillo blanco en el aire y mazos marcando el sonido del latido de la montaña.

El línder. Era lo único que se sacaba de la montaña, el único medio que tenía el pueblo de ganarse la vida. A lo largo de los siglos cuando una cantera se quedaba sin línder, los habitantes de ese pueblo cavaban otra y trasladaban Monte Eskel a la antigua cantera. Cada una de las canteras de la montaña había producido pequeñas variaciones sobre la brillante piedra blanca. Habían extraído línder marmolado con vetas rosas, azules, verdes y ahora plateadas.

Miri ató a las cabras a un árbol retorcido, se sentó sobre la hierba cortada y arrancó una de las florecillas rosas que creían entre las grietas de las rocas. Una flor miri.

El línder de la cantera actual se descubrió el día en que ella nació y su padre quiso ponerle el nombre de la piedra.

—Esta capa de línder es la más bonita —le había dicho a su madre—, blanca pura con rayas de plata.

Pero en la historia que le había arrancado a su padre tantas veces, su madre se había negado.

—No quiero una hija con el nombre de una piedra —había dicho, y en su lugar le puso el nombre de la flor que había vencido a la roca y había trepado para mirar el sol.

Su padre había dicho que a pesar del dolor y la debilidad que había sentido después de dar a luz, su madre no soltó a su diminuto bebé. Una semana después su madre había muerto. Aunque Miri no se acordaba de nada salvo de lo que había creado su imaginación, pensó en la semana en que su madre la tuvo en brazos como si fuera la cosa más preciosa que tenía y se guardó aquel pensamiento bien apretado a su corazón.

Miri giró la flor entre sus dedos y los delgados pétalos se rompieron y cayeron en la brisa. La sabiduría popular decía que podía pedir un deseo si se caían todos los pétalos a la vez.

¿Qué deseo iba a pedir?

Miró hacia el este, donde las laderas amarillo verdosas y las llanuras del monte Eskel subían hacia el pico gris azulado. Al norte, una cadena montañosa limitaba con el infinito púrpura, azul y después gris.

No pudo ver el horizonte al sur, donde se extendía un océano misterioso. Al oeste estaba el camino del comerciante que llevaba al paso, y al final a las tierras bajas y al resto del reino. No se podía imaginar la vida en las tierras bajas más de lo que podía visualizar un océano.

Debajo de ella, la cantera era un sonido metálico de extrañas formas rectangulares, bloques medio expuestos, hombres y mujeres que trabajaban con cuñas y mazos para soltar los trozos de la montaña, unas palancas para levantarlos y cinceles para cortarlos cuadrados y bien rectos. Incluso desde la cima, Miri podía oír las canciones al son del mazo, el cincel y la palanca, cuyo sonido se solapaba y las vibraciones sacudían el suelo sobre el que estaba sentada.

Le vino a la cabeza un hormigueo y la visión de Doter, una de las mujeres de la cantera, al sentir la orden «Golpead más flojo». Era el lenguaje de la cantera. Miri se inclinó hacia delante porque quería oír más.

Los trabajadores utilizaban esta forma de comunicarse sin hablar en voz alta para que se pudieran oír a pesar de los tapones de arcilla que llevaban en las orejas y los golpes ensordecedores de los mazos. La voz del lenguaje de la cantera sólo funcionaba allí, pero Miri a veces podía percibir los ecos cuando se sentaba cerca. No sabía cómo funcionaba exactamente, pero había oído decir a un trabajador que los martilleos y los cantos iban acumulando ritmo en la montaña. Entonces, cuando necesitaban hablar con una persona, la montaña usaba ese ritmo para llevarles el mensaje. Justo ahora Doter le debía de estar diciendo a otro cantero que golpeara más flojo sobre una cuña.

Qué maravilloso sería, pensó Miri, cantar al compás para, a través del lenguaje de la cantera, hablar con un amigo que está en otro saliente y compartir el trabajo.

El tallo de la miri comenzaba a marchitársele entre los dedos. ¿Qué deseo iba a pedir? Ser más alta que un árbol, tener unos brazos como los de su padre, tener un oído que supiera cuándo es el momento de recoger el línder y tener la fuerza para sacarlo. Pero pedir cosas imposibles le parecía un insulto a la flor miri y un desprecio hacia el dios que la creó. Para entretenerse se llenó de deseos imposibles, tales como que su madre volviera a vivir, unas botas que ningún fragmento de roca pudiera atravesar o miel en vez de nieve; para que de alguna manera fuera tan útil para el pueblo como para su padre.

Un quejido desesperado atrajo su atención hacia la base de la ladera. Un chico de quince años seguía a una cabra suelta por el arroyo donde el agua le llegaba por las rodillas. Era alto y delgado, tenía la cabeza llena de rizos leonados y las extremidades todavía morenas por el sol del verano. Era Peder. Normalmente le habría saludado, pero el año pasado había empezado a rondarle a Miri una extraña sensación y ahora era más probable que se escondiera de él, que le sacudiera piedrecitas de la espalda.

Había empezado a notar cosas en él hacía poco, como el pelo claro en los brazos bronceados y la línea entre las cejas que se marcaba cuando se quedaba perplejo. Le gustaban aquellas cosas.

Hacía que Miri se preguntara si él la observaba a ella también.

Apartó la mirada de la calva de la flor miri para depositarla sobre el pelo rojizo de Peder y quiso algo que no se atrevió a pronunciar.

—Deseo... —susurró. ¿Se atrevía?

—Deseo que Peder y yo...

El sonido de un cuerno retumbó tan de repente contra los acantilados que a Miri se le cayó el tallo de la flor. La aldea no tenía un cuerno, así que significaba que habían sido los habitantes de las tierras bajas. Odiaba responder a aquella trompeta como un animal a un silbido, pero la curiosidad superó su orgullo. Cogió las ataduras y tiró de las cabras para llevarlas ladera abajo.

—¡Miri! —Peder corrió para ponerse a su lado mientras hacía que sus cabras le siguieran. Ella esperó no tener la cara manchada.

—Hola, Peder. ¿Por qué no estás en la cantera?

En la mayoría de las familias sólo los que eran demasiado jóvenes o demasiado ancianos para trabajar en la cantera se encargaban de las cabras y los conejos.

—Mi hermana quería aprender a usar la cuña y a mi abuela le dolían los huesos, así que mi madre me pidió que diera una vuelta con las cabras. ¿Sabes por qué tocan la trompeta?

—Supongo que serán los comerciantes. ¿Pero por qué toda esa fanfarria?

—Ya conoces a los de las tierras bajas —dijo Peder—. Son muy importantes.

—Quizás uno ha tenido un gas y lo ha pregonado a los cuatro vientos para que todo el mundo se entere de la noticia.

Sonrió a su manera, con la parte derecha de la boca más elevada que la izquierda. Las cabras se balaban unas a otras como si fueran niños peleándose.

—¿Ah, sí, eso te ha dicho? —le preguntó Miri a la cabra que iba a la cabeza como si entendiera su idioma.

—¿Qué? —dijo Peder.

—Tu cabra dice que el agua del arroyo estaba tan fría que del susto se le ha subido la leche hasta las chuletas.

Peder se rio, lo que despertó en ella la intención de decir algo más, algo inteligente y maravilloso, pero aquel deseo ahuyentó todas sus ideas, así que cerró la boca antes de decir alguna estupidez.

Se pararon en casa de Miri para atar a las cabras. Peder intentó ayudarla cogiendo todas las cuerdas, pero las cabras empezaron a embestir unas contra otras, las correas se enredaron y de repente los tobillos de Peder estaban atados.

—Esperad... parad —dijo y se cayó al suelo.

Miri se acercó para ayudarle y enseguida se encontró despatarrada a su lado riéndose.

—Nos cocemos en un estofado de cabra. Ya no tenemos salvación.

Cuando por fin se desenredaron y se pusieron de pie, Miri tuvo ganas de inclinarse y darle un beso en la mejilla. Aquel impulso la impresionó y se quedó allí como una tonta avergonzada.

—Menudo lío —dijo Peder.

—Sí. —Miri bajó la vista y se quitó la suciedad y la gravilla de la ropa. Decidió que sería mejor tomarle el pelo, no fuera que le hubiera leído el pensamiento—. Si hay una cosa que se te da bien, Peder Doterson, es meterte en líos.

—Eso es lo que dice mi madre y todo el mundo sabe que ella nunca se equivoca.

Miri se dio cuenta de que la cantera estaba en silencio y que el único martilleo que oía eran los latidos de su corazón en los oídos. Esperó que Peder no pudiera escucharlos. Otro toque de trompeta les alertó y se marcharon corriendo.

Los carromatos de los comerciantes estaban alineados en el centro del pueblo y esperaban a que empezara la venta, pero todos los ojos estaban puestos en un carruaje pintado de azul que avanzaba entre la niebla. Miri había oído hablar de los carruajes, pero nunca había visto uno. Alguien importante debía de haber venido con los comerciantes.

—Peder, vamos a mirar desde... —empezó a decir Miri, pero entonces Bena y Liana llamaron a Peder y le saludaron.

Bena era tan alta como Peder, con un pelo más oscuro que el de Miri que le llegaba hasta la cintura cuando lo llevaba suelto; y Liana, con aquellos ojos tan grandes, tenía la fama de ser la chica más hermosa del pueblo. Eran dos años mayores que Peder, pero últimamente él era el chico al que preferían dedicarle una sonrisa.

—Vamos a mirar con ellas —dijo Peder mientras las saludaba con una sonrisa tímida de pronto.

Miri se encogió de hombros.

—Ve.

Ella se fue corriendo sin mirar atrás en dirección contraria atravesando la multitud de canteros expectantes para encontrar a Marda.

—¿Quién crees que puede ser? —preguntó Marda, que se puso a su lado en cuanto Miri se aproximó. Incluso en un grupo grande, Marda estaba inquieta si estaba sola.

—No sé —contestó Esa—, pero mi madre dice que una sorpresa de las tierras bajas es una serpiente en una caja.

Esa era delgada, pero no tan pequeña como Miri, y tenía el mismo pelo rojizo que su hermano, Peder. Estaba mirando el carro y arrugaba la cara con desconfianza. Marda asintió. Doter, la madre de Esa y Peder, era famosa por sus sabios dichos.

—Una sorpresa —dijo Frid. Tenía el pelo negro por los hombros y una expresión en la cara de un asombro casi constante. Aunque sólo tenía dieciséis años sus hombros eran casi tan anchos y los brazos tan gruesos como cualquiera de sus seis grandes hermanos—. ¿Quién podrá ser? ¿Un comerciante rico?

Uno de los comerciantes miró en su dirección con una sonrisa condescendiente.

—Sin duda es un mensajero del rey.

—¿Del rey? —Miri se quedó boquiabierta como una basta montañesa, pero no pudo evitarlo. En toda su vida nadie relacionado con el rey había estado en la montaña.

—Lo más seguro es que estén aquí para declarar Monte Eskel la nueva capital de Danland —comentó el comerciante.

—El palacio real quedará muy bien en la cantera —dijo un segundo comerciante.

—¿De verdad? —preguntó Frid, y los dos comerciantes se rieron por lo bajo.

Miri se les quedó mirando, pero no dijo nada por miedo a parecer ella misma una ignorante.

Sonó otro toque de trompeta y un hombre muy bien vestido se levantó del banco del conductor y gritó con una voz fuerte y forzada:

—Les pido que escuchen al delegado principal de Danland. Un hombre delicado con una barba corta acabada en punta salió del carruaje y entrecerró los ojos por la luz del sol que reflejaban las paredes de la antigua cantera. En cuanto se colocó a la vista de la multitud, cambió el gesto para fruncir el entrecejo de forma muy marcada.

—Damas y caballeros de... —se detuvo y se rio por algún chiste que se había contado a sí mismo—. Pueblo de Monte Eskel, puesto que vuestro territorio no tiene delegado en la corte para informaros, Su Majestad el rey me ha enviado para daros esta noticia.

Una brisa le puso la larga pluma amarilla de su sombrero contra la frente y la apartó. Algunos de los jóvenes del pueblo se rieron.

—El verano pasado los sacerdotes del dios creador se reunieron el día del cumpleaños del príncipe. Leyeron los presagios y adivinaron el hogar de su futura esposa. Todos las señales indicaron a Monte Eskel.

El delegado principal hizo una pausa, al parecer esperando una respuesta, aunque Miri no sabía de qué tipo. ¿Una aclamación? ¿Un abucheo? Suspiró y alzó la voz:

—¿Estáis tan lejos que no conocéis las costumbres de vuestra propia gente?

Miri deseó poder gritar la respuesta correcta, pero como sus vecinos, guardó silencio.

Unos cuantos comerciantes se rieron.

—Ésta ha sido una costumbre de los habitantes de Danland desde hace mucho tiempo —dijo el delegado principal mientras se apartaba de la cara la pluma que empujaba el viento—. Después de días de ayuno y súplica, los sacerdotes llevan a cabo un rito para adivinar qué ciudad o pueblo es el hogar de la futura princesa. Luego el príncipe conoce a todas las hijas de los nobles del lugar y elige a su mujer. Podéis estar seguros de que la declaración de Monte Eskel sorprendió a muchos habitantes de Danland, pero ¿quiénes somos nosotros para discutir con los sacerdotes del dios creador?

Por la rigurosidad de su tono, Miri dedujo que en realidad sí había intentado discutir con los sacerdotes del dios creador, pero había fracasado.

—Como dicta la tradición, el rey ordenó que se creara una academia con el propósito de preparar a las jóvenes potenciales. Aunque la ley establece que la academia se forme en la ciudad elegida, en vuestro caso no será así —entrecerró los ojos y miró a su alrededor—, pues la verdad es que vuestro pueblo no tiene ningún edificio con el tamaño apropiado para este cometido. Dadas estas circunstancias, los sacerdotes acordaron que la academia se alojase en la vieja casa de piedra del ministro cerca del puerto de la montaña. Los sirvientes del rey la están preparando ahora para que la usen.

El viento le puso la pluma en la mejilla y le pegó un manotazo como si fuera una abeja.

—Por la mañana, todas las muchachas del pueblo de doce a diecisiete años irán a la academia, donde se prepararán para conocer al príncipe. Dentro de un año el príncipe ascenderá a la montaña y asistirá al baile de la academia. Él mismo elegirá a su esposa de entre las chicas de la academia. Así que estad preparadas.

La corriente ascendente le empujó la pluma hacia el ojo. Él se la arrancó del sombrero y la tiró al suelo, pero el viento la levantó y se la llevó volando del pueblo, por encima del acantilado y más lejos. El delegado principal ya estaba de vuelta en su carruaje cuando la pluma desapareció de la vista.

—Una serpiente en una caja —dijo Miri.

Capítulo dos

Con agua en la avena
y más sal en las gachas
no llenas la barriga
ni te das un atracón.

—Hagamos lo que hemos venido a hacer —gritó el comerciante.

Su voz fue una invitación a romper el silencio. Incluso aquellas extrañas noticias no podían retrasar la actividad comercial más importante del año.

—¡Enrik!

Miri corrió hasta el comerciante con el que había tratado en los últimos dos años. Era larguirucho y pálido y del modo en que miraba hacia abajo con aquella fina nariz le recordaba a un pájaro que se había marchado demasiado lejos sin comida.

Enrik llevó su carro hasta el montón de piedras acabadas que representaba el trabajo que había realizado su familia en los últimos tres meses. Miri señaló el gran tamaño poco habitual de uno de los bloques y la calidad de la veta plateada en otros, sin perder de vista el contenido del carro mientras calculaba cuánta comida necesitaría su familia para pasar el invierno.

—Estas piedras bien merecen el trayecto que has recorrido —dijo Miri haciendo todo lo posible por imitar la calidez de Doter con un tono de voz sólido. Nadie discutía nunca con la madre de Esa y Peder—. Pero para que veas que soy buena persona, te cambiaré nuestras piedras por todo lo que llevas en tu carro excepto por un barril de trigo, una bolsa de lentejas y un cajón de pescado salado, siempre y cuando incluyas ese bote de miel.

Enrik chasqueó la lengua.

—Pequeña Miri, tu pueblo tiene suerte de que los comerciantes suban hasta aquí sólo por unas piedras. Te doy la mitad de lo que has pedido.

—¿La mitad? Estás de broma.

—Mira a tu alrededor —dijo—. ¿No has notado que hay pocos carros este año? El resto de comerciantes ha ido a llevar suministros a la academia en vez de a tu pueblo. Además, tu padre no necesitará tanto si tú y tu hermana os vais.

Miri cruzó los brazos.

—Este asunto de la academia es sólo un truco para estafarnos, ¿no? Sabía que tenía que tratarse de algo turbio, porque nadie de las tierras bajas iba a convertir a una chica de Monte Eskel en alguien de la realeza.

—Después de la noticia de la academia ninguna familia con hijas que reúnan los requisitos necesarios podrá optar a un trueque mejor, así que más vale que aceptes mi oferta antes de que me vaya.

Los sonidos de conversaciones frustradas se oyeron por todo el centro del pueblo. La madre de Peder tenía la cara colorada y estaba gritando, y la de la Frid parecía que estaba a punto de pegar a alguien.

—Pero… quería… —Se había imaginado llegando a casa triunfante con una carga suficiente para alimentar a dos familias.

—Pero quería… —la imitó Enrik con una voz de pito—. Y no hagas pucheros. Te daré la miel, sólo porque puede que algún día seas mi reina.

Eso le hizo reír. Mientras tuviera miel que llevar a casa, a Miri no le importaba que se riera. Bueno, no mucho.

Enrik la acompañó hasta su casa y por lo menos la ayudó a descargar, lo que le dio a Miri la oportunidad de divertirse al ver cómo se tropezaba por aquel terrero pedregoso.

La casa de Miri estaba hecha de escombros de roca, de la roca gris normal y corriente que los canteros sacaron de la tierra para descubrir el línder. La parte trasera de la casa se apoyaba contra la pared escarpada de una cantera muerta, la que existió durante la infancia de su padre y que daba línder con rayas azules. El línder y los restos de piedra se amontonaban hasta los alfeizares de las ventanas.

Miri estuvo entretenida en casa toda la tarde clasificando y almacenando las provisiones y temió que no hubiera suficiente para que los tres pasaran el invierno. Se podrían comer muchos de los conejos y a lo mejor matar una cabra, pero aquella pérdida haría las cosas mucho más duras el siguiente invierno y el siguiente. «Estúpidos estafadores de las tierras bajas.»

Cuando la luz de sol que se filtraba por las contraventanas se hizo naranja y neblinosa, los golpes empezaron a entrecortarse. Cuando su padre y Marda abrieron la puerta ya era de noche. Miri tenía preparado el guiso de cerdo, avena y cebolla acompañado de repollo fresco para celebrar un día de intercambio.

—Buenas noches, Miri —la saludó su padre y la besó en la cabeza.

—Enrik nos dio un bote de miel —dijo Miri.

Marda y su padre asintieron ante aquel pequeño triunfo, pero tenían en mente lo poco que habían conseguido y las extrañas noticias de la academia, por lo que ninguno era capaz de aparentar alegría, ni siquiera por un bote de miel.

—Yo no voy a ir —dijo Miri mientras agitaba el cocido frío—. ¿Y tú, Marda?

Marda se encogió de hombros.

—¿Creen que el pueblo se las podrá arreglar con la mitad de la chicas? —preguntó Miri—. ¿Quién te ayudará en la cantera cuando Marda se haya marchado? Y sin mí, ¿quién hará todas las tareas de la casa y se ocupará de los conejos y de las cabras y de todas las cosas que hago? —Se mordió el labio y miró hacia el fuego—. ¿Qué piensas, papá?

Su padre frotó un dedo calloso por las vetas ásperas de la mesa. Miri estaba quieta como un conejo escuchando.

—Echaré de menos a mis chicas —afirmó.

Miri espiró. Estaba de su lado y no dejaría de ninguna manera que los de las tierras bajas se la llevaran lejos de casa. Incluso así, le fue difícil acabar de cenar. Tarareó para sí misma una canción sobre el futuro.

Capítulo tres

El futuro es un rubor rojo en el cielo occidental,
el futuro es un silencio negro en la noche sepulcral,
el futuro jura la verdad del presente, del ahora
en el tembloroso y triste grito de la luz de la mañana.

Antes del amanecer Miri se despertó a toque de trompeta. El mismo sonido que en su día había sido curioso e incluso cómico, ahora era perturbador. No le había dado tiempo a levantarse, cuando su padre ya estaba en la puerta y lo que veía le hizo fruncir el entrecejo.

Miri en lo primero que pensó fue en bandidos, pero, ¿por qué iban a atacar Monte Eskel? Todos conocían la historia del último ataque de bandidos, antes de que ella hubiera nacido, cuando los exhaustos forajidos por fin llegaron al pueblo en la cima de la montaña y se encontraron con poca cosa que valiera la pena robar y una horda de hombres y mujeres que se habían hecho fuertes después de tantos años trabajando en la cantera. Los bandidos salieron corriendo con las manos vacías y unos cuantos morados, y nunca más regresaron.

—¿Qué pasa, papá? —preguntó Miri.

—Los soldados.

Miri se quedó de pie detrás de él y miró detenidamente por debajo del brazo que su padre tenía levantado. Vio por todo el pueblo soldados en pareja que portaban antorchas. Dos de ellos se acercaron a su puerta, las caras eran visibles a la luz del fuego; uno era mayor que su padre, alto, con un rostro duro, y el otro no era sino un muchacho disfrazado.

—Hemos venido a recoger a tus hijas —dijo el soldado mayor. Repasó una tabla fina de madera quemada con marcas que Miri no podía entender—. Marda y Miri.

Marda estaba al otro lado de su padre y él las rodeó a ambas por los hombros.

El soldado miró a Miri entrecerrando los ojos.

—¿Cuántos años tienes, niña?

—Catorce —contestó mientras le fulminaba con la mirada.

—¿Estás segura? Pareces...

—Tengo catorce.

El soldado joven sonrió con complicidad a su compañero.

—Debe de ser el aire escaso de la montaña.

—¿Y tú? —El soldado mayor miró a Marda dudoso.

—Cumpliré los dieciocho en el tercer mes.

Apretó los labios.

—Entonces nada. El príncipe hará los dieciocho en el quinto mes de este año y no se permiten chicas más mayores que el príncipe. Sólo nos llevaremos a Miri.

Los soldados movieron los pies sobre los restos de roca y Miri alzó la vista hacia su padre.

—No —se negó al fin.

El soldado más joven resopló y miró a su compañero.

—Pensaba que estabas de broma cuando dijiste que se resistirían. Dice que no como si tuviera opción.

Se inclinó hacia delante y se rio.

Miri se rio más fuerte en la cara del soldado joven, lo que hizo que el chico se callara lleno de sorpresa. No podía soportar que alguien de las tierras bajas se burlara de su padre.

—¡Qué chiste más bueno, un chico que pretende ser un soldado! —dijo Miri—. ¿No has dejado muy pronto a tu mamá?

Le lanzó una mirada de odio.

—Tengo diecisiete años y...

—¿De verdad? Ese bochornoso aire de las tierras bajas atrofia a cualquiera, ¿no?

El joven soldado se echó hacia delante como si fuera pegar a Miri, pero su padre se colocó delante de ella y el soldado mayor hizo retroceder a su compañero y le susurró enfadado al oído. Miri había disfrutado devolviéndole el insulto, pero ahora tenía frío y estaba cansada. Se apoyó en su padre y esperó no ponerse a llorar.

—Señor —dijo el soldado mayor con cortesía—, estamos aquí para escoltar a las chicas hasta la academia. Éstas son las órdenes del rey. No pretendemos hacerles ningún daño, pero tengo instrucciones de llevar a la capital a cualquiera que se resista.

Miri se le quedó mirando fijamente mientras deseaba que el soldado se retractara.

—Papá, no quiero que te arresten —susurró.

—¡Laren! —llamó a su padre Os, uno de los hombres del pueblo—. Ven, hay una reunión.

Los soldados les siguieron hasta el centro del pueblo. Mientras los adultos y los soldados conversaban, Miri y Marda estaban con un grupo de chicos y chicas que observaban y esperaban una decisión. Los adultos discutían con los soldados, que a su vez intentaban calmar a todos y les aseguraban que sus hijas estarían a salvo y se cuidaría bien de ellas durante aquel trayecto de unas tres horas a pie.

—¿Pero cómo lo vamos a hacer sin que nuestras hijas nos ayuden en la cantera? —preguntó la madre de Frid.

Por supuesto nadie preguntó cómo se las arreglarían sin Miri. Cruzó aquellos brazos flacuchos y apartó la mirada.

Discutieron sobre cuánto necesitaban a las muchachas, las pocas provisiones que tenían para pasar el invierno, la amenaza de arresto y del futuro incierto con el que se encontrarían las niñas en la academia. Los soldados continuaron respondiendo a las preguntas y afirmaron que el hecho de acudir a la academia era un honor, no un castigo. Miri vio que Os le hacía a su padre una pregunta y después de una pausa meditabunda, su padre asintió. Miri sintió escalofríos.

—¡Chicas, venid aquí! —gritó Os.

Las muchachas se alejaron de los chicos y caminaron hacia los adultos que estaban reunidos. Miri se dio cuenta de que Marda se quedó atrás.

—Chicas —Os las examinó y se restregó la barba con el dorso de la mano. Aunque era grande y era conocido por su genio, había cierta dulzura en sus ojos—, hemos decidido entre todos que lo mejor para vosotras es acudir a la academia de los de las tierras bajas. —Unos cuantos suspiros y quejidos recorrieron aquella multitud—. Pero no es preocupéis, creo en la palabra de estos soldados de que todo os irá bien. Queremos que estudiéis mucho, que deis lo mejor de vosotras mismas y que seáis respetuosas cuando debáis. Id a recoger vuestras cosas y no arrastréis los pies. Enseñad a los de las tierras bajas la fuerza que tiene Monte Eskel.

De repente Peder estaba al lado de ella.

—¿Vas a ir? —preguntó.

—Sí, supongo. No sé. —Sacudió la cabeza intentando aclarar sus ideas—. ¿Y tú? Bueno, claro que no, eres un chico. Me refería a que si te gustaría que no fuera. No importa.

La boca se le transformó en una sonrisa pícara.

—Quieres que diga que te echaré de menos.

—Te echaré de menos. ¿Quién más puede hacer de todo un lío?

Mientras se alejaba, Miri quiso deshacer sus palabras y decir algo agradable en su lugar, algo sincero. Se dio la vuelta para dar marcha atrás, pero vio que él estaba hablando con Bena y Liana.

Marda volvió de casa con un fardo de ropa y una bolsa de comida para Miri, y su padre las estrechó a ambas entre sus brazos. Miri se hundió en su pecho mientras el cuerpo de su padre bloqueaba la luz de las antorchas y el sonido de las despedidas. Desde luego aquel abrazo significaba que la quería, aunque no se lo dijo. Sin duda la echaría de menos. Pero Miri no pudo evitar preguntarse cómo hubiera reaccionado si Marda, la hija que trabajaba a su lado, se fuera a la academia. ¿Hubiera protestado más? ¿Se hubiera negado entonces?

«Di que me echarás mucho de menos —pensó—. Haz que me quede.»

Solo la abrazó con fuerza.

Miri sintió que se rompía en dos, como una camisa vieja que se hace trapos. ¿Cómo iba a soportar dejar a su familia y marcharse a un lugar desconocido de las tierras bajas? ¿Y cómo iba a soportar admitir que a su padre no le importaba que se quedara o no?

Los brazos de su padre se relajaron y ella se apartó. El ruido de la gravilla debajo de los pies era señal de que la mayoría de las chicas ya estaban en el camino.

—Supongo que debo seguir adelante —dijo.

Marda le dio el último abrazo y su padre sólo asintió. Miri se tomó su tiempo para alejarse por si acaso la llamaba para que regresara.

Justo antes de dejar el pueblo, Miri echó la vista atrás. Una cincuentena de casas se apoyaba contra las paredes decapadas de la cantera muerta. En los límites del pueblo se encontraba la capilla de piedra con su puerta antigua de madera, donde estaba tallada la historia en la que por primera vez el dios creador habló a las personas. El cielo estaba de color rojizo y amarillo por el este e iluminaba la aldea como si fuera la luz de la lumbre.

Vio la cima donde pasaba las tardes con las cabras y se sorprendió a sí misma al sentirse, por un fugaz momento, aliviada por no estar allí sentada hoy mirando cómo trabajaban abajo, en la cantera. El crujido de la marcha de las muchachas prometía algo diferente: un sitio donde ir, una oportunidad para avanzar.

—Deprisa —ordenó un soldado a las últimas y Miri obedeció.

Las jóvenes se movían en pequeños grupos mientras caminaban y Miri no estaba segura de a cuál unirse. Durante los últimos años, todos los amigos de su infancia habían empezado a trabajar en la cantera y Miri había crecido acostumbrada a la soledad de su casa y a la de la cima de la montaña con las cabras; y cuando otros la rodeaban, Marda normalmente estaba a su lado.

Delante iban Esa y Frid, y Miri corrió un poco para alcanzarlas. Aunque Esa no podía usar el brazo izquierdo desde un accidente que tuvo cuando era pequeña, todavía trabajaba en la cantera cuando les hacía falta, y Frid hasta desempeñaba las tareas más difíciles. Miri creía que eran maravillosas. Si pensaban que Miri era una carga para el resto del pueblo, como a menudo temía, entonces nunca les mostraría que le importaba.

A pesar de su incertidumbre, Miri le dio la mano a Esa. Las muchachas del pueblo siempre se daban la mano cuando caminaban. Doter, la madre de Esa, una vez le había dicho que era una antigua costumbre para evitar caerse por los acantilados, aunque Miri se había sentido más segura que una cabra correteando sola por el monte Eskel desde que tenía cinco años.

—¿Tenéis idea de qué va en realidad todo esto? —preguntó Miri.

Esa y Frid negaron con la cabeza. Las observó mientras intentaba ver en sus caras si querían que se marchara.

—Apostaría a que esa tontería de la princesa es un truco que se han inventado los comerciantes —afirmó Miri.

—Mi madre no me hubiera dejado ir si pensara que me van a hacer daño —dijo Esa—, pero tampoco sabía qué hacer.

Frid miraba al frente como si estuviera viendo a la muerte en persona.

—De todos modos, ¿cómo decide un príncipe con quién se va a casar? ¿Habrá un concurso de princesas como el que hacemos en vacaciones de levantar, llevar o tirar piedras a distancia?

Miri se rio y se dio cuenta más tarde por la expresión seria de Frid que no pretendía hacer un chiste. Miri se aclaró la garganta.

—No sé, pero me cuesta creer que los habitantes de las tierras bajas se casen por amor.

—¿Es que aman algo? —preguntó Frid.

—Me imagino que sus olores —contestó Miri.

—Al menos habrá un estómago menos que alimentar en mi casa —dijo Esa y echó la vista atrás como si pensara en su hogar—. Mira, ahí está Britta. No puedo creer que ella también vaya —dijo en voz baja.

—Es de las tierras bajas —dijo Frid.

—Pero ha estado en la montaña todo el verano, así que supongo que quiere quedarse —sugirió Esa.

Miri miró por encima del hombro a Britta, que caminaba sola entre dos grupos. La muchacha de las tierras bajas tenía quince años y era delicada, como si nunca hubiera arreado a una cabra o nunca hubiera machacado un queso. Tenía las mejillas rubicundas como la parte soleada de una manzana, y aquel rasgo le concedía un aspecto alegre y bonito cada vez que mostraba una sonrisa singular.

—Nunca he hablado con ella —dijo Miri.

—No habla con mucha gente —dijo Esa—. ¿No ignora a todos los que hablan con ella?

—Lo hacía en la cantera —afirmó Frid—. Este verano llevaba agua, pero cuando los trabajadores le pedían, se hacía la sorda. Después de un par de semanas, Os dijo que para qué servía y la envió a casa.

Se había corrido la voz de que cuando sus padres de las tierras bajas murieron en un accidente, sus únicos parientes vivos resultaron ser unos primos lejanos de Monte Eskel. Así que una mañana de primavera Britta llegó en la carreta de un comerciante con una bolsa de ropa y comida que había conseguido de la venta de las posesiones que le quedaban a sus padres. Al menos ahora llevaba una camisa y unas mallas como el resto, en vez de vestidos cortados de tela teñida.

—No puedo creer que Peder crea que es guapa —dijo Esa.

Miri tosió.

—¿Lo cree? Pues yo no. Me refiero a que actúa como si fuera demasiado buena para hablar a cualquiera.

—Todos los habitantes de las tierras bajas se creen que están por encima de nosotros —declaró Frid.

—Somos los de la montaña —dijo Miri—, así que, ¿no somos nosotros los que estamos encima de ellos?

Esa le dedicó una sonrisita a uno de los soldados y Frid apretó los puños. Miri sonrió porque le reconfortaba que compartieran sus sentimientos.

Durante tres horas saltaron los charcos, los agujeros y las rocas de las canteras que hacía tiempo habían sido abandonadas, hasta que al final vieron el tejado de la academia. Miri lo había visto hacía seis años cuando el pueblo había pasado sus vacaciones de primavera dentro de aquellas paredes de piedra. Después consideraron que el camino era muy largo para recorrerlo otra vez.

Se llamaba la casa de piedra del ministro y suponían que el edificio una vez había alojado a un ministro de la corte que supervisaba la cantera. Ahora no vivía en la montaña nadie así, pero la casa despertó en Miri el deseo de ver qué otras maravillas habría en el reino de las tierras bajas, más allá de donde le alcanzaba la vista.

Incluso desde lejos, Miri pudo detectar un blanco reflejo. Los cimientos eran de línder pulido, el único línder acabado que jamás había visto; y aunque el resto de la casa estaba hecha de restos de roca gris, las piedras eran cuadradas, lisas y encajaban perfectamente. Tres escaleras llevaban a la puerta principal, donde unas columnas sostenían un frontón grabado. Unos trabajadores colgaban del techo para reparar los daños ocasionados por el tiempo y otros habitantes de las tierras bajas colocaban paneles de vidrio en las ventanas que no tenían, arrancaban las hierbas que habían crecido entre las piedras del suelo y los escalones, y barrían la suciedad que se había acumulado con los años.

Las muchachas que acababan de llegar dieron una vuelta para echar un vistazo a los carros o se quedaban embobadas por el alboroto. Eran veinte, desde Gerti, que apenas tenía doce años, hasta Bena, que tenía diecisiete y medio.

Una mujer apareció en la entrada del edificio. Era alta y delgada, tenía las mejillas hundidas y el pelo plano al final como un cincel. Esperó y Miri se sintió avergonzada de las chicas de la montaña, todas allí de pie mirando, sin saber qué hacer.

—Acercaos —dijo la mujer.

Miri intentó colocarse en fila con las otras, pero nadie más pensó como ella y formaron un pequeño tropel en vez de una línea recta.

—Veo que no he subestimado el grado de refinamiento que las montañesas vais a necesitar. —La mujer apretó los labios en un tic—. Soy Olana Mansdaughter. Os dirigiréis a mí como profesora Olana. He oído hablar de los territorios alejados de Danland sin ciudades, ni mercados, ni familias nobles. Bien. Una vez hayáis traspasado esas columnas y entrado en este edificio estaréis de acuerdo en obedecerme en todo. Debo mantener el orden absoluto en esta academia si es que voy a convertir a unas muchachas incultas en unas damas. ¿Entendido?

Frid miró a Olana entrecerrando los ojos.

—¿Nos estás diciendo que no tenemos que ir a la academia si no queremos?

Olana chasqueó la lengua.

—Esto es incluso peor de lo que había esperado. Puede que tenga que montar también la academia en un establo.

Frid puso cara de preocupación y miró a su alrededor intentando comprender en qué se había equivocado.

—Por favor, disculpe nuestra mala educación, profesora Olana.

Katar dio un paso adelante. Tenía el pelo rizado y rojizo como el cauce de arcilla del riachuelo del pueblo. Era la chica más alta después de Bena y se consideraba más alta que cualquier hombre y el doble de fuerte que ninguno.

—Debemos de parecerle muy rústicas —dijo Katar—; sin embargo, estamos preparadas para entrar en la academia, aprender las normas y hacerlo lo mejor posible.

A algunas de las chicas no se las veía muy entusiasmadas, miraban hacia atrás y movían los pies, pero Os había sido muy claro. La mayoría asintió y murmuró estar de acuerdo.

Olana pareció indecisa, pero dijo:

—Entonces no digamos más tonterías y entremos.

En cuanto Olana ya no las pudo oír, Katar se dio la vuelta para fulminar con la mirada a las chicas.

—Intentad no actuar como unas ignorantes —susurró.

Miri bajó la vista al entrar al edificio mientras dejaba que la punta de su bota se deslizara por la piedra del suelo, blanca como la leche, con vetas del rosa más pálido. Parecía sorprendente que sin nadie que se ocupara de aquel sitio, la piedra hubiera mantenido su lustre después de tantas décadas. Los habitantes del pueblo tenía que limpiar y engrasar las puertas de la capilla con regularidad para que no sufrieran desperfectos.

Olana condujo a las jóvenes por aquella casa grande y tenebrosa y les advirtió que permanecieran en silencio. El suelo y las paredes estaban al descubierto, por lo que la voz de Olana y los tacones de sus botas resonaban en la cabeza de Miri y debajo de sus pies, lo que hacía que se sintiera rodeada.

—El edificio es demasiado grande para lo que necesitamos —comentó Olana mientras señalaba que la mayoría de las doce cámaras o más se cerrarían, pues no se utilizarían, y así no tendrían que calentarlas durante el invierno. La academia se limitaría a las tres salas principales.

Siguieron a Olana hasta una habitación larga que les serviría como alcoba, donde habían dispuesto varias filas de camastros en el suelo. La pared del otro extremo tenía una chimenea para dar calor a la estancia y una ventana que daba a su hogar. Miri pensó en que las chicas que durmieran en los camastros más alejados del fuego tendrían un frío tremendo.

—Tengo una habitación en este mismo pasillo, así que si oigo ruidos por la noche, yo... —Olana se calló y una expresión de repugnancia le recorrió el rostro—. ¡Qué hedor! ¿Es que vivís con cabras?

Por supuesto que vivían con cabras. Nadie tenía tiempo para construirles una casa aparte y el hecho de tenerlas dentro ayudaba tanto a las cabras como a la gente a mantenerse caliente durante el invierno. *¿En serio apesto?* Miri apartó la mirada y rezó para que nadie respondiera.

—Bueno, cuando llevéis unos días aquí puede que el aire se lleve el olor. La esperanza es lo último que se pierde.

Lo siguiente que visitaron fue una enorme cámara en el centro del edificio que serviría como comedor. Una gran chimenea con un cabezal de línder tallado era el único indicio de que aquella sala alguna vez había sido espléndida. Ahora estaba vacía salvo por las sencillas mesas y los bancos de madera.

—Éste es Knut, el hombre para todo de la academia —dijo Olana.

Un hombre salió por la puerta de la cocina adyacente y lanzó una mirada arriba y abajo como si no estuviera seguro de si debía mirarlas a los ojos. Tenía el pelo gris por las sienes y la barba, y sujetaba una cuchara de madera con la mano derecha de un modo que a Miri le recordó a su padre con el mazo.

—Estará muy ocupado —declaró Olana—, como todas vosotras, así que no perdáis el tiempo dirigiéndoos a él.

La presentación a Miri le pareció brusca, así que sonrió a Knut al marcharse y él hizo un amago para devolvérsela.

Olana llevó a las muchachas de vuelta por el pasillo principal hacia una sala grande con tres ventanas de cristal y dos chimeneas. Los fuegos de leña eran un lujo en el pueblo y el humo era limpio y atrayente. Seis filas de sillas con unas tablas de madera sujetas a los brazos ocupaban la mayor parte del espacio. En la cabecera de la sala una estantería con libros encuadernados en cuero colgaba sobre una mesa y una silla.

Olana les mandó que se sentaran en orden de acuerdo con su edad. Miri tomó asiento en una fila con Esa y las otras dos niñas de catorce años, se pusieron las manos en el regazo y trataron de parecer atentas.

—Empezaré con las normas —dijo Olana—. De ninguna manera se hablará sin permiso. Si tenéis alguna pregunta, os la guardaréis para vosotras mismas hasta que yo os lo diga. Cualquier tontería, travesura o desobediencia resultará en castigo.

»Este puesto de docente se supone que es un honor. Os hago saber que he dejado mi trabajo como tutora en el palacio real de las dos mismísimas primas del príncipe para subir hasta aquí y hacer de canguro de unas chicas polvorientas con olor a cabra, aunque supongo que ni siquiera sabéis qué es el palacio real.

Miri se sentó más recta. Sabía lo que era el palacio, una casa muy grande con un montón de habitaciones donde vivía el rey.

—Bien, os lo merezcáis o no, ahora sois parte de la historia. En los últimos dos siglos la academia de princesas ha sido una mera formalidad, donde las muchachas nobles de la ciudad elegida se reunían durante unos cuantos días en sociedad antes del baile del príncipe.

»Puesto que Monte Eskel es un simple territorio, y no una provincia, de Danland, y no cuenta con ninguna familia noble, el delegado principal cree que la academia tiene que tomarse muy en serio a esta generación. Nunca antes los sacerdotes habían nombrado a un territorio como la región elegida. Debo deciros que el rey y sus ministros están bastante preocupados por el hecho de casar al príncipe con una muchacha poco refinada de un territorio alejado. Por consiguiente, el rey me ha concedido la solemne responsabilidad de confirmar que todas las jóvenes que se envíen al baile sean dignas de ser una princesa. Si alguna de vosotras no aprende las lecciones básicas que os enseñaré este año, no asistirá al baile, no conocerá al príncipe y regresará a su pueblo deshonrada.

»Bueno, por lo que tengo entendido hay alguien entre nosotras que realmente procede de Danland, ¿es eso cierto? —Olana suspiró ante el silencio que vino después—. Os estoy pidiendo una respuesta. Si alguna de vosotras no ha nacido en esta montaña tiene mi permiso para hablar ahora.

Muchas de las chicas se giraron para mirar a Britta, que estaba sentada en la fila de las de quince años, antes de que ella levantara la mano.

—Nací en la ciudad de Lonway, profesora Olana.

Olana sonrió.

—Sí, se le ve algo de clase. ¿Cómo se llama?

—Britta.

—¿Y ya está? ¿Cómo se llama su padre? Esperaba que los pueblerinos ignoraran una formalidad como esta, pero no lo hubiera creído de alguien de Lonway.

Miri se acomodó en su asiento. Sí que lo sabían. Una chica tomaba el nombre de su padre y un chico el de la madre para que se les distinguiera de cualquier otro que llevara su nombre de pila. Al parecer Monte Eskel compartía algunas tradiciones de Danland.

—Me quedé huérfana este año, profesora Olana —dijo Britta.

—Bueno —dijo Olana con la cara afligida con la que sabía que tenía que responder—, son cosas que pasan. Espero que superes a la clase en tus estudios, por supuesto.

Todas las miradas que se habían dirigido a Britta ahora se convirtieron en odio.

—Sí, profesora Olana.

Britta mantuvo la vista en sus manos y Miri sospechó que se estaba regodeando.

Luego empezó la instrucción. Olana alzó una caja plana llena de suave arcilla amarilla. Con un palo corto que llamaban estilo, marcó tres líneas en la arcilla.

—¿Alguna sabe qué es esto?

Miri frunció el entrecejo. Sabía que era una letra, que tenía algo que ver con la lectura, aunque no sabía qué significaba. Su vergüenza fue mitigada de alguna manera por el silencio general que hubo a continuación.

—Britta —dijo Olana—, dile a la clase qué es esto.

Miri esperó que soltara la respuesta brillante y les deleitara con sus conocimientos, pero Britta dudó y después negó con la cabeza.

—Seguro que lo sabes, Britta, así que dilo antes de que pierda la paciencia.

—Lo siento, profesora Olana, no lo sé.

Olana puso mala cara.

—Bien. Britta no será un ejemplo para la clase después de todo. Siento curiosidad por saber quién dará el salto para ocupar su lugar.

Katar se sentó más derecha.

Mientras Olana explicaba lo básico de la lectura, los pensamientos de Miri seguían centrándose en Britta. Un día de verano mientras vendían y compraban, Miri oyó a Britta leer unas palabras que estaban escritas a fuego en la tapa de un barril. ¿Estaba fingiendo ignorancia ahora para poder impresionar a Olana más tarde al ver lo rápido que aprendía? «Los de las tierras bajas son tan listos como mezquinos», pensó Miri.

Dejó de prestarle atención a Britta cuando Gerti, la muchacha más joven, alzó la mano e interrumpió la lectura de Olana.

—No lo entiendo.

—¿Qué ha sido eso? —preguntó Olana.

Gerti tragó saliva al darse cuenta de que había roto la norma de hablar sin permiso. Miró alrededor de la sala en busca de ayuda.

—¿Qué ha sido eso? —repitió Olana arrastrando las vocales.

—Dije, yo sólo, lo siento... lo siento.

—¿Cómo te llamas?

—Gerti —musitó.

—Levántate, Gerti.

Gerti se apartó de su silla despacio como si estuviera deseando regresar a su seguridad.

—Esta niña me brinda la oportunidad de ilustrar las consecuencias de la ruptura de las normas. Se castiga incluso a las primas del príncipe cuando escogen portarse mal, aunque creo que emplearé unos métodos algo diferentes con vosotras. Sígueme, Gerti.

La profesora sacó a Gerti de la habitación. Las demás se quedaron sentadas inmóviles hasta que Olana volvió con dos soldados.

—Gerti está en un armario reflexionando sobre hablar cuando no le corresponde. Estos amables soldados se quedarán con nosotras este invierno. Si alguna de vosotras tiene la idea de cuestionar mi autoridad, ellos están aquí para aclararlo. Cada semana que demostréis una mejora notable, se os permitirá volver a casa durante el día de descanso, así que continuemos con nuestros estudios sin más interrupciones.

Al atardecer, los hombres que trabajaban en el tejado pararon de dar martillazos y Miri por primera vez notó el ruido por su ausencia. Su padre y Marda ya estarían en casa con la ropa llena de polvo blanco. Marda estaría diciendo cuánto echaba de menos a Miri, quizá mientras tomaba una sopa de repollo. Pero, ¿qué estaría diciendo su padre?

En el comedor las muchachas comieron arenques fritos rellenos de gachas de cebada, cebolla y sabores desconocidos. Miri se imaginó que era una comida elaborada, cocinada para una ocasión especial, pero las exóticas especias hacían que se sintiera extraña y desagradable, y le recordaban que se las habían llevado lejos de casa.

Nadie hablaba, por lo que los sorbos y los mordiscos resonaban por las paredes de piedra al descubierto. Olana cenó en su habitación, pero nadie podía estar seguro de si estaba escuchando y si saldría al primer ruido arrastrando hasta allí a los soldados tras despertarse.

Más tarde en la alcoba, había habido tanta tensión en el ambiente que estalló en un aluvión de susurros. Gerti les contó lo del armario y los chirridos que había oído en la oscuridad. Dos de las más jóvenes lloriquearon pidiendo volver a casa.

—No creo que sea justo cómo nos trata Olana —susurró Miri a Esa y Frid.

—Mi madre le diría un par de cosas —dijo Esa.

—Tal vez deberíamos marcharnos a casa —sugirió Miri—.

Si nuestros padres lo supieran, cambiarían de opinión acerca de obligarnos a quedar aquí.

—Para de hablar así, Miri —dijo Katar—. Si Olana te oye, hará que los soldados nos azoten a todas.

La conversación se fue calmando hasta que al final se acabó, pero Miri estaba demasiado cansada y ansiosa para dormir. Observó cómo las sombras de la noche cambiaban y se arrastraban por el techo, y se quedó escuchando la respiración baja y ronca de las otras chicas. Notaba el pulso en la mandíbula, se aferró a ese ruido e intentó consolarse con él como si la cantera y su hogar estuvieran tan cerca como el corazón.

Capítulo cuatro

Dile a mi familia que coma y siga adelante
para llegar a casa debo ser buen caminante,
pero la montaña ha colocado más piedras de las que había
y he tragado más polvo del que podía.

Al día siguiente los trabajadores acabaron las reparaciones y se marcharon de la academia, dejando a Olana, Knut, los dos soldados y un silencio desconocido. Miri echaba de menos el martilleo, el chirrido y el golpeteo que le recordaban que el trabajo en la cantera continuaba como siempre y que nadie estaba herido. La tranquilidad le rondó toda la semana.

Por la mañana antes de que empezaran las clases, las jóvenes pasaban una hora realizando los quehaceres domésticos, haciendo la colada y barriendo, yendo a buscar leña y agua, y ayudando a Knut en la cocina. Miri descubrió que las otras chicas charlaban durante algunos minutos junto a la leña amontonada o detrás de la academia. A lo mejor no pretendía excluirla, pensó, a lo mejor es que estaban acostumbradas a hablar entre ellas porque trabajaban juntas en la cantera. Se encontró deseando desesperadamente tener a Marda a su lado, o a Peder, a alguien que continuara siendo su amigo, para siempre, a lo largo de los años.

Miró cómo Britta llevaba un balde de agua a la cocina y se preguntó por primera vez si habría algo más que orgullo en aquel silencio. Pero bueno, era de las tierras bajas.

Hacia el final de la semana las chicas apenas podían seguir las clases, ante la gran expectativa de dormir junto a la lumbre de sus hogares y asistir a la capilla, de ver a sus familias y contarles todo lo que había sufrido y aprendido.

—Podemos ir caminando a casa esta noche —susurró Esa a Frid cuando Olana dejó la sala un momento. Luego se volvió hacia Miri con la cara llena de alegría por algo que no había llegado—. ¡No me importa lo tarde que sea, pues mañana tendremos todo el día!

Miri asintió, contenta de que la hubieran hecho partícipe.

Cuando Olana continuó la instrucción de lectura, Miri se dio cuenta de que Gerti se frotaba la frente como si le doliera pensar. Sin duda el tiempo que había pasado en el armario el primer día la dejó atrás. Necesitaría ayuda si las quería alcanzar.

Había un dicho del pueblo en el que Miri pensaba más que en ningún otro: «Lo injusto pica como una ortiga». No era justo que Olana hubiera dejado atrás a Gerti y no hiciera nada al respecto. El instinto de Miri la animaba a hacer algo, así que fue hasta Gerti y se agachó al lado de su pupitre mientras se aferraba a la absurda esperanza de que Olana viera la justicia en su acción y la dejara en paz.

—Yo te ayudaré, Gerti —dijo Miri en voz baja. Dibujó el primer carácter en la tablilla de Gerti—. ¿Sabes qué es esto?

—¿Qué pasa? —preguntó Olana.

—Gerti se perdió la primera lección —contestó Miri—. Necesita ayuda.

—Venid aquí las dos —les ordenó Olana.

La boca de Gerti se abrió de par en par y se agarró a ambos lados de su escritorio.

—Gerti no ha hecho nada —dijo Miri mientras se levantaba.

Quiso poder defenderse, pero Olana no les pidió una explicación y cogió un palo tallado tan largo como su brazo.

—Extiende la mano, Miri, con la palma hacia arriba.

Miri sacó la mano y se llevó un gran disgusto al ver que estaba temblando. Olana levantó el palo.

—Espere —dijo Miri mientras retiraba la mano—. La estaba ayudando. ¿Cómo puede pegarme por ayudar?

—Estabas hablando sin permiso —replicó Olana—. Aunque continúes haciéndolo, no te librarás.

—No es justo —se quejó Miri.

—El primer día de clase dejé claro que el incumplimiento de una regla conllevaría un castigo. Si no cumplo mi palabra, eso sí que no sería justo. Extienda la mano.

A Miri no se le ocurrió ninguna respuesta y abrió los dedos para descubrir la palma. Olana le golpeó fuerte con el palo y se oyó un chasquido; el brazo de Miri se sacudió al esforzarse para no retirarlo. Le dio dos y tres veces. Ella miró al techo y trató de aparentar que no sentía nada.

—Y ahora, señorita, le toca a usted —se dirigió Olana a la niña.

—Gerti no pidió ayuda. —Miri tragó saliva e intentó calmar su voz temblorosa—. Fue culpa mía.

—Así es, pero ahora todas sabéis que aquellas que hablan sin permiso eligen que las castiguen a ellas y a cualquiera con la que hayan hablado.

—Por lo que si hablo con usted, profesora Olana, ¿también recibirá los azotes?

Miri esperaba provocar unas risas y calmar la tensión; sin embargo, las chicas se quedaron tan calladas como una presa acorralada. Los labios de Olana se retorcieron por la ira.

—Se ha ganado tres azotes más en su mano izquierda.

Gerti se llevó sus tres azotes y Miri los suyos de nuevo en la otra mano. Al continuar la lección a Miri le resultó muy difícil agarrar el estilo. Mantuvo la cabeza agachada y se concentró en dibujar los caracteres rectos sobre la arcilla. Le llegó alguna que otra vez el sonido de la respiración de Gerti que se le atascaba en la garganta.

—Olana. —Un soldado entró en la sala—. Ha venido alguien del pueblo.

Olana salió con él y Miri oyó como su voz retumbaba por el pasillo.

—¿Qué quieres?

—El pueblo me ha enviado para que pregunte cuándo vendrán las chicas a casa —dijo la voz de un muchacho.

La expectación recorrió el rostro de Esa, y Bena y Liana cuchichearon y se rieron tontamente. Miri en su interior se sentía optimista y mareada al mismo tiempo. Peder estaba ahí fuera.

—Dile al pueblo que todo va bien. Sé que los soldados les explicaron a sus padres que debía tener absoluta libertad para enseñarlas si queríamos conseguir algo. Visitarán sus casas cuando se lo hayan ganado, pero el hecho de perturbar el desarrollo de la clase con preguntas, no hará que puedan ir antes.

Olana regresó y reanudó la lectura. A través de la ventana Miri vio a Peder de pie enfrente de la academia, que trataba de ver por las ventanas una vez se fuera el reflejo del sol. Dio una patada al suelo, cogió un trozo de línder más grande que su puño y corrió de vuelta al pueblo.

A mediodía, cuando Olana las dejó salir para ir al comedor, las palmas de Miri todavía estaban rojas. Sus pensamientos y emociones jugaban a un tira y afloja en su interior porque la habían castigado por ayudar a Gerti, por haber sido ignorada y humillada, porque Peder había recorrido todo aquel camino y le habían echado sin ni siquiera poderle saludar antes; y a todo eso se le añadía la vergüenza siempre presente de ser inútil.

—Esto es una estupidez —dijo Miri en cuanto salieron de la clase.

Katar, que caminaba a su lado le dijo que se callara y miró hacia atrás por si Olana la había oído.

—Vámonos a casa —dijo Miri un poco más alto. Todavía tenía un hueco en el estómago desde que había visto a Peder y el escozor de sus manos era mayor que su prudencia—. Nos podríamos marchar antes de que los soldados supieran que nos hemos ido, y si todas corremos a la vez no nos alcanzarán nunca.

—¡Alto! —Aquella voz autoritaria hizo que Miri se detuviera a mitad del paso. Nadie se dio la vuelta. El taconeo de las botas de Olana se acercó—. ¿Era Miri la que hablaba?

Miri no respondió. Creyó que si hablaba, podía ponerse a llorar. Entonces Katar asintió.

—Bien —dijo Olana—, otra ofensa. Antes he dicho que cuando se habla sin permiso se castiga no sólo a la responsable sino a las que escuchan, ¿no es cierto?

Algunas de las jóvenes asintieron. Katar lanzó una mirada desafiante.

—Nadie volverá con sus familias mañana —sentenció Olana—. Dedicaréis el día de descanso a estudiar.

Miri se sintió como si le hubieran dado una bofetada. Se alzó un grito de protesta.

—¡Silencio! —Olana levantó su bastón—. No hay nada que discutir. Ha llegado el momento de que os enteréis de que sois parte de un país con leyes y normas, y que hay consecuencias si se desobedecen. Ahora volved a clase, hoy no habrá almuerzo.

Las chicas hicieron más ruido del habitual al sentarse como si expresaran su enfado, arrastraron las patas de madera de la silla por el suelo de piedra y golpearon las tablillas contra los escritorios. En el silencio que hubo a continuación, Miri oyó que el estómago de Frid se quejaba de hambre. En otra ocasión, se hubiera reído. Apretó tan fuerte el estilo contra la arcilla que se partió en dos.

Aquella tarde Olana dejó salir a las muchachas para que hicieran ejercicio. Se pusieron la capa y el sombrero, pero Miri se los quitó en cuanto estuvo fuera. Aquel frío inmediato era refrescante y liberador después de pasar todo el día en la clase con el calor de la chimenea. Anhelaba correr como un conejo, tan ligera que no dejaría rastro que seguir.

Entonces se dio cuenta de que estaba sola y las demás estaban en grupo mirándola. Las chicas más mayores se pusieron enfrente de ella con los brazos cruzados. Miri entendió cómo se debía de sentir una cabra perdida ante una manada de lobos.

—Yo no tengo la culpa —dijo Miri con miedo a que si admitía que lo sentía, aprobaría las medidas de Olana—. Sus normas son injustas.

Frid y Esa miraron hacia atrás por si Olana estaba cerca, pero se daba por hecho que fuera podían hablar.

—No te disculpes tan rápido —dijo Katar mientras se sacaba los cabellos pelirrojos del cuello de la capa.

La barbilla de Miri empezó a temblar y se la tapó con la mano para intentar parecer impasible. Si todos pensaban que eran demasiado débil para trabajar en la cantera, al menos podía demostrarles que era lo bastante fuerte como para no llorar.

—Intentaba defendernos a todas. Éste es otro caso en el que los de las tierras bajas tratan al pueblo montañés como un par de botas viejas.

Bena le lanzó una mirada de odio.

—Ya te han avisado, Miri. ¿Por qué no te atienes a seguir las normas?

—Nadie debería seguir unas normas injustas. Nos podríamos marchar a casa ahora mismo. No tenemos que quedarnos y soportar armarios, azotes en las manos e insultos. Nuestros padres deberían saber qué está pasando. —Miri deseó encontrar las palabras apropiadas para expresar el enfado, el miedo y la añoranza que sentía, pero su argumento le sonaba forzado.

—Ni te atrevas —soltó Katar con los brazos cruzados—. Si lo haces, puede que cierren la academia y que pidan a los sacerdotes que anuncien otro sitio como el hogar de la futura princesa y entonces todas perderemos nuestra oportunidad por ti, Miri.

Miri se quedó mirándola fijamente. Nadie se reía.

—¿De verdad crees que van a permitir que alguna de nosotras se convierta en una princesa? —preguntó con una voz seca y tranquila.

—Desde luego de la manera en que se comporta Miri nunca será elegida, pero no hay razón por la que no podamos intentarlo el resto. —La voz por lo general segura de Katar empezaba a sonar nasal y forzada, como si por algún motivo que Miri no se podía imaginar estuviera desesperada por convencer a las demás—. Ser una princesa significa más que casarse con un príncipe. Veréis el resto del reino, viviréis en un palacio, llenaréis vuestras barrigas cada día y tendréis un buen fuego durante todo el invierno. Además, haréis cosas importantes, el tipo de cosas que afectan a todo el reino.

Ser especial, importante, feliz y estar cómoda. Eso era lo que Katar ofrecía al pedirle que se quedara. Algunas muchachas se acercaron arrastrando los pies y se inclinaron un poco hacia

Katar como si sintieran la fuerza de su historia. Miri se avergonzó al notar que unos escalofríos recorrían su propia piel. ¿Qué pensaría su padre si la eligieran princesa entre todas aquellas chicas?

Era una idea buenísima, una historia magnífica y por un momento deseó creérsela, pero sabía que ningún habitante de las tierras bajas dejaría que una corona se posara en la cabeza de una montañesa.

—No ocurrirá... —suspiró Miri.

—Ay, cállate —dijo Katar—. Has hecho que nos perdamos una comida y la vuelta a casa. No nos estropees la oportunidad de poder convertirnos en una princesa.

Olana las llamó y todas, incluso Gerti, le dieron la espalda a Miri y entraron. Miri se quedó mirando al suelo y esperó que nadie hubiera visto que tenía la cara colorada. Entró detrás de ellas al final de la fila.

Britta caminaba justo delante de ella por el pasillo. Antes de que entraran a la clase la chica de las tierras bajas se dio la vuelta y sonrió. Miri estuvo a punto de sonreírle también antes de darse cuenta de que Britta debía de estar disfrutando de su desgracia. Frunció el entrecejo y apartó la mirada.

El día siguiente fue insoportable. Aunque Olana insistía en que volver al pueblo todos los días de descanso sería un privilegio aislado, también declaró que tenía que descansar de aquellas niñas si no quería volverse loca. Así que las chicas pasaron el día solas en la clase. Miri se sentó sola, consciente de que a pesar de que el ruido de la frivolidad crecía, no la habían invitado a tomar parte. Cuando la conversación derivó en el tema de Olana, Miri hizo lo que creía que era una imitación extraordinaria de los labios apretados de la profesora. Nadie se rio y Miri se resignó a practicar sus letras en silencio.

Pasó la semana siguiente contando las horas que quedaban para el día de descanso. Seguramente después de que todas durmieran delante del fuego de sus casas durante una noche, se aliviaría la tensión. A lo mejor cuando Miri le contara a su padre lo de las normas y los azotes en las manos, admitiría que había cometido un error y que la necesitaba en casa tanto como necesitaba a Marda. Sólo faltaban tres días más para ser libre, luego dos y uno.

Aquella noche nevó.

La escuela se despertó con unos montones blancos que competían con los restos de roca esparcidos que había en el pueblo, ya que lo cubrían todo y amenazaban con seguir apilándose hasta los alféizares de las ventanas. Las chicas estaban calladas mientras miraban el exterior y se imaginaban la distancia que había para volver a la aldea, los huecos ocultos y los pedruscos que no verían a causa de la nevada y comparaban el peligro con el deseo de ir a casa.

—A clase, pues —decidió Olana mientras las apartaba de la ventana de la alcoba—. Nadie saldrá con este tiempo y si la historia que he oído sobre la montaña es cierta, nos quedaremos acurrucadas aquí dentro hasta el deshielo de primavera.

Olana se quedó de pie delante de la clase con las manos a su espalda. Miri se notó crecer en la silla bajo aquella mirada.

—Katar me ha informado de que algunas dudáis de la legitimidad de esta academia. No quiero arriesgarme a presentar ante Su Alteza a unas niñas bobas el próximo año, así que permitidme aseguraros que el príncipe elegirá a una de vosotras para casarse y viviréis en el palacio, se os llamará «princesa» y llevaréis corona.

Olana llamó a Knut, que entró en la clase con algo plateado en los brazos. Olana lo cogió y lo sacudió. Era un vestido y tal vez lo más bonito que Miri había visto aparte del panorama que había desde su montaña. La tela no se parecía a nada que ella conociera, era ligera y brillante, y le recordaba al agua de un arroyo. Era gris por los pliegues y de un color plata brillante cuando la luz de la ventana lo rozaba. Unas cintas rosa claro recogían el tejido en los hombros y la cintura, y unos diminutos capullos de rosa estaban esparcidos por toda la falda larga.

—Este vestido —continuó Olana— es como los que lleva una princesa. Una costurera lo confeccionó para la muchacha que termine este año a la cabeza de esta academia.

Las chicas entrecortaban la respiración, suspiraban y exclamaban embelesadas entre ellas, y por una vez Olana no les mandó callar.

—Veamos quién desea más este regalo. La ganadora será presentada al príncipe como la princesa de la academia, llevará este vestido y bailará el primer baile. Aún será él el que elija a su esposa, pero la princesa de la academia seguro que le causa una impresión significativa.

Mientras Olana hablaba, parpadeó en dirección a Frid y Miri se imaginó que esperaba que aquella chica tan basta no fuera la vencedora, ya que era demasiado grande para aquel vestido. Pero la cara de Frid no revelaba ninguna preocupación por el tamaño de la prenda. Se comía con los ojos aquella cosa plateada, incluso los abría más de lo habitual. Miri hizo todo lo posible por no parecer impresionada, pero no podía evitar preguntarse: *qué se sentiría al llevar un vestido como ése.*

—Os advierto que no cumpliréis tan fácilmente mis expectativas —dijo Olana—. Tengo mis serias dudas de que una montañesa sea capaz de estar a la altura de otro habitante de Danland. He oído que vuestros cerebros son por naturaleza más pequeños, tal vez debido al aire escaso de la montaña.

Miri la fulminó con la mirada. Incluso si las promesas de Olana eran ciertas, Miri no se quería casar con alguien de las tierras bajas, con una persona que despreciaba a ella y a su montaña. Fuera o no príncipe, sería igual que Olana, como Enrik y los comerciantes, como el delegado principal que ponía mala cara al ver el pueblo de la montaña y que estaba tan ansioso por volver a su carruaje y marcharse.

Se restregó los ojos, la arcilla que tenía en los dedos se le metió por los párpados e hizo que le escocieran. Estaba harta de que los de las tierras bajas la menospreciaran y estaba harta de preguntarse si tenían razón. Iba a demostrarle a Olana que era tan inteligente como cualquier persona de Danland. Iba a convertirse en la princesa de la academia.

Capítulo cinco

Todo el mundo sabe que lo bueno viene al final,
por eso mi madre dice que soy la última en todo,
siempre llevo camisas viejas y botas desgastadas.
Rasca el fondo de la olla y báñate río abajo.

Antes las palabras eran invisibles para Miri, tan desconocidas y con tan poco interés como los movimientos de una araña en el interior de una pared de piedra; pero ahora estaban a su alrededor, levantadas, reclamando su atención, en los lomos de los libros de la clase, en los barriles de comida de la cocina y la despensa, grabadas en la primera piedra de línder: «En el decimotercer año del reinado del rey Jorgan».

Un día Olana tiró un pergamino y Miri lo cogió del montón de basura, lo guardó debajo de su camastro y lo leyó a la luz de la lumbre rodeada de ronquidos. Era una lista de los nombres de las chicas de la academia y sus edades. A Miri le dio un vuelco el corazón cuando leyó su propio nombre escrito en tinta. «Marda Larendaughter» también estaba allí, aunque habían tachado el nombre. En la lista Britta no tenía el nombre del padre.

El hecho de dedicarse por completo al estudio le ayudó a Miri a hacer caso omiso a la dolorosa sensación de soledad que la rodeaba. A las dos, tres y cuatro semanas de invierno, Miri estaba totalmente bloqueada por el error garrafal que había cometido. Pensó en intentar de nuevo reparar el daño, pero el silencio de las otras chicas significaba que no se habían olvidado de que Miri les había hecho perder la última posibilidad de visitar sus casas antes de que cayera la nieve. Incluso Esa no le reservaba a Miri un lugar en el comedor; incluso Frid no le dedicaba ni una sonrisa fortuita. Miri no dejó que le afectara el dolor y se dijo a sí misma que nunca habían sido de verdad sus amigas.

Miri añoraba a Peder. Echaba de menos la facilidad de saber siempre con exactitud lo que él quería decir, y echaba de menos la agitación que le provocaba su proximidad cuando sentía los dedos hinchados y torpes y la boca seca, cuando miraba cómo balanceaba el mazo o tiraba una piedra, cuando escuchaba la agradable aspereza de su voz, el modo en que reía cada vez que oía su risa y la sensación de inclinarse hacia él como si quisiera calentarse cerca de un fuego.

Al otro lado de la ventana del aula, la nieve seguía cayendo. Miri dejó la mirada perdida y centró la atención en el latido de su pecho. Se había encontrado a sí misma deseando que fuera primavera, la vuelta a casa, y la interrumpió la cruda realidad: echaba de menos a Marda, a su padre y a Peder, pero ¿la echaban ellos de menos a ella? Se concentró en su tablilla y estudió con el doble de empeño.

Un día a última hora de la tarde Olana dejó que las muchachas salieran al exterior. Habían pasado todo el día en sus pupitres salvo por dos pausas y una de las comidas de Knut cada vez más tristes: pescado salado hervido hasta quedar hecho papilla y patatas sin tan poca grasa o sal como para alegrarlas. Frid había recibido unos azotes en la palma de la mano por quedarse dormida durante el estudio en silencio y Gerti se había pegado una hora en el armario por lloriquear al no poder escribir la última letra del alfabeto.

Miri vio cómo las chicas salían en fila y decidió unirse a

ellas. Tenía muchas ganas de olvidarse de que les había hecho perder un viaje a casa y salir sonriendo y riéndose, o bastaba incluso con correr por la nieve sola y disfrutar del aire fresco que le cortaba las mejillas.

Sin embargo, si se quedaba dentro, tendría la clase para ella sola y llevaba esperando aquella oportunidad toda la semana.

Cuando oyó los últimos pasos que desaparecían por el pasillo, Miri se levantó y se estiró. Había trece libros en aquella alta estantería encima del escritorio de Olana. Miri los había contado, había leído los lomos y había previsto lo que podría haber dentro. Se colocó de puntillas y sacó uno.

Las palabras *Historia de Danland* estaban escritas en blanco en el lomo de piel oscura. El libro olía a polvo y a viejo, pero también tenía un dulce olor penetrante, un rastro de algo atrayente. Lo abrió por la primera página y empezó a leer pronunciando las palabras con un susurro reverente.

No entendía nada.

Leyó tres veces la primera frase y aunque podía decir las palabras de manera individual, no podía comprender lo que significaban todas juntas. Cerró el libro y abrió otro, *El comercio de Danland*. Pero ¿qué era el comercio? Lo apartó y abrió otro, y otro, y sintió el impulso de empezar a tirarlos. Acababa de coger un libro más delgado cuyo título era *Cuentos* simplemente, cuando el ruido de los tacones sobre las baldosas la sobresaltaron. Miri no sabía si la castigarían por tomar prestado un libro y era demasiado tarde para colocarlo en su sitio, así que se lo metió debajo de la camisa.

—Miri —dijo Olana al entrar—, ¿ni siquiera sales a estirar hoy las piernas? ¿Tanto te odian las otras chicas?

El comentario de Olana la hirió profundamente. Miri no sabía que fuera tan evidente el distanciamiento del resto. Apretó contra sí el libro que tenía escondido y salió de la clase caminando despacio.

Durante las dos semanas siguientes, cuando las demás salían fuera, Miri se acurrucaba en un rincón de la alcoba con el libro de cuentos en su regazo. Al principio se tuvo que esforzar, pero pronto las palabras empezaron a tener sentido en conjunto, después las frases que formaban una página y luego las páginas creaban historias. Era maravilloso. Había relatos dentro de aquellas letras tediosas que habían estado aprendiendo; eran historias como las que había escuchado en la fiesta de primavera o como las que contaba el abuelo de Peder delante del fuego en una noche fría. Y ahora las podía leer ella sola.

Varios días más tarde, Olana cogió un libro de la estantería y se lo dio a una de las muchachas más mayores. Aunque Katar leía mejor que el resto, todavía se atrancaba con las palabras desconocidas y le costaba mucho pronunciarlas. Britta tampoco podía apenas terminar una frase y sus mejillas rubicundas se ponían incluso más rojas. Miri se dio cuenta de que se había equivocado y Britta nunca había sabido leer.

—¡Qué vergüenza! —Olana le quitó el libro a Britta y se volvió hacia Miri—. Bueno, eres joven, pero pareces centrada últimamente.

El libro era *Historia de Danland*, el tomo marrón oscuro que Miri, a pesar de sus intentos, no había conseguido leer antes. Olana lo abrió por la segunda página y señaló un párrafo. La lengua de Miri parecía estar hecha de arcilla. Se aclaró la garganta, agarró el libro y empezó:

—Nuestros antepasados vinieron del norte y cultivaron las fértiles llanuras centrales. También criaron ganado, caballos, cabras montañesas, ovejas y aves. En la costa, la pesca se convirtió en su industria más importante, como lo sigue siendo hoy en día.

Las palabras se deslizaban por la lengua de Miri y cada una caía en su sitio. Nunca había visto aquel pasaje, pero al estudiar el libro de cuentos, ahora leer era lo más fácil del mundo. Balbuceó en un par de palabras, pero las pronunció correctamente.

—Bien, niñas —dijo Olana cuando Miri acabó—, si el príncipe viniera mañana, ya sabéis quién llevaría el vestido de plata.

Miri sintió cómo una sonrisa burlona recorría su cara y tuvo el increíble impulso de darle un abrazo a Olana. Katar la fulminó con la mirada. Miri tragó saliva y trató de parecer modesta, pero ya era muy tarde. Katar normalmente era la mejor de la clase y lo más seguro era que hubiera interpretado la sonrisa de Miri como si ésta se estuviera regodeando. Su victoria se agriaba como la leche.

Aquella tarde, cuando volvía del lavabo, Miri se detuvo al oír que alguien hablaba en voz baja delante de la academia. Retrocedió unos pasos pasando las botas por la dura capa de nieve. Los murmullos equivalían a secretos y un escalofrío de curiosidad recorrió la piel de Miri. Se apoyó contra la pared y se esforzó por sacar alguna palabra de aquel zumbido silencioso. Al oír su nombre en uno de aquellos susurros, se inquietó.

—... no soporto a Miri... se cree que es muy lista... —La voz era de Bena—... nunca me gustó la forma que tenía de colgarse de Peder... es insoportable...

—... hoy sólo ha tenido suerte —dijo Liana—. Ella no...

—Sólo tiene catorce años —comentó Katar, que hablaba más alto que el resto—. ¿De qué te preocupas?

Bena dijo algo más entre dientes y Katar se rio por lo bajo.

—Eso es imposible. Ganará una de las mayores.

—Katar, ya veo que piensas que deberías ser la princesa —dijo Bena subiendo la voz—, pero mientras... —Se dio la vuelta para susurrar y Miri ya no pudo oír más.

Miri se puso a caminar de nuevo y las chicas se callaron mientras pasaba. Liana sonrió incómoda, Bena miró al suelo, pero Katar se quedó mirándola fijamente con la expresión impenitente. Miri le devolvió aquella mirada como si fuera un duelo. Acababa de alzar un ceja en señal desafiante cuando tropezó con una de los escalones de la entrada y se cayó de espalda en la nieve. Se puso de pie y corrió hacia dentro acompañada de las risas de las mayores.

Aquella noche se tumbó en su camastro y aspiró la oscuridad. Se sentía cómoda estando despierta mientras las otras dormían, como si hubiera elegido estar sola, como si disfrutara de eso. El fuego de la alcoba no estaba lo bastante fuerte como para calentarla en aquel camastro al otro lado de la habitación, por lo que temblaba y deseaba algo por lo que tener esperanza. Cerró los ojos y vio los pliegues del vestido de plata que giraban y brillaban debajo de sus párpados. El sueño de convertirse en la princesa de la academia la envolvía y le aliviaba el frío.

Capítulo seis

Bigotes tensos, dientes fuera,
ojos asustados, presa a la espera.

El invierno seguía cayendo del cielo, se acumulaba debajo de los alféizares de las ventanas y se arrastraba con la escarcha por los cristales. Cuando las nubes evitaban que el sol la derritiera, Miri veía el exterior como si fuera una imagen borrosa y grisácea. Después de estar tanto tiempo sin salir, tanto tiempo sin hablar con nadie, empezó a sentirse muy mal. Le dolía el cuerpo y le picaba la piel como si estuviera bien envuelta en lana y no se pudiera estirar.

La próxima vez que Olana dejó a las muchachas salir fuera, Esa se volvió hacia Miri antes de abandonar la clase y le hizo una seña para que la que siguiera. Miri suspiró adelantándose a los hechos. Si Esa la perdonaba, tal vez las otras lo harían también. Su decisión de estar bien sola se desvaneció bajo la brillante esperanza de hacerlo todo como era debido.

Pero antes tenía una cosilla. Después de esperar a que todas las chicas salieran de la clase, Miri fue sigilosamente a la estantería para aprovechar la oportunidad y devolver el volumen de cuentos. Estaba de puntillas, colocándolo despacio en su sitio, cuando un ruido en la puerta la sobresaltó y se le cayó el libro.

—¿Qué estás haciendo? —preguntó Olana.

—Perdón —contestó Miri mientras recogía el libro que se había caído y le quitaba el polvo—. Sólo estaba...

—¿Recogiendo mis libros del suelo? No estarías pensando robar uno, ¿no? Por supuesto. Te hubiera dejado uno prestado, Miri, pero no toleraré el robo. Al armario contigo.

—¿Al armario? —repitió Miri—. Pero no estaba...

—Ve —le ordenó Olana y arreó a Miri como a una cabra enfurruñada.

Miri sabía dónde estaba, aunque nunca había estado allí. Miró hacia atrás antes de meterse dentro.

—¿Durante cuánto tiempo?

Olana le dio con la puerta en las narices y cerró con llave. Aquella falta de luz repentina fue aterradora. Miri nunca había estado en un lugar tan oscuro. En invierno, Marda, su padre y ella dormían junto al fuego de la cocina y en verano dormían bajo las estrellas. Se tumbó en el suelo y escudriñó por debajo de la puerta, por la delgada tira de luz gris. Todo lo que pudo ver fue los bultos de las piedras del suelo. Le llegaron unos gritos de felicidad apenas perceptibles de las jóvenes que jugaban en la nieve. Esa iba a pensar que Miri había ignorado su invitación, que no le importaba ser o no su amiga. Miri respiró hondo y después tosió por el polvo.

Al oír un correteo se puso erguida. Lo oyó de nuevo, era como el ruido de unas uñas al repiquetear encima de una superficie lisa. Miri se apoyó con fuerza contra la pared. Otra vez. Un animal pequeño debía de estar en la oscuridad con ella. Puede que fuera sólo un ratón, pero el no saberlo hizo que todo fuera muy extraño y que se pusiera nerviosa. Trató de ver entre las sombras. Se le adaptaron los ojos y pudo definir un poco las formas más oscuras, pero no había luz suficiente.

Cuando cesó aquel ruido, Miri se quedó de pie hasta que le empezó a doler las espalda y notó pesadez en la cabeza. Estaba cansada de mirar en la oscuridad, imaginándose caras que la observaban o formas diminutas que salían disparadas de los rincones. El aburrimiento hizo que le entrara sueño. Al final se tumbó, apoyó la cabeza en los brazos y miró por la rendija de la puerta por si veía alguna señal de Olana que venía a liberarla. El frío de las piedras le caló la camisa de lana y le salieron unos bultitos en la piel, lo que hizo que temblara y suspirara a la vez. Se quedó dormida sin descansar.

Miri se despertó con un tirón y una sensación horrible. ¿Alguien estaba en la habitación intentando despertarla? La luz que se filtraba por la puerta era incluso más tenue y el dolor punzante que sentía en el cuerpo le decía que habían transcurrido unas cuantas horas.

Volvió a notar otra vez el tirón en la cabellera. Algo se le había enganchado en la trenza. Quiso gritar, pero el miedo le cortó la respiración. Le dolía cada punto de su piel por el terror que sintió al pensar qué era lo que la estaba tocando. Era fuerte y demasiado grande para ser un ratón.

La punta de la cola le rozó la mejilla. Era una rata.

Miri sollozó de manera entrecortada al recordar el mordisco de rata que había matado a un bebé en el pueblo hacía unos años. No se atrevía a llamar a nadie por miedo a asustar a la bestia. El tirón paró y Miri esperó. «¿Se ha soltado? ¿Ya se ha ido?»

Entonces aquella cosa la sacudió más fuerte. Junto a la oreja Miri oyó un chirrido seco.

No se podía mover, no podía hablar. ¿Cuánto tiempo tendría que quedarse allí hasta que alguien fuera a buscarla? Sus pensamientos vagaban de un lado a otro, dando vueltas, buscando una vía de escape, algún consuelo.

—«La plomada se balancea, el halcón aletea y Eskel canturrea» —susurró tan bajito como la corriente lenta de un arroyo. Era una canción de celebración, de primavera, y se usaba una cuerda pesada para cortar una piedra mientras se miraba cómo planeaba un halcón y se tenía la sensación de que el trabajo era bueno y todo el mundo estaba bien. Mientras cantaba, daba unos golpecitos con las yemas de los dedos sobre las baldosas de línder del suelo, como si estuviera trabajando en la cantera y usara el lenguaje de la cantera con un amigo que había al lado.

—Monte Eskel está cantando —susurró y empezó a cambiar la letra—, pero Miri está llorando. Con una rata está luchando.

Casi se hace reír a sí misma, pero el sonido de otro gruñido lo arrancó de su garganta. Con temor a tan sólo susurrar, cantó para sus adentros y siguió dando unos golpecitos con los dedos a la vez, y en aquella canción silenciosa pidió en la oscuridad que alguien se acordara de ella.

La puerta se abrió y la luz de una vela le atravesó los ojos.

—¡Una rata! —Olana tenía el bastón en la mano y lo usó para darle a Miri en el pelo.

—Rápido, rápido —dijo Miri con los ojos cerrados.

Oyó un chirrido, un correteó y se puso de pie de un salto para abrazar a Olana. Temblaba tanto que era incapaz de mantenerse derecha por sí sola.

—Sí, bien, es suficiente —dijo Olana mientras se sacaba de encima los brazos de Miri.

El entumecimiento y el miedo hicieron que Miri pareciera medio muerta. Se abrazó a sí misma para vencer el frío que amenazaba con sacudirla como si fuera una vaina arrastrada por el viento.

—He estado encerrada durante horas —dijo con voz ronca—. Se olvidó de mí.

—Supongo que sí —contestó Olana sin disculparse, aunque por las arrugas de la frente, se había quedado trastornada al ver la rata—. Menos mal que Gerti se ha acordado de ti, porque sino puede que no hubiera venido hasta por la mañana. Ahora vete a la cama.

Miri vio a Gerti, con los ojos tan abiertos como un visón, mientras miraba fijamente a la enorme oscuridad del armario. Olana se llevó la vela y las dejó en las sombras, así que Miri y Gerti volvieron deprisa a su alcoba.

—Eso era una rata —dijo Gerti, que parecía angustiada.

—Sí. —Miri todavía temblaba como si estuviera helada—. Gracias por acordarte de mí, Gerti. Se me habría parado el corazón si me hubiera quedado allí dentro un rato más.

—La verdad es que fue muy raro cómo me acordé de ti —comentó Gerti—. Al regresar del recreo esta tarde, no estabas. Olana no dijo nada y yo tenía miedo de preguntar. Entonces cuando nos preparábamos para irnos a dormir, me vino a la cabeza aquel recuerdo horrible de aquella vez que me encerraron y oí aquellos chirridos allí dentro, y estuve segura de que estabas en el armario encerrada y... no sé, pero sabía que había una rata. Fue como si... bueno, no importa.

—¿Cómo qué?

—Estaba segura de que estabas en el armario porque, ¿dónde más podrías estar? Y creí oír una rata cuando estuve allí también, en fin, fue así como lo supe. Pero el modo en que mi visión temblaba cuando lo pensé, la idea de ti y la rata era tan clara, que me recordó al lenguaje de la cantera.

Miri sintió unos escalofríos de otro tipo.

—¿El lenguaje de la cantera? Pero...

—Sé que es una tontería. No pudo ser el lenguaje de la cantera porque no estamos allí. Sólo me alegro de que no nos metiéramos en problemas. Cuando fui a la alcoba de la profesora Olana y le supliqué que fuera a buscarte, me amenazó con todo tipo de castigos.

Miri no dijo nada más. Se dibujaban nuevas posibilidades ante ella en la oscuridad.

Capítulo siete

Tengo una palanca para el bandido
y un cincel para la rata.
Tengo un mazo para la loba
y un martillo para la gata.

Una tarde de hace dos o tres años antes, Miri y Peder se sentaron en una colina de pastoreo encima del pueblo. Eran tan jóvenes que Miri ni siquiera se había empezado a preocupar por que sus uñas estuvieran sucias y rotas, o por que a Peder le aburrieran sus palabras. Por aquel entonces él trabajaba seis días a la semana en la cantera y Miri le insistía para que le contara los detalles.

—No es como hacer un fuego o curtir la piel de una cabra, Miri, no se parece a ninguna tarea doméstica. Cuando estoy trabajando es como si escuchara a la piedra. No me pongas esa cara. No puedo explicártelo mejor.

—Inténtalo.

Peder miró con los ojos entrecerrados al fragmento de línder que tenía entre los dedos. Usó un cuchillo pequeño para tallarlo en forma de cabra.

—Cuando todo va bien es como en las canciones que cantamos en vacaciones, los hombres hacen una parte y las mujeres, otra. ¿Sabes cómo suena la armonía? Así es cómo se siente uno trabajando el línder. Puede parecer una tontería, pero me imagino que el línder está siempre cantando y cuando pongo

mi cuña en la grieta apropiada y llevo mi mazo tal que así, es como si le respondiera cantando. Las canciones de la cantera que los trabajadores cantan en voz alta son para llevar el ritmo. El canto real tiene lugar en el interior.

—¿Cómo en el interior? —le había preguntado Miri. Trenzaba tallos de miri para evitar parecer muy interesada—. ¿Cómo suena?

—La verdad es que no suena como nada. No oyes el lenguaje de la cantera con tus oídos. Cuando algo va mal, se nota, del mismo modo que sé que la persona que tengo al lado está haciendo tanta fuerza con la palanca que podría agrietar la piedra. Cuando ocurre algo así y hay demasiado ruido para avisar que afloje esa palanca, lo digo con el lenguaje de la cantera. No sé por qué se llama «lenguaje de la cantera», porque se canta más que se habla, sólo que cantas por dentro. Y suena más fuerte, si es que se puede describir así, cuando alguien te habla directamente, pero todos los que están cerca pueden oírlo.

—¿Entonces basta con que cantes y los demás lo oyen? —preguntó sin acabar de comprenderlo.

Peder se encogió de hombros.

—Le hablo a una persona; sin embargo, estoy cantando, pero no en voz alta... No sé cómo describirlo, Miri. Es tan difícil como tratar de explicar cómo correr o tragar. No me des más la lata o me iré a buscar a Jans y Almond para jugar a cosas de chicos.

—Si lo haces, será a lo último que juegues.

Peder no había entendido por qué era tan importante para Miri comprender el trabajo de la cantera, así que ella no le volvió a insistir. Le gustó que no se hubiera dado cuenta de su frustración y aislamiento, que hubiera asumido que era la misma muchacha despreocupada de siempre.

Miri dejó que el recuerdo de aquella conversación diera vueltas por su cabeza y le añadió todo lo que creía que sabía sobre el lenguaje de la cantera. Siempre había sido parte de ella y, por lo tanto, algo que ella no podía hacer. «¿Había Gerti oído el lenguaje de la cantera? —se preguntó—. ¿Es que funcionaba fuera de la cantera?» Aquella posibilidad era tan tentadora como el olor a pasteles de miel que cocinaban en la puerta de al lado.

El día después de la rata, Miri estaba haciendo las tareas de la mañana, barriendo los pasillos de la academia. Esperó hasta que no hubo nadie a su alrededor y se escondió en una habitación fría que nadie usaba para probar el lenguaje de la cantera. Golpeó la piedra con el mango de una escoba, como si fuera una herramienta, y cantó en voz alta una canción de trabajo. Luego cambió la canción para que llevara el mensaje que quería comunicar.

—Tengo una palanca para el bandido y un cincel para la rata. La rata está en el armario hasta que la profesora la mata.

De tanto observar la cantera, sabía que los trabajadores cantaban y daban golpecitos cuando hablaban en aquel lenguaje, pero no bastaba con cambiar las palabras.

«El canto real tiene lugar en el interior», le había dicho Peder.

—Tal vez del mismo modo que se diferencia el canto del habla —susurró mientras intentaba entenderlo—, el lenguaje de la cantera es diferente a pensar.

Con una canción, las palabras fluyen de forma distinta a una conversación normal. Hay cierto ritmo y el sonido de las palabras encajan como si estuvieran hechas para que las cantaran las unas al lado de las otras. «¿Cómo puedo hacer lo mismo con mis pensamientos?», se preguntó.

Miri pasó el resto de la hora en la que realizaba las tareas domésticas probando. Se inventó canciones como hacía a menudo; no sólo las cantó en voz alta, sino que se concentró en los sonido de la canción mientras trataba de hacer resonar y fluir sus pensamientos de una forma diferente; también se concentró en los pequeños temblores que sus nudillos enviaban a través de la piedra línder. ¿El lenguaje se transmitía a través del suelo? Cerró los ojos e imaginó que estaba cantando sus pensamientos hacia la piedra, que cantaba sobre la rata y la gran desesperación que sintió aquella noche en el armario, mientras empujaba su canción interna con un deseo tembloroso de que alguien la escuchara.

Durante un brevísimo instante notó un cambio. Parecía que el mundo se zarandeaba y que sus ideas se aclaraban. Jadeó, pero aquella sensación se fue tan rápido como había venido.

Olana golpeó con el bastón en el pasillo para anunciar el fin de las tareas domésticas y Miri recogió el montón de suciedad y salió corriendo hacia el aula. Miró cómo Gerti tomaba asiento e intentó detectar cualquier señal de que la joven la había oído. Miri se arriesgó a hacerle una preguntita antes de que Olana entrara:

—¿Cómo te sientes, Gerti?

—Muy bien. —Gerti se sentó, se rascó el cuello y después de mirar hacia la puerta para asegurarse de que la profesora no estaba cerca, susurró—: Supongo que no me puedo quitar esa rata de la cabeza. Me estaba acordando otra vez de cuando estaba en el armario...

Olana entró y Gerti se retiró hacia atrás enseguida. Miri se frotó los brazos para quitarse los escalofríos de encima. Creía que había funcionado, pero tenía muchas preguntas que todavía le mantenían el entrecejo fruncido. De entre todas las chicas, ¿por qué Gerti oyó aquella noche su lenguaje de la cantera? ¿Y por qué ella otra vez ahora?

Cuando las muchachas abandonaron la clase en el siguiente recreo, Katar fue a buscar un libro de la estantería y se sentó en una silla acompañada de un fuerte ruido sordo.

—No te sorprendas tanto, Miri —dijo Katar sin levantar los ojos del libro—. No eres la única que puede estudiar durante el recreo. Supongo que crees que el título de princesa de la academia es tuyo, que no tienes competencia.

—No —contestó Miri, quien esperaba que le viniera a la cabeza una buena respuesta mordaz, aunque todo en lo que pudo pensar fue—. Pero tal vez tú sí.

Katar sonrió, pues por lo visto creyó que aquella réplica era demasiado floja para merecer una respuesta. Miri asintió en silencio. Se podía obligar a permanecer en el aula un par de minutos antes de escabullirse.

Durante varios días, la presencia de Katar en la clase, en los recreos, hacía que Miri corriera en busca de otros sitios para probar el lenguaje de la cantera: en un rincón de la alcoba, detrás del retrete y una vez en el armario, aunque nada más poner un pie dentro hacía que le picara la piel como si la tuviera cubierta de arañas. Cada vez con más frecuencia, cuando golpeaba el suelo y cantaba una canción de la cantera, a continuación notaba una curiosa sensación. Todo lo que tenía ante sí parecía vibrar como la rama de un árbol, y una sensación fuerte y cálida le estallaba detrás de los ojos. La idea de la rata y el armario eran totalmente reales, como si viviera de nuevo aquella situación. Sintió que su canción vibraba con fuerza en su interior y se imaginó que bajaba hacia la piedra, hacia la montaña, bajaba y luego volvía a subir otra vez para encontrar a alguien que la pudiera oír.

Pero casi nunca ocurría nada en absoluto y no se podía imaginar por qué.

«El lenguaje de la cantera se supone que es para hablar con otras personas —pensó—. A lo mejor tengo que intentarlo con alguien.»

Miri no se atrevía a acercarse a ninguna de las chicas que trabajaban en la cantera. ¿Pensarían que estaba loca por probarlo? ¿Se reirían? Una mañana mientras Britta leía en voz alta en clase, Miri la observó, y pensó que no sabía tantas cosas de la cantera como para reírse de ella ni tampoco iría a chivarse a las otras. Miri era reacia a probarlo con alguien de las tierras bajas, pero la ilusión que tenía por descubrirlo la impacientaba.

En el recreo de la tarde siguiente Miri salió con las demás. El brillo del sol sobre la nieve hizo que le lloraran los ojos, pero al parecer era el día más bonito que Miri podía recordar. El cielo era de un azul hiriente. La nieve que crujía bajo sus botas se esparcía por la piedra y la loma como leche derramada. El frío hacía que el mundo se sintiera limpio y nuevo, era un día para volver a empezar.

Miri pasó por delante del grupo de las mayores y saludó a Britta.

—Hola.

Britta estaba sola y se sorprendió al ver que se dirigía a ella.

—¿Quieres dar un paseo? —preguntó Miri, que esperaba que sólo la acompañara Britta.

—Vale.

Mientras se marchaban, Miri le dio la mano y Britta se estremeció como si le sorprendiera que la hubiera tocado.

—Es normal darse la mano mientras se pasea, ¿sabes? —dijo Miri, que supuso por la reacción de ésta que el hábito de darse la mano era una costumbre de la montaña.

—Perdona —se disculpó Britta—. ¿Así que todo el mundo se da la mano? ¿Los chicos y las chicas y todos?

Miri se rio.

—Los chicos y las chicas se dan la mano de pequeños. —No se acordaba de la última vez que Peder y ella se dieron la mano. Cuando crecieron se acabó el contacto ocasional al luchar y jugar—. Si un chico y una chica se dan la mano cuando son mayores, significa algo más.

—Entiendo. —Britta le dio la mano a Miri.

Caminaron con dificultad por la nieve intacta alrededor del edificio y Miri se volvió hacia atrás para ver si había alguien cerca. Se alejaron un poco más.

—Quería decirte que lamenté que Olana te encerrara en el armario —dijo Britta.

Miri asintió con los ojos muy abiertos.

—Sí, yo también. Había una rata allí dentro y no me refiero a Olana. Una rata de verdad trató de anidar en mi pelo. —Se estremeció—. Me encontré con un bigote en la trenza a la mañana siguiente y creo que chillé muy fuerte.

Britta sonrió.

—Lo hiciste.

—Bueno, me alegro de que mi horror entretuviera a alguien —dijo Miri mientras se aseguraba de añadir una sonrisa afable para que Britta supiera que estaba bromeando.

—Olana no debería meternos en armarios ni pegarnos —opinó Britta mientras sorteaba los huecos en la nieve—. Creo que castiga demasiado rápido.

Miri apretó los labios y frunció el entrecejo sorprendida. Si Britta no lo aprobaba, tal vez la actitud de Olana no era típica de las tierras bajas. O tal vez Britta no era un habitante típico de las tierras bajas.

—No pensaba que llegaría a ser tan mezquina —dijo Britta—, ya que una de nosotras se convertirá en princesa.

—¿Crees que una de nosotras lo será de verdad?

—No creo que mientan. —Britta soltó un resoplido claro—. Aunque últimamente me siento tan tonta como un tocón, así que no me atrevo a creer mis propios pensamientos.

Se sentaron en los escalones de línder que subían hasta la entrada trasera de la academia y Miri pensó que podría arriesgarse ahora. Siguió el ritmo con unos golpecitos, pensó en una canción de la cantera e incluso la tarareó en voz alta. Estaba intentando transmitir por el lenguaje de la cantera el aviso de precaución que tantas veces había oído retumbar en la cantera. Por un instante todo pareció temblar y sintió aquella resonancia, pero Britta ni se inmutó.

Miri por poco se quejó en voz alta. Estaba segura de que aquellas sensaciones eran un signo del lenguaje de la cantera, pero si hubiera funcionado, Britta hubiera reaccionado de algún modo ante aquel aviso.

«A menos que... —examinó a Britta—, a menos que los de las tierras bajas no lo oigan.»

Cuanto más permitía que esta idea calara, más probable le parecía. El lenguaje de la cantera es sólo para los que trabajan en ella, sólo para la montaña. Aquello hizo que Miri sonriera para sus adentros mientras cantaba. Era algo que podían hacer los de la montaña y no los habitantes de las tierras bajas. Era algo que hasta Miri podía hacer. Un talento. Un secreto.

—¿Debería...? ¿Quieres que cante contigo? —le preguntó Britta.

Miri paró.

—Ah, no. Sólo estaba tarareando para pasar el rato, ya sabes.

—No tienes por qué parar —dijo Britta—. Sonaba bien. No sabía lo que esperabas porque por lo visto siempre me equivoco. Últimamente. Perdón por interrumpirte. Sigue.

—Deberíamos volver, de todos modos.

Las chicas volvieron sobre sus pasos. Miri se tambaleó cuando tocó con el pie un trozo de nieve y se soltó de la mano de Britta, pero ella la agarró por el brazo y le ayudó a recobrar el equilibrio.

—Gracias —dijo Miri.

—Gracias a ti. Quiero decir... —Britta alzó la mirada tratando de encontrar las palabras adecuadas—. Gracias por hablar conmigo. —Apretó los labios como si tuviera miedo de decir nada más.

—Faltaría más —dijo Miri con toda tranquilidad, aunque por dentro se había quedado impactada, pues la muchacha le había dado las gracias sólo por hablar.

Mientras volvían hacia la entrada principal del edificio, Liana le susurró algo a Bena, y Bena sonrió con suficiencia. Miri agarró el brazo de Britta con más fuerza, decidida a no dejarse intimidar por sus miradas.

Cuando Olana las llamó para que volvieran a entrar, Knut estaba de pie al fondo de la clase sosteniendo un paquete envuelto en una tela gruesa de color marrón.

—Vuestro progreso ha sido muy lento últimamente —dijo Olana. Se alisó el pelo y se lo dejó liso como un cincel detrás del hombro—. Quizás es por el invierno y por la separación de vuestras familias o tal vez sólo es que no os estáis esforzando en serio. He pensado que es hora de recordaros por qué estáis aquí.

Olana retiró la tela y sostuvo en lo alto una pintura colorida con muchos más detalles que las puertas talladas de la capilla. Ilustraba una casa con una puerta de madera tallada, seis ventanas de cristal que daban a la parte delantera y un jardín de árboles altos y arbustos con flores rojas y amarillas.

—Esta casa está en Asland, la capital, no a mucha distancia

en carruaje desde el palacio. —Olana se calló como si tuviera prevista una reacción dramática—. Se le dará a la familia de la muchacha que sea elegida como princesa.

Hubo varios gritos sofocados y Miri no estaba segura de si ella había soltado alguno. A lo mejor todo aquello era real después de todo. Había una prueba. Su padre y Marda podrían vivir en aquella bonita casa y nunca más volverían a llevar ropas tan raídas como para evitar que les tocara el sol, ni pasarían hambre durante el invierno. Estaba deseando darles algo tan precioso y perfecto. ¿Qué pensaría entonces su padre de ella?

Pero para conseguir esa casa para su familia, Miri tendría que ser la princesa. Cerró los ojos. La idea de casarse con alguien de las tierras bajas todavía la confundía y la asustaba. ¿Y qué había de Peder? No. Se deshizo de aquel pensamiento, sin atreverse a esperar que él pudiera ver algo más en ella que la pequeña Miri, su amiga de la infancia.

Miró otra vez el cuadro. Antes de llegar a la academia, su único deseo había sido el de trabajar en la cantera al lado de su padre. Ahora empezaban a aparecer nuevas posibilidades que la animaban.

¿Y los habitantes de las tierras bajas?

¿Y lo de ser una princesa?

Aquella noche, Miri llevaba horas despierta en la oscuridad, cuando oyó el estrépito de un derrumbe en la lejanía. Los canteros decían que un derrumbamiento era cuando la montaña se fortalecía contra los ataques del día anterior. Su padre decía que su madre se pensaba que era la montaña saludando a medianoche.

Toda su vida Miri se había despertado por ruidos como aquel. Casi siempre sucedía de noche, como si la montaña supiera que la cantera estaba vacía y así las rocas no aplastarían a nadie cuando cayeran. A Miri le reconfortó oír aquel estrépito y el quejido, pues le recordaba que todavía estaba en su montaña. No estaba preparada para abandonarla por completo, no estaba preparada para abandonar a su padre.

Al ver el cuadro, se había creído que podía dejar la montaña, que incluso hasta podía desearlo. La amenaza de salir de allí, le hizo sentir un gran cariño hacia su casa. Quería contestar a la montaña, enviarle un saludo con aquella esperanza infantil de que la oiría y la aceptaría como una de los suyos.

Abrió la mano y empezó a llevar el ritmo golpeando el suelo de piedra con las yemas de los dedos. Deseó poder pegar un grito, deseó que la montaña de verdad pudiera entenderla.

—Es tan hermosa como una chica con flores en el pelo —cantó Miri susurrando—. Es tan brillante como el sol que seca este velo.

Era una oda al monte Eskel que se cantaba durante la fiesta de primavera. Al cantarla en aquel instante la envolvieron los recuerdos de los buenos momentos que había pasado en la montaña. Cantó para sus adentros, se inventó su propia canción sobre la tierna calidez de la brisa de primavera, las hogueras nocturnas, las cadenas de miri que le colgaban del cuello, el rozar los dedos de Peder cuando giraba bailando y el calor de los fuegos que la hacían sentir como si estuviera acurrucada contra el pecho de la montaña.

Las sombras grises y negras de la alcoba temblaron y tuvo la sensación de haber tarareado en lo más profundo de su garganta. Era el lenguaje de la cantera. Miri refunfuñó. «¿Por qué no funciona siempre?», pensó. Otro derrumbamiento retumbó en la distancia y Miri se imaginó que la montaña se reía de ella. Sonrió y se acurrucó en su camastro.

—Lo descubriré —susurró—, ya lo verás.

Capítulo ocho

Tengo los dedos más fríos que los pies,
tengo los pies más fríos que las rodillas,
tengo las rodillas más frías que las costillas,
tengo las costillas más frías que los labios,
y los labios los tengo azules y morados, azules y morados.

Miri se despertó temblando y dio unos cuantos saltos mientras hacía las tareas domésticas para calentarse los dedos de los pies. En el invierno de la montaña el frío a menudo se calma después de la nevada, pero durante la semana anterior el cielo había estado despejado y en cuanto echaron un vistazo por la ventana, las chicas pudieron ver que hoy no subirían las temperaturas. Unas nubes densas llenas de nieve sin derramar caían sobre la montaña y lo cubrían todo con una niebla húmeda.

Todas refunfuñaban y se quejaban, y Miri sabía que debía lamentarlo también, pero, en cambio, se sentía abrigada y oculta, como un gran secreto en el nido de una urraca. Se quedó mirando fijamente a la blanca nada del exterior por la ventana del aula, se sentía a gusto al haber descubierto el lenguaje de la cantera y estaba ansiosa por entenderlo más. Apartó sus pensamientos para oír que Olana anunciaba que sus estudios estaban a punto de cambiar.

Durante casi tres meses se había centrado en la lectura, pero ahora Olana les presentaba otras asignaturas: historia de Danland, comercio, geografía, y reyes y reinas, así como otros temas de formación de una princesa tales como diplomacia, conversación y, el que hizo poner los ojos en blanco a Miri, elegancia. Bien, lo haría si con ello hacía que Olana parara de insultarlas y le demostraba que una montañesa tenía tanto cerebro como alguien de las tierras bajas.

Parpadeó mientras miraba el cuadro y quedó sumida en sus deseos. Quería dar aquella casa a su familia, aunque no quería casarse con alguien de las tierras bajas. Tenía ganas de ver algo del mundo del que estaban aprendiendo y encontrar allí su propio sitio, aunque tenía miedo de dejar su montaña. No se le ocurría ninguna solución que hiciera que todo estuviera bien.

En las lecciones de elegancia, las muchachas se quitaron las botas y las sostuvieron en equilibrio sobre la cabeza. Caminaron en círculos. Aprendieron a caminar rápido (de puntillas, los dedos de los pies se quedaban detrás del dobladillo de la falda, fluidos, con los brazos ligeramente flexionados) y despacio (punta talón, punta talón y las manos descansando sobre la falda). Aprendieron a hacer una reverencia al príncipe y mientras Miri flexionaba la pierna y agachaba la cabeza, por primera vez se creyó que de verdad iba a conocer al príncipe. También practicaron una reverencia superficial para sus iguales y se sobreentendía que no tendrían que hacer nunca reverencias a los sirvientes.

—Aunque la verdad —dijo Olana—, como no sois de ninguna provincia del reino, se os considerará menos que un sirviente en cualquier ciudad de Danland.

Para Miri estudiar conversación era tan ridículo como aprender elegancia. Todas habían sido capaces de hablar desde que empezaron a caminar, ¿qué más había que aprender? Pero al menos cuando estudiaban conversación se les permitía hablar entre ellas siguiendo los principios correctos, por supuesto.

Olana las colocó por parejas y designó su rango. Miri se alegró de que la pusieran con Britta, aunque Olana le diera menos grado.

—Debéis conocer vuestro rango y el de vuestro interlocutor —les explicó Olana. Miri frunció el entrecejo y miró a su alrededor. Nadie se atrevió a interrumpir y preguntar qué significaba «interlocutor»—. La persona de menor categoría siempre difiere de la otra. Esto es sólo para practicar, desde luego, ya que hay pocos en el reino a los que se les considere de un nivel tan bajo como el vuestro.

Los insultos de Olana eran como moscas que le picaban en la nariz y Miri se sintió preparada para matarla con un manotazo. Britta le dio un codazo y sonrió como si le hubiera adivinado el pensamiento.

—Sin embargo, una de vosotras subirá de nivel el año que viene —dijo Olana—, así que todas debéis practicar ya que cabe esa posibilidad. Las de menor categoría deberían estar seguras del nombre y el rango de las de un nivel superior. En las conversaciones correctas lo usaréis con frecuencia. Podéis empezar.

—Muy bien, lady Britta —comenzó Miri bajo el zumbido de las conversaciones que llenaban la sala.

Britta frunció el entrecejo.

—No tienes por qué llamarme así.

—Eres de rango superior —dijo Miri—, así que convirtámoste en una dama, mi lady Britta.

—Muy bien, señorita Miri.

—Ay, lady Britta —dijo Miri con el tono nasal que se imaginaba que debía de usar la gente rica.

—¿Sí, señorita Miri? —Britta imitó aquella voz.

—Espero que todos sus señores y sus damas estén gordos y contentos, lady Britta.

—Están todos gordos, pero ninguno es feliz, señorita Miri.

—¿De verdad, mi lady Britta? Qué estupendo debe de ser estar en un palacio lleno de regordetes señores gritones y damas que ruedan por los pasillos.

—Es estupendo —dijo Britta y soltó una carcajada.

—Se pone muy guapa cuando sonríe, lady Britta. Debería hacerlo más.

Britta esbozó una ligera sonrisa y agachó la cabeza.

Olana interrumpió el ejercicio para continuar hablando sobre la conversación, sobre la importancia de repetir el nombre y el título, de hacer preguntas y siempre centrar el diálogo en la otra persona.

—Nunca deis información sobre vosotras mismas —sugirió Olana—. No sólo por cortesía, sino también para proteger vuestros secretos, en caso de que tengáis alguno, que lo dudo mucho. Por ejemplo, supongamos que estáis en un baile y tenéis mucho calor. ¿Puede alguien decirme cómo expresaríais esta observación al príncipe sin hablar de vosotras?

Katar alzó la mano. Olana la llamó.

—Parece que está muy cargado el ambiente. ¿Tiene calor, Su Alteza?

—Muy bien hecho —dijo Olana.

Miri hizo una mala cara a Katar y a su petulante sonrisita. Olana preguntó qué se podía decir en el caso de que el príncipe te preguntara cómo estabas. Miri levantó la mano tan rápido como pudo.

—Mmm, estaba impaciente por conocerle, Su Alteza. ¿Cómo le ha ido el viaje?

Olana levantó una ceja.

—Eso estaría bien sin el «mmm».

Katar le dedicó una sonrisa de suficiencia a Miri.

—Qué clase más tonta —le dijo Miri a Britta cuando volvieron a sus conversaciones individuales—. Aprender a leer estuvo bien, pero esto es una estupidez. Preferiría estar fregando ollas.

Britta se encogió de hombros.

—Supongo que es importante, pero no me gusta hablar de todo eso de los de mayor o menor rango. Se trata simplemente de buenos modales. Me parece que si quieres causar buena impresión, entonces deberías tratar a las personas como si fueran todas de una categoría superior, aunque Olana crea que no lo son.

—No eres tan corta al fin y al cabo —apuntó Miri—. ¿Por qué finges serlo?

Britta se quedó boquiabierta y parecía tanto ofendida como avergonzada.

—No fingía nada y yo... bueno... yo sólo...

—Sabías leerlo todo, ¿no? —susurró Miri.

Britta pensó en negarlo y luego se encogió de hombros.

—No quería ser la única que supiera leer y que Olana me pusiera como ejemplo ante las demás. Ya lo había pasado bastante mal... con la gente de aquí arriba.

—Britta, lo siento, no lo sabía.

Britta asintió.

—Lo sé. He oído cómo hablan los comerciantes. He visto cómo te trata Olana. No me extraña que pienses que todos los de las tierras bajas somos iguales. Pero Miri, yo no soy como ellos. No lo soy.

A la mañana siguiente Olana les dio una introducción a las normas de negociación diplomática; empezó con «Plantear el problema» y acabó con «Invitar a la aceptación mutua», luego repasó rápidamente la larga lista de los principios generales de diplomacia.

—Di la verdad tan clara como sea posible —leyó Olana de un libro. Su voz normalmente suelta estaba forzada, como si le diera vergüenza enseñar unos principios que ella misma no seguía—. Escucha con atención a tus aliados y enemigos para conocer sus mentes. Las mejores soluciones no vienen de la fuerza. Admite tus errores y manifiesta tu plan para corregirlos.

Miri hizo la mejor imitación de Olana cuando torcía los labios y Britta se rio detrás de su mano.

—Ahora echemos un breve vistazo al comercio —dijo Olana—, lo justo para que no os avergoncéis de forma horrible delante del príncipe.

Una vez empezó la lección, Miri tuvo que considerar si de verdad el pueblo montañés podía ser más lerdo que los habitantes de las tierras bajas. Pensó que «comercio» era sólo una palabra extravagante para expresar lo que hacían cuando intercambiaban línder por otras mercancías, pero Olana parloteó sobre la oferta y la demanda, los mercados, los comerciantes y los productos. Era como si hiciera que todo fuera más complicado de lo que era sólo para que las muchachas se sintieran tontas. Al menos Miri pensó que ése era el caso.

En el siguiente recreo, Miri abrió el libro de comercio para ver si lograba entender algo. Después de cinco minutos y de que le empezara un dolor de cabeza debido a la frustración, cerró el libro de golpe. Tal vez su mente había estado demasiado tiempo tratando de averiguar cómo funcionaba el lenguaje de la cantera o tal vez era que no era tan lista.

A través de la ventana vio a Frid tirando bolas de nieve y Esa se reía por algo que había dicho Tonna, de dieciséis años. Hasta Katar estaba hoy fuera, sentada en los escalones, mientras el sol le daba en la cara. La nieve le llegaba a Miri por la cintura en los sitios donde estaba más amontonada. Era pleno invierno.

El pelaje de los conejos sería más grueso ahora y eso quería decir que había llegado la temporada de la matanza. Era una pequeña celebración para tener carne fresca para el estofado y piel para un sombrero nuevo o unos mitones. Miri odiaba aquellas faenas, pero las hacía cada año para ahorrárselas a Marda, quien lloraba al ver morir a cualquier criatura. Miri se preguntó si Marda se armaría de valor aquel año para matarlos ella o si su padre se encargaría alguna tarde.

Los ojos de Miri se volvieron hacia el cuadro de la casa. El desear dejar la montaña era como si abandonara a su padre y no podía soportarlo. Pero con aquella casa, tendría cerca a su familia y todavía podría viajar a sitios nuevos y ver cosas nuevas. Y si ganaba, Marda nunca más tendría que matar a un conejo, ni limpiar la sangre acumulada en la nieve. Su padre nunca más tendría que añadir más agua a las gachas para poder cenar a finales de invierno. Se podrían sentar a la sombra de su gran casa y beber algo dulce, aprender a tocar los instrumentos de las tierras bajas y quedarse mirando las flores.

Los árboles desperdigados y los pastos apagados de Monte Eskel no se podían comparar a los jardines de las tierras bajas. Miri se preguntaba si serían ciertos los rumores de que en las tierras bajas tenían un don para hacer crecer las cosas.

Knut entró en la clase y se detuvo cuando vio a Miri.

—Creía que todas estabais fuera. Sólo venía a limpiar.

—Hola, Knut —le saludó. Él no respondió, ni siquiera le hizo un gesto con la cabeza, lo que provocó la risa de Miri—. ¿Te han prohibido hablar sin permiso como a nosotras?

Knut sonrió y resaltó más aquella barba corta.

—Más o menos, pero no creo que me meta en el armario por saludar.

—Prometo no decírselo. Knut, ¿has visto la casa del cuadro?

—¿El qué, la casa de la princesa? No, creo que no, aunque hay muchas parecidas en Asland y otras grandes ciudades. Ésta tiene un jardín muy bonito. Mi padre fue jardinero en un sitio parecido durante casi toda su vida.

—¿Te refieres a que se pasaba todo el día trabajando en un jardín?

—Sí. Por lo menos ésa era su profesión. También le gustaba tocar al atardecer un instrumento aflautado que se llama yop y llevarnos a mí y a mi hermana a pescar los días de descanso.

—Mmm. —Miri intentó imaginarse el tipo de vida donde pescar es un juego de vacaciones en vez de un modo de obtener comida—. Aquí no hay muchos jardines.

Knut se frotó las canas de la barba.

—¿Que no hay muchos? Yo diría que no hay ni uno.

Miri notó cómo se le calentó la cara y, al intentar pensar algo que decir en defensa de su montaña, Knut sonrió mirando hacia la ventana y dijo:

—Aunque no los necesitáis en el paisaje con esas montañas que quitan la respiración.

Enseguida Miri decidió que Knut era una persona de la mejor clase. Le preguntó sobre los jardines y las tierras bajas, ya que había oído hablar de granjas que eran tan extensas que tenías que montar un poni rápido para llegar de una punta a otra antes del mediodía, y los jardines exuberantes de los ricos estaban llenos de plantas para contemplar en vez de para comer. Le enseñó los nombres de varias flores y algunos árboles que aparecían en el cuadro.

—Me llamo Miri, como la flor rosa que crece alrededor del línder. ¿Tenéis flores miri en las tierras bajas?

—No, creo que la miri debe de ser una flor de montaña.

Se sobresaltó al oír un ruido que venía de fuera.

—Debería irme. —Miró hacia la puerta y sus alrededores, como si comprobara que Olana no estuviera cerca, después se inclinó hacia Miri y susurró—: No me gusta cómo te trata. Debería cambiar. —Hizo una señal hacia el libro que tenía en sus manos—. Sigue leyendo ese, Miri, y no te arrepentirás.

Así que Miri suspiró, se sentó y volvió a abrir *Comercio de Danland*. Incluso la confusa clase de Olana había sido más fácil de comprender. Olana había dicho que el comercio era el intercambio de una cosa de valor por otra de valor. La única cosa de valor en la montaña era el línder, así que Miri hojeó el libro para ver si lo mencionaban. Encontró un pasaje en el capítulo titulado «Los productos de Danland».

De todas las piedras de construcción, el línder es el más selecto. Es lo bastante duro como para erigir grandes palacios y que nunca se agrieten, pero también lo suficientemente ligero para transportarlo largas distancias. Se le da brillo sin problemas y después de mil años colocado sigue reluciendo como la plata. Las capillas deben hacerse de madera, pero un palacio tiene que ser de línder. En Danland los únicos yacimientos de línder se encuentran en el monte Eskel.

Miri pasó las yemas de los dedos por aquel pasaje. No sabía que el línder era tan raro.

—Eso hace que Monte Eskel sea importante, hasta para los habitantes de las tierras bajas. —Siempre lo había deseado y ahora tenía una prueba.

Olana había hablado de la oferta y la demanda. Si no se disponía de mucha cantidad de un producto y la demanda era alta, entonces aquel producto aumentaba de valor. Miri creyó que si el línder sólo se encontraba en el monte Eskel y era tan importante para construir palacios, entonces tenía que tener un valor muy alto. Pero ¿cómo de alto? Hacia el final del libro encontró una lista.

Precios de mercado, fijados por el tesorero del rey:
una fanega de trigo, una moneda de plata,
un cerdo adulto, tres monedas de plata,
un caballo de carruaje, cinco monedas de plata y una de oro.

La lista continuaba con el número de monedas de plata y oro que daban a cambio de una vaca, un montón de madera, un caballo para el arado y un buen carro. El último artículo de la lista hizo que a Miri le diera un vuelco el corazón.

—Un bloque cuadriculado de línder —leyó—. Una moneda de oro.

En ese momento las otras muchachas entraron en la sala.

—Mirad a Miri, todavía está leyendo —dijo Katar.

—¿Eh? Ah, sí —farfulló Miri.

En las tierras bajas un bloque de línder valía cinco fanegas de trigo. ¡Cinco!

—Aunque te leas cada libro diez veces no harás que el príncipe te elija —dijo Katar.

—Tal vez —contestó Miri y devolvió el libro a la estantería.

Un bloque de línder valía un buen caballo, mucho mejor que los que los comerciantes enganchaban a sus carros.

—No hace falta que actúes como si ya hubieras ganado, Miri —dijo Bena.

—Comportaos aquí dentro —dijo Olana al entrar—, o haréis turnos en el armario toda la noche.

Miri tomó asiento mareada por lo que había descubierto. Se quedó mirando a los pies que descansaban con toda tranquilidad sobre una baldosa de línder. Trató de calcular cuántos bloques de línder habían utilizado para construir los cimientos de aquel edificio, cuántas fanegas de grano compraría, cuánta madera para levantar una capilla lo bastante grande para que cupiera todo el pueblo, tendrían comida suficiente para que no le doliera a nadie la barriga en una noche de invierno, una biblioteca de libros, ropa de hilo como la que llevaban en las tierras bajas, zapatos nuevos, instrumentos musicales, caramelos para los más pequeños, una silla cómoda para todos los abuelos y muchas más cosas necesarias y lujosas. Si los comerciantes fueran justos, su pueblo podría beneficiarse del montón de maravillas de las que disfrutaba el resto del reino.

No podía esperar a contárselo a su padre y a los otros aldeanos. Ya faltaba menos. La fiesta de primavera empezaría dentro de dos meses y para entonces la nieve se desharía lo suficiente para poder llegar hasta el pueblo. Seguro que Olana les dejaba volver a casa para aquella celebración.

—¡Miri!

Miri saltó al oír su nombre y se dio cuenta demasiado tarde de que Olana hacía rato que le estaba hablando.

—¿Sí, profesora Olana? —respondió tratando de mostrarse dócil.

—Por lo visto no has tenido tiempo de meditar sobre el valor de prestar atención. Acabas de perder el privilegio de salir fuera durante el resto de la semana y como eso no parece ser castigo suficiente, tendrás prohibido tocar los libros durante ese periodo.

—Sí, profesora Olana.

La verdad era que a Miri no le importaba. Entre el lenguaje de la cantera y el comercio, tenía mucho en qué pensar.

Capítulo nueve

Respira, zumba, insinúa, transforma,
suspira, habla, di, informa.

Cada día, cada nevada, cada lección se hizo interminable hasta la fiesta de primavera y Miri estaba enfadada e inquieta de tanto esperar. Por la noche, tumbada en su camastro, se aferraba a la idea de que estaba una noche más cerca de contarle a su padre y a los aldeanos lo del comercio. Era como si todo notara la presencia de la primavera antes de tiempo. Incluso Katar miraba por la ventana como si midiera la profundidad de la nieve con los ojos y contara los días que quedaban hasta que pudieran marcharse a casa.

Cuando el castigo de Miri pasó, salió a pasear con Britta y se explicaron lo que habían estado deseando.

—Comida —dijo—, de la mejor. Doter comparte sus frutos secos garrapiñados y el padre de Frid hace un conejo salado tan fino que se te deshace en la boca. Y el té caliente con miel, la última manzana salada y asada, pan pinchado en un palo hecho al fuego y condimentado con grasa de conejo. Los juegos y los concursos, y cuando llega la noche hacemos hogueras con la madera que hemos recogido durante todo el año y contamos historias a su alrededor a grito pelado.

—Suena estupendo. —Por aquella mirada perdida Britta se lo estaba imaginando.

—Y este año será mejor —dijo Miri—. Tengo unos secretos.

Con el simple hecho de admitir que los tenía, los secretos presionaron su interior, eran como una corriente de nieve derretida contra una rama, y el deseo de compartirlos con alguien se apoderó de ella. Vaciló. ¿La creería Britta? ¿O se reiría? Miri pensó en el dicho de Doter: «Nunca dudes si sabes que está bien». Después de ignorar a Britta durante meses sólo por ser de las tierras bajas, al menos se merecía la confianza de Miri.

Así que se la llevó a dar una vuelta alrededor de la academia y le contó entre bocanadas de aire helado lo del comercio con las monedas de oro y lo del lenguaje de la cantera fuera de la cantera. Al contárselo a alguien se sintió mejor, como si bebiera leche caliente de cabra, y rápido le explicó cada detalle antes de que Olana las llamara para que volvieran.

—Es la historia más asombrosa que he oído jamás. —Britta sonrió y miró donde el sol distingue estrellas sobre la capa glacial de la nieve—. Me parece muy mal lo que están haciendo los comerciantes. Tenemos que cambiarlo.

—Entonces, ¿nunca has oído a nadie usar el lenguaje de la cantera? ¿Ni siquiera cuando estabas trabajando allí?

Britta negó con la cabeza.

—Antes de subir a la montaña, nunca imaginé que estas cosas pudieran existir. Para mí tiene sentido que tu pueblo tenga ese talento. Recuerdo que el sonido de la cantera era ensordecedor incluso con los tapones de arcilla en los oídos.

—Aquí arriba el lenguaje de la cantera es tan normal como las picaduras de mosquito. Supongo que nadie piensa mucho en ello.

Britta se rascó la nariz.

—Quizás es por lo que lo pasé mal al principio, porque todo el mundo estaba cantando todo el tiempo. Nunca pude unirme a ellos porque no conocía la letra.

—No hace falta que la sepas, basta con que te inventes una.

—Pero no conozco la melodía.

—No hace falta que la conozcas, basta con que encuentres el ritmo y la canción viene por sí sola.

—No sé hacerlo. Nunca lo aprendí.

Miri nunca se había dado cuenta de que cantar fuera algo que se tenía que aprender.

—¿Es verdad eso que dicen de los habitantes de las tierras bajas, que tienen una forma de hacer crecer las cosas?

—Nunca lo había oído, pero allí abajo está todo mucho más verde. —Britta miró hacia el oeste—. Hay menos nieve, más lluvia, verde por toda la costa y kilómetros de bosques y tierras de labranza. Todas las casas tienen su propio jardín.

—Me gustaría verlo algún día. —Era incómodo para Miri admitirlo, pero tenía muchas ganas de ver las tierras bajas, los sitios que se había imaginado desde que era pequeña y las cosas sobre las que había leído en la academia. El océano, las ciudades, los palacios hechos de línder, los músicos y los artistas, la gente de los países al otro lado del océano, los barcos de vela llenos de maravillas para vender e intercambiar, y un rey y una reina. Y un príncipe. A lo mejor no era tan horrible, a lo mejor era alguien de las tierras bajas como Britta.

—Me gustaría verlo contigo —dijo Britta—. Algún día, cuando seas la princesa.

Miri se rio y le dio a Britta en el hombro.

—Tal vez te elige a ti, lady Britta. Perdón, princesa Britta.

—No, a mí no. En una sala llena de chicas como tú, Liana y todas las demás, a mí ni siquiera me mirará.

—Sí que...

—Está bien, Miri —dijo Britta—, no me importa. Deberías ser tú o cualquier otra que sea de verdad de Monte Eskel. Me

alegro de haber tenido que venir a la academia y haberte conocido. Eso es lo que tiene de bueno. ¿A quién le importa un
príncipe?

—Apostaría a que al príncipe le importa mucho —contestó Miri mientras volvía deprisa a la academia después de oír
que Olana las llamaba—. Y puede que tenga un cachorro, que
también le tenga mucho cariño.

—Lo único que deseo es que quienquiera que se convierta en princesa sea feliz, que sea muy feliz de verdad. Aparte de
eso, ¿qué importa, no?

De vuelta en la clase, mientras Olana peroraba los principios de conversación que Miri ya había memorizado, dejó que
su mente divagara, se imaginó que se casaba con un príncipe
que se parecía a Peder y que vivía en un palacio hecho de línder y se preguntaba si sería, como había dicho Britta, muy feliz de verdad. Miri sacudió la cabeza al tener esa idea. Una cosa
así era imposible, como los descabellados deseos que le pidió a
la flor miri, como intentar visualizar el océano.

Por otro lado, el título de princesa de la academia, con la
promesa cercana y el vestido de plata, eran reales, algo en lo
que podía soñar despierta.

Para superar a Katar y ser la primera en la academia, Miri
sabía que tendría que ser una experta en todo lo que Olana
enseñara. La lección de diplomacia había sido vaga y rápida, así
que al siguiente día de descanso, durante las horas de estudio,
Miri leyó el capítulo sobre diplomacia en *Comercio de Danland*
para tratar de comprender las normas y ver cómo ponerlas en
práctica.

Esa se sentó delante de ella y se retorció un mechón de pelo
del mismo tono que el de Peder. Miri se acordó del día en que
Esa le hizo una seña para que saliera fuera con las demás. No

le había explicado lo que sucedió con Olana y el armario y por qué no había ido con ella.

—Esa, ¿qué crees que significa esto? —le susurró Miri y apuntó a una de las normas generales de diplomacia: «Crea un terreno común».

—No estoy segura. —Esa cogió el libro, lo leyó durante unos minutos y hojeó varias páginas—. Aquí hay un ejemplo. Habla de cuando los habitantes de Danland comerciaron por primera vez con las tribus del este que no hablaban nuestra lengua. Antes de que pudieran empezar a comerciar, tuvieron que crear una relación de confianza, así que buscaron cosas que los dos pueblos tuvieran en común. —Se detuvo para seguir leyendo—. Escucha esto, al parecer la amistad entre un habitante de Danland y el jefe de una tribu empezó cuando descubrieron que a los dos les gustaba comer ojos de pez tostados. ¡Puaj! ¡Qué manera más curiosa de empezar una amistad!

Miri sonrió.

—¿No empezó la nuestra cuando teníamos dos años y nos comimos la mitad del bote de mantequilla de tu madre debajo de la mesa?

Esa se rio y Katar la chistó para que se callara. Miri la fulminó con la mirada por haber estropeado aquel momento. Siempre había querido que Esa y ella fueran buenas amigas, pero a Peder no le gustaba que su hermana pequeña les siguiera a todas partes y después cuando crecieron... Miri miró a las chicas de diecinueve años que había a su alrededor, concentradas en los libros y las tablillas, que movían los labios mientras leían. Había sido difícil mantener a los amigos de la infancia cuando todos trabajaban en la cantera y ella estaba sola con las cabras. Pero ahora estaban todas juntas en la academia. Si quería, ésta era su oportunidad.

—Gracias, Esa —susurró Miri.

«Crea un terrero común.» La cuestión del lenguaje de la cantera estaba constantemente murmurando detrás de su oreja y la verdad de aquella idea la mantenía y ahondaba en sus pensamientos. Aquellas preguntas tenían que esperar hasta que pudiera relajarse en sus horas de reflexión, en la alcoba, después de que los murmullos y las risitas de la noche fueran sustituidos por los ronquidos y se sintiera segura, despierta y sola.

«No hablaban la misma lengua —pensó mientras reflexionaba sobre la historia que Esa había leído—, así que encontraron otro modo de comunicarse en el que compartían lo que tenían en común.»

Cuando Gerti había oído el lenguaje de la cantera de Miri, se había acordado de cuando a ella la había encerrado en el armario. Tenían algo en común, las dos habían estado en el armario y había oído el correteo de la rata.

Los pensamientos de Miri empezaron a moverse como una mosca sobre la comida. El último día antes de irse a la academia, Miri había oído a Doter que le decía a otro trabajador de la cantera que golpeara más flojo. ¿Cómo había sabido lo que dijo Doter? Al recordar aquel instante, se dio cuenta de que se había imaginado cuando Marda le había enseñado a machacar un queso redondo y cómo la había corregido cuando le daba demasiado fuerte. El lenguaje de la cantera había provocado un recuerdo real en su mente y ella lo había convertido en lo que podía significar en aquel momento «golpear más flojo».

El lenguaje de la cantera utilizaba los recuerdos para llevar mensajes.

Peder y su padre hablaban del lenguaje de la cantera como si fuera algo arraigado y Miri supuso que no se daban cuenta de cómo funcionaba, aunque tampoco les importaba. Pero a

Miri sí. Las actividades de la cantera siempre le habían parecido un secreto brillante y prohibido. Ahora era su secreto y,
como lo tenía para ella sola, se convertía en algo caliente y delicioso, como si se bebiera la última taza de té con miel. Quería mantener esa sensación.

Capítulo diez

Ningún lobo vacila antes de morder
y así ataca.
Ningún halcón duda antes de descender,
sólo ataca.

Hubo una nevada más y entonces las nubes se alzaron por encima de cualquier montaña. El agarre del invierno se había soltado y el sol parecía acercarse más al monte Eskel. Brillaba con mucha intensidad y el cielo estaba muy azul. La dura costra de nieve se ablandaba y aparecían trozos de tierra que mostraban cosas verdes que salían del barro y se elevaban hacia las montañas. El olor del viento cambió, era más denso, más rico, como el aire de alrededor de una olla en la cocina. La primavera se extendía por la montaña.

Cada vez con más frecuencia, las chicas alzaban la vista de los libros y miraban el paisaje alentador de la cima del monte Eskel que cambiaba de blanco a marrón y verde. Miri no podía pensar en volver a casa sin sentir una sensación vertiginosa en su barriga. Deseaba con tantas fuerzas poder compartir los secretos sobre el comercio y cambiar la situación de su pueblo que casi estaba temblando. Pero el día antes de que planificaran la caminata para ir a la fiesta de primavera, Olana anunció un examen.

—Sé que pensáis volver mañana —dijo Olana—. Vuestra fiesta de primavera no es una tradición de Danland y esta academia no tiene ninguna obligación de aceptarla. Dejemos que el examen determine si os habéis ganado el derecho de regresar a casa. Aquellas que no aprueben se quedarán en la academia y se dedicarán a estudiar.

El examen empezó con una prueba de lectura en voz alta y Miri hizo un gesto de dolor cuando Frid leyó con dificultad las palabras largas y Gerti no entendió el texto de la página. Olana hizo preguntas de historia, geografía y reyes y reinas, y las muchachas escribieron las respuestas en sus tablillas de arcilla. Caminaron por la sala para demostrar su elegancia y conversaron en pareja. Olana siguió la trayectoria del progreso de cada una en un trozo de pergamino.

Con lo desagradable que fue el examen, por si fuera poco, Olana les dijo que no tendrían los resultados hasta el día siguiente.

—Será bueno para vosotras que reflexionéis sobre el ejercicio hasta mañana —dijo Olana.

En la alcoba Miri oyó un cuchicheo de miedo bien entrada la noche.

—Tengo que ir a casa.

—Yo también. No me importa lo que diga.

—Sé que he suspendido, seguro. Todas las preguntas eran muy difíciles.

—Nos odia. Nos suspenderá a todas sólo porque es mala.

—Calla o nos suspenderá por hablar.

A la mañana siguiente las muchachas estaban sentadas tan rectas que no tocaban con la espalda en las sillas. El peso del deseo de Miri de volver a casa le hacía sentirse torcida y mareada. «Si Olana no me deja ir —pensó—, puede que tenga que correr». Pero tampoco estaba preparada para abandonar la academia, por todo lo que estaba aprendiendo, la esperanza de llegar a convertirse en la princesa de la academia y de ser esa persona especial, incluso el anhelo duro y furtivo en el que no se permitía pensar demasiado, dejar la montaña, darle a su padre la casa del cuadro y convertirse en princesa.

—Bien —dijo Olana de cara a la clase con las manos agarradas detrás de la espalda—, ¿lo adivináis?

Nadie respondió.

—No tenemos por qué alargarlo —dijo Olana y alguien resopló con aquel comentario—. Todas habéis suspendido.

Hubo un grito ahogado colectivo.

—Excepto Miri y Katar.

Miri intercambió miradas con Katar y vio que la otra chica estaba contenta.

—Ambas podéis marcharos. —Olana les dijo adiós con la mano.

Katar caminó hacia la puerta y se volvió para esperarla, pero Miri no se movió.

—Profesora Olana. —Miri tragó saliva y habló un poco más alto—. Profesora Olana, no me parece justo.

—El hecho de haber aprobado el examen no te da derecho para expresar tu opinión —dijo Olana—. Vete ahora mismo o pierde el derecho a irte. Bien, el resto estáis a miles de kilómetros de donde deberíais estar y no me vais a avergonzar delante del delegado principal y del príncipe. Me iré a otro sitio de este edificio durante los próximos días y preferiría no veros mucho, lo que significa que será mejor que no os oiga mucho.

Miri no había dejado su asiento. Si se marchaba con Katar, las otras chicas nunca se lo perdonarían; pero si se quedaba, no podría dar la noticia antes de la primera actividad comercial de la temporada. Apretó las manos contra la silla, con la intención de marcharse, pero con miedo. Katar puso algunas muecas exageradas de impaciencia como abrir los ojos y dar golpecitos con el pie en el suelo.

Antes de que Miri pudiera cambiar de opinión, Esa se levantó con la cara encendida y se apretó el brazo izquierdo con la mano derecha.

—No —dijo Esa.

Olana dirigió su mirada glacial a Esa.

—¿Qué ha sido eso?

—He dicho... he dicho —tartamudeó Esa. Parpadeó muchas veces y las lágrimas empezaron a brotar de los ojos—. He dicho que no. Me voy a la fiesta de primavera y no me importa lo que pase.

Miri se quedó mirando a Esa y se quedó sin aliento como si se hubiera caído de espaldas. Esa era la única chica que nunca se había perdido una comida o recibido un azote en la mano, siempre se contenía y siempre era obediente.

Miri vio que en la cara de Esa no había esperanza. Parecía que se encogía esperando el castigo inevitable, pues sabía que nunca iban a dejar que se fuera, pero era incapaz de detener su protesta.

«Nunca dudes si sabes que está bien.» Miri iba a ir a la fiesta de primavera y quería que todas la acompañaran. Ella creía que si corrían todas a la vez, Olana y los soldados no las podrían detener.

—Unas cuantas horas en el armario puede que tranquilicen esa imprudencia —dijo Olana.

Miri sabía que tenía que actuar antes de que Olana llamara a los soldados y encerrara a Esa. Después de meses de fría tensión, tenía miedo de no poder convencer a las chicas de salir corriendo hacia casa. Además, no tendría mucho tiempo para hablar antes de que Olana hiciera que lo soldados se la llevaran. No, su instinto le decía que el único modo de pedirles que corrieran era utilizando el lenguaje de la cantera.

No sabía si era posible decir algo tan específico, nunca lo había intentado. Pero si el lenguaje de la cantera usaba los recuerdos, ¿podría expresar más que advertencias en el trabajo? ¿Podría decirles que corrieran?

Miri pisó fuerte sobre las baldosas de línder y cantó en voz alta para entretener a Olana y que no metiera a Esa en el armario. «Ningún lobo vacila antes de morder. Y así ataca. Ningún halcón duda antes de descender. Sólo ataca.» Era una canción para el trabajo con la cuña, donde cada golpe es crítico. Si alguno de los canteros de la fila se retrasaba en dar el golpe, la grieta podría partirse por donde no era y estropear el bloque de línder. No podían vacilar.

Olana se quedó boquiabierta al ver a Miri pisoteando y cantando, lo que provocó que Miri se riera.

—Ya basta —dijo Olana.

—«Ningún sol se detiene ante la puesta. Y así se mueve» —siguió cantando Miri, mientras sus pensamientos iban de un lado a otro tratando de encontrar un recuerdo en común que las animara a correr a la vez—. «Ninguna lluvia se retrasa ante la caída. Sólo se mueve.» —Ya lo tenía, el conejo y el lobo, un juego que todos los del pueblo conocían. Los niños se sentaban en círculo y el que hacía de lobo perseguía al conejo por fuera del círculo e intentaba tocarle el pelo. Si el lobo tocaba al conejo en otro sitio, no valía y el conejo gritaba: «¡Conejos, corred!», y todos los niños se levantaban y corrían.

Miri aprovechó aquel recuerdo y lo cantó con sus pensamientos hacia el golpeteo de sus botas y hacia el línder.

La imagen de Olana temblando y el recuerdo del juego expandido pareció clara e inmediata. La mitad de las chicas se levantó y el resto se estremeció, se asustó o sacudió la cabeza como si intentaran sacarse agua de las orejas. Sólo Britta y Olana no reaccionaron.

—¿Qué pasa? —Olana miró a su alrededor. Estaba tan desconcertada por aquel extraño comportamiento que no sabía qué hacer—. ¿Por qué os levantáis?

Miri cantó otra vez aquel recuerdo con el lenguaje de la cantera y las demás muchachas se levantaron; hasta Bena y Katar esbozaban sonrisas de complicidad. Miri cogió a Britta por el brazo y le susurró:

—Nos vamos a casa.

A pesar de las lágrimas, Esa sonrió.

—¡Conejos, corred!

Algunas de las chicas chillaron de alegría y miedo mientras salían de la clase y bajaban corriendo los escalones.

Detrás de ellas Olana bramaba:

—¡Si os marcháis ahora, ni se os ocurra volver! ¿Me oís?

Se rieron mientras corrían. Todavía era por la mañana y el aire frío de principios de primavera cortaba la piel de Miri al chocar contra ella. Llegaría a casa y tendría la oportunidad de contarle a su padre lo del comercio. Quería abrazar a todo el mundo.

—¿No deberíamos darnos prisa? —preguntó Gerti y miró por encima del hombro—. ¿Y si nos atrapan los soldados?

—Una de nosotras se convertirá en princesa algún día —afirmó Miri—. ¿Qué van a hacer, atravesarnos a todas con sus espadas?

Jetta de trece años pegó un grito y las otras se rieron por el susto que se había llevado. Los soldados no las seguían y las muchachas fueron aminorando la marcha hasta caminar, mientras hablaban de todo lo que se debían de haber perdido durante aquellos últimos meses y todo lo que harían en la fiesta de primavera. Miri cogió a Britta de la mano, y Esa y Frid caminaron junto a ellas.

—Supongo que hemos estado jugando al conejo y el lobo con Olana todo el rato —dijo Miri—, pero cuando se metió con Esa fue una injusticia. Me alegro de haber corrido.

—Y yo —dijo Esa—, seguro que ya estaría en el armario.

—Ya es hora de que el reinado de terror de la rata termine. —Miri miró de soslayo a Esa y luego volvió la vista hacia el camino—. Nunca llegué a disculparme por haberos metido a todas en problemas y después estaba demasiado avergonzada para hablar. Pensaba que no me perdonaríais, pero lo siento.

Los ojos de Frid se abrieron de par en par.

—Ah, yo creía que estabas enfadadísima con nosotras.

—¿De verdad?

—Siempre te quedabas dentro leyendo y no nos hablabas. Supuse que estabas enfadada porque no nos pusimos de tu lado delante de Katar.

Miri se rio, contenta.

—Y yo creía que vosotras no me hablabais porque estabais muy enfadadas.

—Miri, me muero por saber una cosa —dijo Esa—. Fuiste tú la que usó el lenguaje de la cantera, ¿no? Me sentí como tú. ¿Pero cómo lo hiciste? ¡Nunca había oído a nadie decir: «Conejos, corred» y menos fuera de la cantera!

Pasaron por una cantera abandonada hacía unos cien años con unos trozos de línder demasiado finos para que los pudieran haber extraído, por lo que todavía seguían brillando a través del lodo y los fragmentos de roca. Miri se puso en cuclillas al lado de un bloque, empezó a llevar un ritmo mientras le daba golpecitos con el puño y eligió un recuerdo. A los tres años, Esa y ella se las habían ingeniado para que Doter no se diera cuenta y habían empezado a corretear peligrosamente cerca del borde de un acantilado.

—¡Cuidado! —había gritado Doter antes de ponerla a salvo. *Cuidado*, repetía ahora Miri en el lenguaje de la cantera.

Frid se quedó con la boca abierta y Esa asintió con la cabeza y sonrió.

—No creía que fuera posible fuera de nuestra cantera —dijo Frid.

—¿Qué habéis visto? —preguntó Miri.

—¿Visto? —preguntó Esa—. ¿A qué te refieres? He oído un aviso sobre que tenía que tener cuidado y que debía alejarme de un borde.

—Pero ¿no te ha ocurrido nada más? ¿No has recordado nada? —Miri dio otra vez unos golpecitos, cantó en voz alta y cantó para sus adentros.

—Supongo que recuerdo una vez que tú y yo casi nos caímos por un acantilado y mi madre nos llevó hacia atrás.

—¡Yo también! —exclamó Miri—. Pero ¿qué recuerdo te trae a ti, Frid?

—Cuando Os estaba en un bloque alto de la cantera y vi que perdió el equilibrio y se cayó.

Miri aplaudió.

—Tiene que ser cierto. He pensado que el lenguaje de la cantera funciona a base de recuerdos. Si dos personas tienen el mismo recuerdo, como Esa y yo, entonces nos imaginamos la misma escena. Pero si no, entonces el lenguaje de la cantera va al recuerdo más cercano.

—Quizás ésa es la razón por la que los habitantes de las tierras bajas no pueden oírlo —sugirió Britta—. No tenemos suficientes recuerdos en común.

—He estado tratando de comprender el lenguaje de la cantera durante meses —declaró Miri—; sin embargo, todavía no sé por qué a veces funciona fuera de la cantera y otras veces no.

Esa se protegió los ojos para divisar al resto de chicas que iban caminando más adelante.

—Ya pensaremos más tarde en eso. Me muero por unos frutos secos garrapiñados.

Las cuatro fueron dando saltitos hasta alcanzar a las demás y cantaron a gritos canciones de primavera durante todo el camino a casa.

Capítulo once

Alzaré hasta tus labios el cazo,
me sentaré en tu regazo
y me quedaré aunque mi alma tenga prisa.
¿Me mirarás y dedicarás una sonrisa?

Aquella tarde el sonido de unas canciones les dieron la bienvenida a las afueras del pueblo. Un montón de voces transportaba la melodía y los tambores y las palmas llevaban el ritmo. Las muchachas reconocieron la música del baile del barril vacío, el primer baile de la fiesta de primavera.

—Rápido —dijo Esa—. Sin nosotras la mayoría de chicos estarán bailando solos.

Las chicas empezaron a correr y el sonido de sus botas sobre la calzada sonó como una derrumbamiento nocturno.

—¡Estamos aquí, hemos vuelto! —gritaron algunas y en cuanto aparecieron en medio del pueblo, se alzó una ovación. Las palmadas que llevaban el ritmo del baile se convirtieron en aplausos cuando llegaron y los padres y los hermanos gritaron y fueron a abrazarlas. Miri buscó a Marda y a su padre y cuando estaba al borde de la desesperación, aparecieron por detrás.

Su padre la levantó en el aire y le dio vueltas como si todavía fuera una niña pequeña. Marda estaba también allí, la besaba en las mejillas y le calentaba las manos frías. Miri notó que tenía los ojos llorosos y hundió el rostro en el pecho de su padre.

—¿Estás bien? —preguntó Marda.

Asintió con la cara todavía escondida.

—Es sólo que os echaba de menos a todos. Supongo que os añoraba mucho.

Fue la mejor fiesta que Miri recordaba. Frid sonrió tan orgullosa cuando obtuvo el primer premio en el concurso de lanzamiento de piedras, que pareció olvidarse de que lo ganaba cada año desde que tenía doce años. La comida era mejor de lo que Miri le podía haber descrito jamás a Britta y las ovaciones nunca se acababan. Parecía que todo se merecía un aplauso.

El padre de Frid anunció el baile de cintas con un rasgueo del estridente, un instrumento de tres cuerdas, y Doter sacó las cintas rojas hechas jirones que eran más viejas que cualquier abuelo. Jans, un chico pálido y serio, se arrastró hasta Britta como si fuera un cardo pegado al cordón de una bota. Le pidió que bailaran una y otra vez, así que estuvo compartiendo la cinta con Jans durante una hora, mientras daba saltos, giraba y sonreía como Miri antes nunca había visto.

La misma Miri bailó tanto que apenas podía respirar. Vio a Peder bailar con Bena y después con Liana y ya había desistido cuando empezó una nueva canción y se lo encontró al otro lado de la cinta. Habría hablado con él, le habría tomado el pelo y se habría reído sino hubiese sido porque apareció tan de repente que la sobresaltó y ella no supo si podría mantener aquella fachada despreocupada. Bajó la vista al suelo y el corazón le empezó a latir más rápido que los tambores.

Al cabo de un rato dejó de ver a Peder entre los que bailaban y se acurrucó al lado de su padre para ver cómo giraban y saltaban los más pequeños. Cuando cayó la noche empezaron las historias. Los abuelos contaron el lúgubre relato de cuando el dios creador habló por primera vez a las personas, después las madres recitaron aquella que empezaba: «Hace mucho tiempo los bandidos vinieron a Monte Eskel».

Después de la historia de los bandidos, Os dijo:

—Oigamos una historia de las chicas que han vuelto a casa.

Bena, como era la mayor, se levantó y escogió su relato: una historia tonta y sin pretensiones que se inventó sobre la marcha.

—La muchacha sin pelo dejó su casa para vagar por las montañas donde no la conocían —gritó y luego señaló a Liana, que estaba sentada junto a otra hoguera.

—Un águila la confundió con un huevo que se le había caído y la llevó hasta su nido —gritó Liana y señaló a Frid.

—Un cantero la arrancó del nido del águila, pues creyó que era una buena piedra que romper. —Frid señaló a Gerti.

La historia continuó y cada chica de la academia escogió a otra para que siguiera el relato. Miri se levantó lentamente para sentarse sobre sus talones y esperó que la vieran. Nadie la miró. A Bena le tocó tres veces, incluso a Britta la eligieron una vez y se inventó un ingenioso fragmento sobre un oso que la había confundido con un sombrerete de un champiñón. Y entonces Esa gritó:

—¡La última línea! —Y señaló a Miri.

Miri se levantó sin poder evitar sonreír.

—Con su cabeza calva que brillaba como una corona de oro, un príncipe que por allí vagaba la confundió con una princesa de la academia y se la llevó a su palacio.

Todos se pusieron a aplaudir y a reír.

La fiesta se calmó y las familias se agruparon alrededor de las hogueras para beber té, con miel si eran afortunados, y cantar canciones que daban sueño. Miri se quedó observando las caras iluminadas por el fuego hasta que descubrió a Peder más allá del círculo de luz naranja.

Miri no había hablado con él desde que había vuelto y se

acababa de dar cuenta de que tal vez se había mostrado antipática mientras bailaban. Debería haber corrido hasta él enseguida y haberle contando las novedades, pero, en cambio, se contuvo, avergonzada. Se levantó para ir con él, pero luego dudó.

«No dudes si sabes que está bien —se recordó Miri—. Sólo muévete.»

Tenía las palmas de las manos calientes, apretó los puños y trató de pensar en lo que le iba a decir. Angustiada, su mente se aferró a las lecciones de conversación. «Repite su nombre. Haz preguntas, observaciones, no juicios. Que la conversación se centre en él.» Y algo que Britta había añadido: «Si quieres impresionar a alguien, actúa como si fuera superior a ti.»

—Hola, Peder —le saludó Miri y se acercó a donde él estaba sentado solo—. ¿Cómo estás?

—Bien, gracias. —Tenía la voz cortante, como si no quisiera hablar con ella y Miri estuvo a punto de salir corriendo. Cuando estaba cerca de él era como si tuviera enredaderas retorcidas por dentro, que crecían y chocaban a la vez, y en lo único que pensaba era que merecía la pena haber ido hasta allí sólo para ver su sonrisa.

—¿Me puedo sentar contigo?

—Sí.

Se sentó a su lado encima de un bloque de línder con cuidado de que su pierna no tocara la de él.

—Me gustaría que me contaras… cómo han ido las cosas… últimamente.

—Bastante bien. Un poco más tranquilas que siempre al no tener a Esa en casa.

Continuó planteando preguntas, usando su nombre, manteniendo el contacto visual y asegurándose de que sus gestos demostraran que estaba completamente centrada en él. Después de un rato, sus respuestas fueron más largas y no tardó en tenerle hablando con toda libertad sobre cómo aquel invierno había sido el más crudo que había conocido.

—Nunca creí que echara de menos a mi hermana peque-ña —confesó en broma—. A Esa... y a todas las chicas.

Miri se preguntó si estaría pensando en Bena y Liana.

La miró y después bajó la vista a las manos.

—Nunca creía que cada día de trabajo en la cantera fuera cada vez peor.

—¿A qué te refieres con peor? ¿No te gusta la montaña? ¿No preferirás ser alguien de las tierras bajas?

—No, por supuesto que no. —Cogió un trocito de línder que tenía al lado de la bota—. La verdad es que no me impor-ta trabajar en la cantera, pero a veces se me cansa la cabeza y quiero... Me gustaría hacer cosas aparte de cortar la piedra. Quiero trabajar en algo que realmente se me dé bien, algo con lo que me sienta bien.

A Miri le entusiasmó oírle hablar de una forma tan abierta y que pensara tan parecido a ella, pero en vez de gritar: «¡Yo también! ¡Me siento igual!», recordó las normas de conversa-ción y siguió centrándose en él.

—Si pudieras hacer cualquier cosa en el mundo, ¿qué harías?

Se lo pensó un momento, abrió la boca, se encogió de hom-bros y tiró el trocito.

—No importa, no es nada.

—Peder Doterson, será mejor que me lo digas ahora mis-mo. Me aguantaré la respiración hasta que lo sepa.

Cogió otro trocito de línder y examinó su color. Miri es-peró a que hablara.

—No es que importe mucho, pero siempre he... ¿Sabes el tallado de las puertas de la capilla? Me las he quedado mirando muchas veces como cuando tú miras el cielo. —Miró más allá de su cara como si estuviera estudiando el tallado. Aquella mirada la tranquilizó—. Desde que tengo uso de razón he querido hacer cosas como esas, algo más que bloques de piedra. A veces... ¿Me prometes que no te reirás de mí?

Miri asintió de todo corazón.

—Sabes que tallo pequeñas cosas del línder que ya no sirve, ¿no?

—Sí —contestó—, una vez me hiciste una cabra. Todavía la tengo.

Peder sonrió.

—¿Ah, sí? Me acuerdo de aquella cabra, tenía una sonrisa torcida.

—Era una sonrisa perfecta —dijo Miri. Siempre le recordaba a la de Peder.

—Seguramente es infantil, pero me gusta hacer cosas como ésa. El línder se moldea muy bien, mejor que los restos de roca. Me gustaría esculpir figuras en los bloques, cosas suntuosas que pudieran comprar los habitantes de las tierras bajas para poner en la entrada o encima de la chimenea.

Aquella idea dejó a Miri sin aliento, era perfecta.

—¿Y por qué no lo haces?

—Si mi padre se entera de que hago dibujos en las piedras, me pegará por malgastar el tiempo. Apenas cortamos línder suficiente al año para intercambiarlo por comida y no parece muy probable que las cosas cambien algún día.

—Puede que sí. —Pretendió que aquel comentario pasara desapercibido, pero algo en su tono de voz intrigó a Peder.

—¿Cómo? —preguntó.

Miri eludió la pregunta encogiéndose de hombros. Iba demasiado bien como para abandonar ahora las normas de conversación. Él volvió a insistir, pues quería saber qué habían estado haciendo en la academia todo el invierno y de nuevo ella trató de seguir hablando de él.

Peder suspiró lleno de frustración.

—¿Por qué contestas con evasivas? Dímelo, quiero saberlo.

Miri vaciló, pero su atención era irresistible y tenía mil historias temblándole en la lengua. Entonces Peder le dedicó una de sus sonrisas, con la parte derecha de la boca más levantada y ella le frotó aquellos rizos leonados como se lo hacía a su cabra preferida después de ordeñarla.

—Puede que te arrepientas de haber preguntado —contestó, y le contó lo que había sucedido en los últimos meses, desde los azotes que recibió en las palmas de las manos y la primera nevada hasta la huida de la escuela aquel día. Hablaba rápido y se notaba la lengua como el ala de un colibrí; tenía miedo de aburrirle si tardaba demasiado. Después le describió cómo había estado experimentando con el lenguaje de la cantera, cómo podía compartir un recuerdo, y no sólo cuando hacía una advertencia, y cómo a veces funcionaba fuera de la cantera.

—Aunque a veces no. —Levantó la mano para decir que no sabía por qué.

—Inténtalo ahora.

Miri tragó saliva. Cuando había utilizado el lenguaje de la cantera con Esa y Frid había sido como un juego, pero con Peder se convertía en algo íntimo, como cogerle de la mano, como mirarle a los ojos incluso cuando no tenía nada que decir. Esperó no haberse ruborizado y golpeó con los nudillos el bloque de línder y cantó sobre una chica que llevaba agua para beber en la cantera. Dejó que la canción la guiara y empezó a unir sus pensamientos al ritmo, mientras buscaba un buen recuerdo, cuando Peder la detuvo con una sonrisa.

—¿Qué estás haciendo?

Entonces sí que se puso colorada y se maldijo por haber elegido una canción que hablaba de una muchacha enamorada.

—Yo... Creí que habías dicho que intentara hablarte con el lenguaje de la cantera.

—Sí, pero sabes que no tienes que dar golpes y cantar, ¿no? —Peder esperó que asintiera, pero Miri sólo se quedó mirándole—. Como ya sabes, en la cantera da la casualidad que damos golpes y cantamos mientras trabajamos, pero podemos usar el lenguaje de la cantera sin hacer todo eso.

—Sí, claro —afirmó y sonrió—. Por supuesto que lo sabía. Solo un idiota pensaría que hay que golpear la piedra para hablar con el lenguaje de la cantera.

—Sí, claro. —Se rio y ella también mientras chocaba el hombro contra el suyo. A Peder siempre se le había dado bien quitarle importancia a sus errores.

—Así que no tienes que dar golpes y sólo canta en tu interior.

Miri apartó la mano de la piedra y sin cantar habló a Peder con el lenguaje de la cantera. Fue como susurrarle algo directamente al corazón. Cuando dio una sacudida su visión, ella también tembló.

—Ha sido muy raro. —Peder la miró—. Cuando has dicho recuerdos, ¿te referías a eso? Se parecía al lenguaje de la cantera, pero yo estoy acostumbrado a oír las advertencias que usamos durante el trabajo. Esta vez sólo pensaba en aquella tarde cuando hice la cabra de línder. —Se le abrieron más los ojos conforme sus pensamientos avanzaban deprisa—. ¿Es porque hablas de un recuerdo? De uno que yo conozco, uno que yo he vivido y era tan claro para mí... Miri, esto es increíble.

—Me pregunto por qué habrá funcionado ahora... —Miri pasó la mano por la piedra. El línder era irregular, estaba descascarillado y tenía marcas de cincel; no era liso como las baldosas pulidas de la academia. Se llevó los dedos a la boca y los presionó contra una sonrisa que iba en aumento. Le empezó a rondar una nueva idea—. Peder, creo que lo entiendo. Creo que es el línder.

—¿Qué es el línder? ¿A qué te refieres?

Se levantó como si la idea fuera demasiado grande para estar agachada dentro de ella y necesitara espacio para extenderse.

—El suelo de la academia está hecho de línder, como esta piedra, y la cantera entera... ¿te das cuenta? Las otras veces que no ha funcionado debía de estar fuera o sobre restos de roca. A lo mejor es que el lenguaje de la cantera funciona mejor si estás cerca del línder.

—Vuélvete a sentar y déjame que lo intente. —La tiró del brazo y ella se sentó a su lado. Esta vez estaba un poco más cerca y con la pierna rozando la suya.

Peder cerró los ojos y los músculos de la frente se tensaron. Miri contuvo la respiración. Durante un rato no sucedió nada y después sus pensamientos se trasladaron rápidamente a aquella tarde en la colina de pastoreo, donde Peder trabajaba con el cuchillo un fragmento de línder y ella sostenía entre los dedos una cadena de miri trenzada. Era su propio recuerdo, pero más fuerte, vívido, colocado delante de sus pensamientos y lleno de color. Entonces supo que era Peder quien le hablaba de aquel recuerdo del mismo modo que conocía el olor del pan recién salido del horno, se notaba que era él.

—Al principio no podía explicármelo —dijo—. Estoy muy acostumbrado a repetir las advertencias de la cantera que siempre utilizamos.

—Una vez me dijiste que el lenguaje de la cantera era como cantar para tus adentros y así fue cómo supe lo que hacer.

—¿Qué? —exclamó mientras sacudía la cabeza—. Han pasado un montón de cosas mientras estabas fuera.

—Te contaría más si pudiera antes de que amaneciera.

—Estoy seguro. Debe de haber sido muy difícil estar callada todas estas semanas.

Miri le dio en el hombro.

—Te imagino en la ventana de la academia mirando hacia el pueblo —dijo— y creyendo que podrías verlo si te fijabas bien. Siempre has sido un halcón que mira a las montañas como si pudiera ver un ratón corriendo por una colina, o miras al cielo, como si pudieras contar las plumas del ala de un gorrión.

Miri no respondió. Se sentía como si estuviera flotando debajo del agua, de lado y sumergida. ¿La miraba como lo miraba ella a él?

—No le había contado a nadie lo de tallar la piedra —confesó—. No sé cómo me lo has sacado.

Miri se rió.

—Porque soy más agresiva que un macho cabrío loco. No se lo diré a nadie más.

—Ya lo sé. Ya sabía que no lo harías. —Cogió el final de su trenza y se lo pasó por la palma de la mano. Frunció el entrecejo como si se le hubiera ocurrido algo nuevo—. ¿Alguna vez llevas el pelo suelto?

—Sí. —Le chirriaba la voz, pero tenía la boca demasiado seca como para tragar saliva—. Lo llevaba suelto el año pasado en la fiesta de otoño.

—Es verdad. —Tenía una expresión ausente, como si se estuviera acordando—. Echo mucho de menos cuando éramos pequeños, ¿tú no? Estaría bien volver a explorar el pico, tal vez en los días de descanso.

—Sí —Miri se quedó muy quieta. Tenía miedo de que si se movía, podía asustar a Peder y, como un lobo solitario, éste saldría corriendo de repente—, cuando ya no esté en la academia.

Peder le soltó la trenza, pero Miri seguía sin apenas poder recuperar el aliento. Giró las manos como si buscara algo perdido.

—La academia. Entonces, ¿puede que te cases con el príncipe?

—No lo sé —contestó Miri y en ese momento se dio cuenta de que le dolía todo por estar sentada durante tanto rato—. Intento dar lo mejor de mí en clase y quizás se dé cuenta de que estoy allí. Bueno, tendría que elegirme de entre todas las otras chicas... y no es que no trate de ser la princesa o algo así. Es sólo que... no me escogerá a mí.

—¿Por qué no? —dijo Peder—. Bueno, ¿por qué no iba a hacerlo? Eres la más inteligente de la clase.

—No pretendía que sonara así...

—Da igual, me apuesto lo que sea a que lo eres —la interrumpió Peder, que alzó la voz—. Y si es al menos la mitad de príncipe que dice ser, se dará cuenta de ello y te querrá llevar a las tierras bajas para vestirte con trajes elegantes. Aunque no creo que te haga falta llevar esos trajes. Ya estás bien así. —Se incorporó—. No te preocupes. Debería regresar con mi familia.

Miri quiso decir algo de importancia antes de que se marchara.

—No le diré a nadie que tallas la piedra —soltó—. Pero creo que es algo maravilloso y creo que tú eres maravilloso.

Se quedó allí de pie, dejando que el silencio se hiciera cada vez más fino hasta que el corazón aterrado de Miri la dejó sin nada más que unas mejillas ruborizadas.

—Eres mi mejor amiga. Lo sabes, ¿verdad? —dijo.

Miri asintió con la cabeza.

—Ojalá tuviera algo para darte, algún regalo de bienvenida. —Se dio unas palmaditas en el bolsillo de la camisa como si buscara algo.

—Está bien, Peder, no tienes que...

Rápidamente se agachó, la besó en la mejilla y desapareció.

Miri no se movió durante tres versos de la siguiente canción alrededor de la hoguera. Una sonrisa tiró de uno de los lados su boca como lo haría de un sedal una trucha del arroyo, pero estaba demasiado estupefacta para que apareciera.

—Ha ido bien —se dijo para sus adentros y después sí que sonrió.

—¿De qué te ríes? —Britta estaba sentada a su lado y reflejaba la expresión de felicidad de Miri.

—De nada —respondió Miri, pero no podía evitar mirar hacia donde se había ido Peder y Britta siguió su mirada.

—Ah. —Britta se rió—. De nada.

Miri se rio también, notó cómo se ruborizaba de nuevo y pensó en que después de que se le encendieran tanto las mejillas, ahora deberían de estar hechas cenizas. Cambió rápido de tema:

—¿Qué es lo que más te ha gustado hasta ahora? ¿La comida, las historias, bailar o cierto chico enamorado que se llama Jans?

Britta sacudió la cabeza y se negó a contestar la pregunta mordaz de Miri.

—Todo ha sido estupendo. Creo que ésta ha sido mejor que cualquier fiesta de las tierras bajas.

Miri le dio un codazo.

—Mira como has dicho «tierras bajas», como si fueras una montañesa.

—Ya me gustaría serlo —dijo Britta.

—Pues lo eres —afirmó Miri—. Es la única ceremonia que necesitas.

Los tambores y las canciones cesaron y el padre de Gerti, Os, congregó al consejo del pueblo. Los jóvenes se apartaron de las hogueras para dejar aquel asunto a los mayores. Una agitación en el estómago de Miri le recordó que tenía algo decir.

—Ven, Britta, puede que necesite tu ayuda.

Miri nunca había asistido a un consejo. Se sentó al lado de su padre con la cabeza apoyada en el hombro y Britta a su lado. La conversación concernía a la extracción reciente de unos bloques de línder, un daño en la piedra debido a la falta de atención, las partes más comprometedoras de la cantera que deberían trabajar a continuación y el uso de las provisiones durante el invierno.

—Pero no importa cuánto línder extraigamos, Os, no será suficiente —dijo el padre de Peder—. La ausencia de las muchachas conlleva menos manos para ayudar. Mi propio chico ahora tiene que encargarse más de las cabras y de la casa y eso es una piedra menos para esta temporada. ¿No es cierto, Laren?

El padre de Miri asintió.

—He pasado estrecheces este año.

Miri se levantó.

—Tengo algo que decir.

Su padre alzó las cejas pero no dijo nada y Os le indicó que continuara. Miri se aclaró la garganta.

—En la academia encontré un libro que explica cómo venden el línder en las tierras bajas. Al parecer, nuestra piedra es tan preciada que el mismo rey sólo utiliza el línder para sus palacios y el único lugar en todo Danland que produce línder es éste. Así que puesto que la demanda de línder es alta y el suministro es limitado, tiene muchísimo valor.

Miró a su padre para ver si daba su aprobación. Estaba escuchando, pero la expresión de su cara no revelaba ninguna opinión. Miri se aclaró de nuevo la garganta.

—En el resto del reino comercian con monedas de oro o plata en vez de sólo con comida y provisiones. En la capital un bloque de línder vale una moneda de oro y a cambio de una moneda de oro se pueden comprar cinco fanegas de trigo.

Se detuvo, esperando exclamaciones, pero nadie habló. Entonces su padre le tocó el brazo.

—Miri —dijo en voz baja.

—Sé que os pido que creáis en un libro de las tierras bajas, pero yo me lo creo, papá. ¿Por qué escribiría alguien de las tierras bajas algo de Monte Eskel si no fuera cierto?

Britta habló en voz alta:

—Miri me enseñó el libro y también pienso que es verdad.

Os negó con la cabeza.

—Es fácil creer que los comerciantes nos estafan todo lo que pueden, pero, ¿qué podemos hacer al respecto?

—Negarnos a comerciar por nada que no sea oro y plata y a precios aceptables —sugirió Miri—. Entonces si no traen suficiente mercancía que intercambiar por nuestro línder cortado, bajaremos por la montaña con su dinero para comprar más.

—Hay un gran mercado en una ciudad que está a tres días de aquí —dijo Britta—. Nos alojamos en un hostal durante el viaje que hice el verano pasado. El oro y la plata compran más cosas allí que todo lo que pueden subir los comerciantes.

Os se restregó la barba.

—Entiendo el valor de comerciar en otro sitio, pero si los comerciantes no nos cambian el línder por oro...

—Si no lo hacen —dijo Doter con los ojos iluminados—, les amenazaremos con bajar el línder de la montaña. Si comercializamos el línder en el mercado nosotros mismos, ganaremos mucho más.

—No, no —dijo el padre de Katar—. No tenemos carros ni mulas y no tenemos ni idea de cómo funciona el mercado de la ciudad. ¿Y si llevamos hasta allí todos nuestros bloques y nadie los compra? ¿Y si en el proceso ofendemos a los comerciantes y no regresan nunca más?

El miedo que provocó aquel argumento acalló la conversación. Miri enroscó los dedos de los pies dentro de las botas y se obligó a hablar otra vez en voz alta:

—No creo que los que son como Enrik vayan tan lejos. La verdad es que creo que los comerciantes se están forrando con nuestra piedra. Sabrán que podemos vender el línder por mucho más en las tierras bajas y que se quedarán sin sacar ningún beneficio. —Miri miró otra vez a su padre y trató de acabar con aquella esperanza temblorosa en su voz—. ¿Qué opinas, papá?

Asintió despacio.

—Creo que merece la pena arriesgarse.

Un suspiro de alivio salió del pecho de Miri. Aquella idea desencadenó una conversación que no acabó hasta que las llamas se redujeron hasta convertirse en brasas. Los adultos debatieron todos los puntos de vista, cómo afrontarlos y a qué riesgos se enfrentarían. Consultaron a Britta para que les contara todo lo que sabía del comercio. Algunos estaban preocupados por si no podían diferenciar la plata y el oro de cualquier metal barato que los comerciantes intentaran darles.

—Mi padre era mercader. Os puedo asegurar que no os engañarán —dijo Britta—. ¿Pero qué ocurriría si el rey se impacientara porque no tiene línder y enviara a sus hombres hasta aquí para extraer ellos la piedra?

Muchos se rieron al oír aquella pregunta.

—Si todos los habitantes de las tierras bajas tienen los brazos tan flacuchos como los de los comerciantes —dijo el padre de Frid—, tendrán que descansar después de cada golpe de mazo.

Miri cruzó sus delgados brazos debajo de la capa.

—Por eso no nos tenemos que preocupar, Britta —aseguró Doter—. Que vengan, lo dejarán después de la primera grieta. Nosotros tenemos línder en los huesos.

La discusión continuó y Miri se apoyó contra su padre, somnolienta al mirar el fuego. Él le dio unas palmaditas en el pelo. «Nosotros tenemos línder en los huesos —había dicho Doter—. Nosotros.» Miri se aferró a aquella palabra, quería ser parte de ella, pero no estaba segura de si lo era. Si su idea del comercio tenía éxito, tal vez entonces estaría más segura.

Su mirada fue de las llamas doradas a la oscuridad que la luz del fuego no podía alcanzar. Peder quizás estaba allí, escuchando, con la esperanza de tener una oportunidad para tallar la piedra.

Capítulo doce

Lodo en el río
y tierra en el viento.
Barro en mi oído
y piedra en mi aliento.

Todavía no había amanecido cuando Miri se despertó al oír el ronquido reconfortante de su padre. Reconoció las formas familiares de la chimenea, la puerta y la mesa, y respiró el cálido olor de su hogar.

Cuando el alba empezó a dar color a la oscuridad de la casa, Miri se envolvió en la manta y salió para desayunar. Muchos otros estaban en el centro del pueblo para aprovechar los restos de las hogueras de la noche anterior y usarlos para calentar la comida de la mañana. Miri puso agua a hervir encima del carbón y se dio cuenta de que allí había otras chicas de la academia. Tenían el semblante serio en aquella mañana gris.

—¿Vais a volver? —preguntó Miri.

—Eso es lo que estaba pensando —contestó Esa.

Britta estaba sentada al lado de Miri.

—Aunque quisiéramos, ¿nos lo iba a permitir Olana?

—Si lo hace —dijo Frid—, puede que tengamos que pasarnos el verano haciendo turnos para entrar en el armario.

—Olana dijo que podía ir a la fiesta de primavera, así que no me castigará —afirmó Katar, que se unió a ellas—. Yo desde luego que voy a volver.

Shannon Hale

Llegaron muchas otras muchachas de la academia, se sentaron sobre las piedras formando un círculo irregular, observaron cómo las brasas silbaban y chisporroteaban contra el rocío, y hablaron de la vuelta. Algunas estaban impacientes por regresar y otras estaban tan contentas a la mañana siguiente de la fiesta de primavera que ni siquiera pensaban en marcharse. Katar y Bena se mantenían inflexibles.

—No permitiré que ninguna de vosotras ponga en peligro la oportunidad de mi vida al dejar la academia —dijo Katar.

—El príncipe puede que elija a otra, Katar —dijo Bena—. No había pensado mucho en él hasta ayer por la noche cuando me di cuenta de lo aburridos que son los chicos del pueblo. Me apuesto cualquier cosa a que un príncipe es interesante.

Liana asintió, siempre repitiendo la opinión de Bena; y Miri se preguntó qué habría hecho Peder la noche anterior para perder todo el interés de forma tan contundente. Se imaginó un punto en su mejilla más caliente que el resto.

—Miri se cree que será elegida —dijo Bena—. Por eso estudia tanto. Pero es demasiado orgullosa para admitirlo.

—¿Cómo puedes querer casarte con alguien que no conoces? —preguntó Miri.

—¿Y si le conoces y te gusta, Miri? —le preguntó Esa—. ¿Y si nos gusta a todas?

Frid frunció el entrecejo como si creyera que eso no era posible. Katar sonrió con satisfacción, Bena se quedó mirando a las estrellas de la mañana y tres de las más jóvenes cuchichearon entre ellas. Miri trató de mantener una cara ilegible. Ya se había enamorado de la casa del cuadro, pero después de la noche anterior, la idea de Peder estaba demasiado cerca y tenía demasiada esperanza como para pensar en casarse con un príncipe.

—Y a todo esto, ¿cómo se llama? —preguntó Gerti, que puso agua a hervir sobre las brasas.

—Steffan —contestó Britta.

—¿Cómo lo sabías? —le preguntó Liana.

Britta se encogió de hombros.

—Todo el mundo allí abajo lo sabe.

—Todo el mundo allí abajo lo sabe —repitió Katar en voz alta burlándose.

Britta se ruborizó.

—Bien hecho —soltó Miri para salvar a su amiga—. Así que se llama Steffan. Mmm, a mí me suena flojo. Me juego lo que sea a que no puede tirar una piedrecita a cinco pasos.

Frid dio un grito ahogado y soltó una carcajada tan fuerte que parecía que nunca había oído nada tan gracioso como que alguien no fuera capaz de tirar una piedrecita a cinco pasos. Miri por poco se ríe también, pero se sintió incómoda al reírse de su propio chiste, sobre todo cuando nadie más le encontraba la gracia.

—No importa si alguna de nosotras se enamora del príncipe —dijo Katar—. Deberíamos volver a la academia.

—No me di cuenta de la importancia que le dan los de las tierras bajas a la academia hasta que estudiamos la estructura política de Danland —reconoció Esa—. Antes no sabía qué era un delegado principal o por qué era tan significativo que él en persona viniera a Monte Eskel a dar la noticia.

—¿De qué estás hablando? —le preguntó Jetar, la amiga de Gerti.

—Todas las provincias de Danland tienen un delegado —explicó Katar y bostezó para dar a entender que la ignorancia de Jetar le parecía aburrida—. Cada delegado les representa en la corte y el delegado principal es el que manda sobre todos. El rey es el único que está por encima de él. Debió de molestarle mucho que no supiéramos lo importante que era.

Miri asintió con una seriedad fingida.

—Ah, sí, recuerdo muy bien su magnífico sombrero emplumado.

—No es de extrañar que los de las tierras bajas crean que no pertenecemos a Danland —dijo Esa—, pues Monte Eskel es sólo un territorio.

—Quizá no deberíamos habernos fugado —dijo Gerti—. Si la academia es tan importante, si somos tan importantes...

—¿Y os acordáis de la lección de la Ley de Danland? —dijo Katar— ¿Y de los castigos por desobedecer al rey?

Frid se cruzó de brazos.

—Puede que intenten arrastrar a nuestros padres hasta Asland.

—Podemos hacer que nuestros padres vayan a hablar con Olana y que le expliquen... —sugirió Gerti.

—Creo que Olana nos respetará más si hacemos las cosas por nuestra cuenta —afirmó Esa y empezó a hablar más bajo—. Y me gustaría volver, aunque no me convierta en una princesa; pero quiero aprender más.

Miri se puso de pie con una idea.

—Si una de nosotras de verdad se va a convertir en princesa, ¿cómo iba a Olana a mangonearnos? Puede que estuviera encerrando a su futura reina en el armario para que se acurrucara con una rata.

Katar arrugó los labios.

—Eso es algo con lo que podemos negociar.

—Volvamos y demostrémosle que somos más inteligentes de lo que ella se piensa. —Miri se puso a caminar entusiasmada—. Olana no le dedicó mucho tiempo a la diplomacia, pero aprendimos lo suficiente para idear un buen plan.

Bena puso los ojos en blanco.

—¿Es que acaso crees que con saltar en su regazo y soltar una serie de reglas de diplomacia ya se arreglará todo?

—Ojalá hubiera sabido las reglas de diplomacia el día que Olana me azotó en las palmas de las manos —dijo Miri—. Creo que podría haber llegado a un acuerdo. Será divertido intentarlo.

—Sí y Miri será la que hable por nosotras —la animó Gerti con unas palmaditas en el hombro.

Katar, Bena y Liana discutieron entre ellas, pues decían que una de las chicas mayores debía hacerlo, que el asunto era demasiado delicado para dejarlo en manos de Miri.

—Ya nos ha metido antes en problemas —se quejó Bena.

Esa se encogió de hombros.

—Olana dijo que Miri sacó la mejor puntuación en el examen y además lo de usar la diplomacia ha sido idea suya.

Britta y otras tantas muchachas también expresaron su apoyo.

—Fue idea de Miri —se limitó a decir Frid y se acabó la discusión.

La familia grande y musculosa de Frid se podía comer las provisiones de invierno de un pueblo entero y todavía tener hambre, aunque siempre donaban algún trozo de línder a las familias más pequeñas sin armar escándalo ni que les dieran las gracias. Ni siquiera Bena discutiría con Frid.

Miri sólo asintió, pero tenía ganas de gritar. Confiaban en ella, lo que le dio esperanzas y pensó que en la academia, lejos de la cantera, tal vez tuviera la oportunidad de ser tan útil como el resto.

Cuando el amanecer puso una neblina anaranjada alrededor de la cima del monte Eskel, ya habían informado del plan a las otras muchachas de la academia y habían vuelto a casa para pasar el resto del día con sus familias.

Después de su visita matutina a la capilla, la familia de Miri se quedó alrededor de la casa para disfrutar de unos momentos de ocio. Marda y su padre querían saber todo lo que había aprendido y Miri no tuvo que esperar a que se lo preguntaran para contárselo.

El suelo de la casa estaba muy sucio, así que les llevó a dar un paseo al otro lado del pueblo. Se sentaron en un gran bloque de línder, que estaba estropeado por una grieta que tenía en el centro, y Miri les habló en el lenguaje de la cantera; al principio sólo les dijo: «Cuidado», y después les transmitió el recuerdo de cuando los tres asaron manzanas en la chimenea mientras una tormenta de invierno tronaba en el exterior.

—El lenguaje de la cantera es sólo para la cantera —dijo su padre.

—Creo que lo que hace que funcione es el línder y no la cantera —apuntó Miri.

Las mejillas de su padre se arrugaron al sonreír como si pensara que estaba de broma.

—¿Y para qué serviría en otro sitio?

—Bueno, creo que puedes comunicar más cosas aparte de advertencias en el trabajo. Supongo que puedes decir casi cualquier cosa mientras que haya un recuerdo con el que se corresponda.

Su padre frunció el entrecejo sin entenderlo. A Miri se le cayó el alma a los pies. Había estado impaciente por llegar a casa y contarle a su padre lo del comercio y el lenguaje de la cantera, y ahora se preguntaba qué era lo que de verdad esperaba, ¿que la lanzara por los aires y afirmara que era más lista de lo que él pensaba y que se merecía trabajar a su lado?

—Supongo que no es muy interesante para un cantero —dijo Miri—. Supongo que sólo me interesa a mí. No importa.

—¿Puede oírlo Britta? —preguntó Marda.

—No —contestó Miri—, no creo que pueda oírlo nadie de las tierras bajas.

Marda se quedó con la mirada ausente hacia la cantera y empezó a cantar una canción de trabajo con cincel: «Lodo en el río y tierra en el viento. Barro en mi oído y piedra en mi aliento. Arena en la lengua y polvo en la cara. Allí donde vayas, la montaña te acompaña». Papá, estaba pensando en que si los de las tierras bajas no pueden oír el lenguaje de la cantera y funciona con el línder...

Su padre asintió.

—El línder es nuestra sangre y nuestros huesos.

—¿Crees que sólo funciona con nosotros porque vivimos rodeados de línder? —preguntó Miri.

—Y lo bebemos y lo respiramos durante toda nuestra vida. —Marda agachó la cabeza como si quisiera permanecer en silencio, pero estaba claro que la idea le fascinaba y continuó—: Si funciona cuando estamos cerca del línder y los de la montaña lo tenemos dentro... tal vez el línder dé forma al lenguaje de la cantera del mismo modo que al ahuecar las manos alrededor de la boca hacemos que la voz suene más fuerte. O a lo mejor el lenguaje de la cantera viaja a través del línder como el sonido a través del aire y cuanto más línder haya, más fuerte se oirá. Nuestros recuerdos se mueven por el línder, ya sea en la montaña o en una persona.

Miri se quedó mirando a Marda fijamente.

—Eres lista —dijo.

Marda negó con la cabeza y cerró la boca.

Antes de ir a la academia, Miri nunca se había preguntado si una persona era o no inteligente. Parecía que a todos se les daba bien algo: algunos eran los mejores en escoger la fisura adecuada para sacar un bloque de piedra y otros eran los mejores en hacer queso, curtir el cuero, tocar los tambores o lanzar piedras. Ahora, para Miri ser lista era el talento de reflexionar sobre un problema y aprender cosas nuevas.

Y Marda era inteligente. Era una injusticia y muy mala suerte que Marda fuera tres meses demasiado mayor para asistir a la academia. Y no sólo Marda, ¿qué había de las niñas? ¿Y todos los chicos?

—Ojalá pudieras asistir a la academia —dijo Miri.

Marda se encogió de hombros y la última esperanza en su expresión insinuó que había soñado despierta sobre la academia durante muchas noches de invierno.

Su padre notó aquella tristeza que acababa de aparecer, así que las llevó de vuelta a casa para hacer galletas de avena con la última miel que quedaba para el invierno y dijo:

—Un poco de miel puede sacar la melancolía de los huesos y las piedras.

Mientras lo celebraban con galletas, Miri bromeó y se rio a pesar de la reacción decepcionante de su padre, pero volvió a pensar en Marda. Nunca se había imaginado que su hermana anhelara estar en la academia, quizá tanto como Miri deseaba ser bienvenida a la cantera. Miri le pasó a escondidas una porción extra de miel cuando volvió la espalda y deseó que se le ocurriera algo que lo arreglara todo.

Capítulo trece

Aquí comemos
sobras, copos de avena y patatas fritas.
Abajo tenemos
rocas, fragmentos y piedrecitas.

A la mañana siguiente las muchachas regresaron a la academia. Esta vez no había soldados que les metieran prisa, pero Miri se imaginó que no era la única que estaba nerviosa. Hablaron sobre su estrategia de diplomacia y muchas aportaron ideas. Frid y otras chicas de dieciséis años se hacían oír y daban todo su apoyo, pero Bena se negó a hablar otra vez después de declarar que Miri fracasaría, y Katar permaneció en su sitio habitual, sola a la cabeza del grupo.

Cuando llegaron a la academia, se colocaron en una fila bien recta delante de los escalones. Miri vio que Knut intentaba ver algo a través de una ventana.

En el silencio de la espera, Miri se dio cuenta de las piedras irregulares que asomaban por la suela de sus botas. Ya eran finas cuando habían sido de Marda, pero ahora... Miri trató de pensar en una palabra que fuera más fina que «finas». Quería empezar a saltar o decir algo gracioso para aliviar la tensión nerviosa, pero era la diplomática y pensó que sería mejor que pareciera respetable.

Al final Olana apareció con los brazos en jarras y los puños cerrados. Los dos soldados estaban detrás de ella.

Miri se acordó de la primera norma de las negociaciones diplomáticas: «Plantear el problema».

—Sabemos que no somos bienvenidas —dijo.

Olana parpadeó, no era lo que esperaba oír.

—Nos fuimos sin su permiso y violamos su autoridad —continuó Miri. La segunda norma: «Admitir tu propio error»—. Eso estuvo mal.

Frid arrastró los pies nerviosa. Miri sabía que las muchachas no esperaban que reconociera su culpa, pero no estaba segura de si podría ser convincente sin la ayuda de las normas de diplomacia. Además, quería que Olana viera que habían escuchado y aprendido.

—Nos apartó de nuestras familias, nos castigó por razones injustas y nos trató como a delincuentes. Eso también estuvo mal. Ahora estamos aquí dispuestas a olvidar nuestras ofensas mutuas y empezar de nuevo. Éstas son nuestras condiciones.

Olana parpadeó con rapidez, una señal de que había perdido su compostura. Miri se animó y repasó las otras normas: «Plantear el error de la otra parte». Hecho. «Proponer compromisos precisos» y para terminar «Invitar a la aprobación mutua». Esperó no olvidarse nada.

—Cada día de descanso se nos permitirá volver a casa para ver a nuestras familias e ir a la capilla. Nos marcharemos a última hora de la tarde y volveremos para pasar la noche aquí. Cuando vengan los comerciantes, volveremos a casa y nos quedaremos una semana para ayudar a hacer los trueques, transportar las piedras y trabajar en nuestras casas. Quien rompa las normas será castigada sin una comida, pero no se le pegará, ni se la encerrará en el armario, ni se le prohibirá volver a casa.

Olana chasqueó la lengua para demostrar que no estaba impresionada.

—Es una tarea considerable convertir a veinte montañesas en damas presentables. Estas medidas son el único modo de que os mantenga a raya.

Miri asintió.

—Tal vez lo fueran, pero ya no. Como parte de las nuevas condiciones, prometeremos centrarnos en nuestros estudios, respetar su autoridad y obedecer todas las normas razonables.

—Había una más: «Ilustrar las consecuencias negativas del rechazo y las positivas de la aprobación»—. Si no lo acepta, a quienquiera que elija el príncipe informará de su mal comportamiento y le pedirá que la mande a trabajar para el resto de su vida a algún territorio alejado de Danland, incluso más desagradable para usted que Monte Eskel.

—A una ciénaga —susurró Britta.

Miri asintió, había leído sobre un territorio así, maloliente, lleno de barro y más pobre que las montañas.

—Algo así como a una ciénaga —dijo Miri.

Olana se abochornó visiblemente.

—Y si cumple estas condiciones y nos trata como trataría a las hijas de los nobles, quienquiera que sea elegida como princesa elogiará su trabajo como maestra y continuará enseñando cómodamente en Asland.

—También pedimos la retirada de los soldados. Al parecer su único propósito es intimidarnos, así que podrán marcharse a su casa en Asland cuando vuelvan los comerciantes de aquí a pocas semanas.

Olana arqueó una ceja.

—En esta misma clase hemos leído sobre bandidos que vagan por los territorios aislados de Danland. ¿Qué haremos si deciden que les gusta el aspecto que presenta el Monte Eskel?

Frid se rio y las muchachas intercambiaron sonrisas. La historia de los bandidos derrotados fue el ingrediente básico de la fiesta de primavera.

—Los bandidos atacaron el pueblo antes de que yo naciera —soltó Katar—. Puede que haya notado que no hay nada que robar excepto los bloques de línder que son demasiado pesados para que los bandidos los puedan transportar con facilidad. Y en cuanto vieron que los hombres de la cantera les doblaban el tamaño y empuñaban mazos y picos, no tardaron en salir corriendo y abandonaron la montaña. No volverán.

—Ya veo —dijo Olana.

—Aceptamos estas condiciones y la invitamos a hacer lo mismo —dijo Miri y esperó a que Olana respondiera. El silencio golpeó la confianza de Miri, movió los pies en los restos de roca y trató de librarse del peso de la duda de Olana—. Mmm, ¿y entonces?

—¿Si acepto estas condiciones? —Olana arrastró cada sonido vocálico, un efecto que siempre dejaba a Miri estupefacta sin saber qué haría después—. Lo reflexionaré y me aseguraré de hacértelo saber.

Olana se disponía a darse la vuelta cuando Katar habló:

—Si nos obliga a esperar mucho, lo más probable es que volvamos al pueblo y entonces tendrá que hacer un largo camino antes de comunicarnos su decisión, lo que resultará en tiempo perdido en nuestros estudios y, si no estamos presentables cuando llegue el príncipe, se reflejará negativamente en la profesora.

Miri frunció el entrecejo. Se le había olvidado «Establecer una fecha límite para la aprobación».

Una lenta sonrisa se arrastró desde una comisura a otra de la boca de Olana. Algunas de las muchachas se miraban entre ellas, preocupadas por lo que podría significar aquella reacción.

Entonces, de manera inesperada, Olana aplaudió.

—Estoy impresionada —reconoció Olana—. No hubiera esperado tanto de unas chicas de montaña.

—Puede que seamos montañesas —dijo Britta—, pero también somos de Danland.

—Por supuesto —afirmó Olana—, esta ha sido una buena demostración de diplomacia. Volvamos a nuestros estudios y veamos si podemos alcanzar el mismo nivel en las demás asignaturas. Acepto vuestras condiciones. —Entró en el edificio.

Varias muchachas exhalaron a la vez y aquel sonido las hizo reír.

—Puede que Olana no sea tan mala después de todo —dijo Frid algo sorprendida.

—La hemos puesto contra las cuerdas —señaló Miri—, no le ha quedado elección.

Miri alcanzó a Katar en los escalones de la academia.

—Me alegro de que hayas hablado, de lo contrario estaríamos aquí todavía esperando.

Katar la miró irritada.

—Soy mejor diplomática que tú y todo el mundo lo sabe. Tendría que haber sido yo la que hubiera hablado. Qué mala suerte para ti que la academia de princesas no se base en quién es la preferida. —Pellizcó a Miri en el brazo y subió los peldaños pisando fuerte.

Entonces Miri se frotó el brazo y le puso los ojos en blanco a Britta.

—Es una amargada —dijo Britta.

Esa asintió con la cabeza.

—No merece la pena. Katar es como un espino que protege una liebre demasiado delgada para comérsela.

A la mañana siguiente después de regresar a la academia, Miri se levantó antes que las demás, se estiró y se apoyó contra la ventana para ver cómo salía el sol. La luz fue aumentando de forma tan gradual, que Miri se sorprendió al ver que ya podía distinguir las piedras desparramadas afuera en el suelo, desiguales por la escarcha matutina. Sólo después de que las otras chicas se movieran y ella estuviera a punto de seguirlas fue cuando bajó la mirada.

En la parte exterior del alféizar de la ventana había un pedazo de línder tan largo como su mano, que tenía vetas de color rosa pálido. Estaba tallado con forma de halcón, con la mirada seria, el pico curvado y las alas extendidas. Miri advirtió unas huellas en el barro que había alrededor de la casa, que subían hasta la ventana y después volvían y se dirigían hacia el pueblo hasta que desaparecían en las rocas del camino.

Recordó cuando Peder la había llamado halcón, porque siempre miraba al cielo, a la vista de la montaña o por la ventana hacia el pueblo. Sonrió al darse cuenta de que él se había imaginado que estaría en la ventana, de que sería la primera en verlo y sabría que era para ella.

—Soy su mejor amiga —cantó hacia la ventana, cantó hacia los dedos de sus pies y quizá para que la oyera todo el mundo. De momento no le importaba quién supiera el secreto que le apretaba el pecho y hacía que su cabeza fuera tan ligera como las semillas en la brisa—. *Soy su mejor amiga.*

Capítulo catorce

Es tan hermosa como una joven con flores en los cabellos.
La montaña, mi dama
es tan brillante como el sol de primavera y sus destellos.
El monte Eskel, mi dama.

A la semana siguiente de la fiesta de primavera todos los resquicios del invierno habían desaparecido de la montaña. Los últimos trozos cubiertos de nieve se derretían en el barro y luego el barro se endurecía y la hierba crecía. Las flores miri brotaban en las grietas de las rocas de cara al sol y giraban en la brisa. En los recreos las muchachas les daban vueltas a aquellas flores rosas y les pedían deseos.

Miri se encontraba de nuevo en una colina y miraba cómo se caía el último pétalo de miri. Tocó el halcón de línder que llevaba escondido en el bolsillo y pensó en el deseo que iba a pedir. Luego se giró hacia el oeste, lejos del pueblo, hacia el paso y las tierras bajas, y pensó en un deseo diferente.

Dejó caer el tallo de la flor y se rio antes de que pudiera tomar forma aquella idea. Por supuesto que no quería ser la princesa. ¿Cómo iba a desear casarse con alguien que no conocía? Miri decidió que lo que había dicho Katar de ser especial y hacer grandes cosas se le había quedado grabado en la cabeza y sólo tenía que quitarse esas tonterías de encima.

Pero volvió la vista hacia el oeste. ¿Qué maravillas le aguardaban en las tierras bajas? Desde luego estaba aquella casa estupenda para su padre y Marda, pero cada vez que pensaba en darles aquel regalo, no se podía imaginar a sí misma casada con un príncipe. Por un momento se permitió pensar en cómo la cambiaría un futuro como aquel.

—Princesa Miri —susurró y se sorprendió al sentir un escalofrío. El título le daba peso a su nombre, la hacía sentir más importante. Miri era una chica escuálida de pueblo, sin esperanzas, ¿pero quién sería la princesa Miri?

Otras muchachas en la colina miraban cómo el último pétalo de sus flores miri se marchaba flotando. Miri se preguntó cuántas estarían deseando llevar el vestido de plata y cuántas estarían deseando un título en su nombre.

—Antes pensaba que esto era todo el mundo —dijo Esa, que estaba sentada al lado de Miri con Britta y Frid. Los ojos de Esa buscaron las ondulaciones y las pendientes de las montañas que iban del verde al gris en el horizonte del norte—. Ahora me siento muy pequeña aquí arriba en nuestra montaña solitaria.

Miri asintió. Aquella mañana la clase de Olana les bajó los ánimos. El línder representaba una diminuta fracción de la economía de Danland, menos que la venta de orejas de cerdo o las flores de tela para los sombreros de las damas; toda la población de Monte Eskel era más pequeña que el número de personas que trabajaban en los establos; las puertas de madera de la capilla, tan queridas y apreciadas por los aldeanos, eran más pequeñas y menos elaboradas que las puertas principales de cualquier mercader de Asland.

—Las tierras bajas no son tan diferentes —dijo Britta—, sólo un poco más grandes y...

—Mucho más grandes —opinó Frid.

—Es difícil sentir que importas algo —dijo Esa.

Katar pasó por su lado mientras giraba un tallo pelado de la flor miri.

—Una princesa importa.

Al ver que ninguna expresaba su punto de vista, Miri supo que no había sido la única que había contemplado el horizonte del oeste cuando había pedido el deseo. El mundo nunca había sido tan ancho, era una boca abierta que se las podía tragar a todas. Lo que hizo desear a Miri poder contenerse.

—No parece importar lo que pensamos —señaló Miri—. El príncipe subirá aquí y nos mirará como si fuéramos los barriles del carro de un comerciante; y si yo soy cerdo salado y resulta que a él no le gusta el cerdo salado, entonces no tendré nada que hacer.

Sus ojos encontraron a Katar colina abajo. «Pero puedo hacer algo respecto a la princesa de la academia», pensó.

Sería más difícil de lo que esperaba. Las mayores estaban asustadas por el empate de Miri y Katar en el primer examen, y Bena, Katar y Liana pasaban todo el tiempo libre con los libros abiertos. Miri se quedó mirando con nostalgia cómo la primavera estallaba al otro lado de la ventana, pero se obligó a estudiar, al menos la mayoría del tiempo. Britta, Esa y Frid de vez en cuando la convencían para salir afuera a jugar al nostálgico lobo y conejo.

Al principio el nuevo acuerdo con Olana fue un poco mejor que antes. Estaba nerviosa y de mal genio, como si estuviera preocupada por la amenaza de enseñar a unos rufianes en una ciénaga, pero incapaz de suavizar su duro comportamiento. No obstante, Miri notó que poco a poco su temperamento se iba calmando. Las muchachas que al principio intentaron aprovecharse de esta nueva situación se dieron cuenta de que después de perderse una comida todavía debían oír a Olana.

Justo antes de la llegada de los comerciantes, que les concedería una semana libre, Olana les puso otro examen y anunció las cinco mejores. Katar era la primera y Miri la segunda.

—Lo siento, Miri —dijo Katar—. De todas formas, ya sabes que eres muy bajita para que te quede bien ese vestido.

—Tú eres demasiado alta para... —se atrancó Miri, incapaz de pensar una buena respuesta. Se maldijo en silencio—. Da igual.

Esa se quedó sorprendida y se puso muy contenta al oír que era la tercera, hasta que Bena y Liana la alcanzaran de camino a casa al siguiente día de descanso.

—Creo que vosotras las de la fila de catorce años estáis haciendo trampas —dijo Bena.

—No he hecho trampas, Bena —contestó Esa—. He estado estudiando.

—¿Ah, sí? Pues yo también y es imposible que tú y Miri podáis ganarme. Os estaré observando.

—Yo también —dijo Liana.

—Supongo que no les gusta nadie que represente una competencia —comentó Miri cuando las mayores se alejaron.

—Al menos soy una competencia —apuntó Esa con alegría.

Las jóvenes estaban a pocos minutos del pueblo cuando oyeron el grito de un burro que retumbaba en la ladera de la montaña. Una caravana de carros de los comerciantes se acercaba por detrás con Enrik a la cabeza.

—Britta, ya están aquí —susurró Miri y presionó una mano contra la barriga—. ¿Y si no funciona? ¿Y si se niegan a intercambiar por oro, se llevan las mercancías y no podemos bajar el línder al mercado y...?

—La academia os ha soltado para intercambiar, ¿no? —dijo Enrik, que miró a las chicas con los ojos entrecerrados al pasar por su lado—. Bueno, espero que vuestro pueblo haya trabajado mucho sin vosotras. Me enfadaría si resulta que he hecho todo el camino hasta aquí para llevarme sólo media carga de línder.

Miri y las chicas corrieron detrás de los carros y llegaron al pueblo unos pocos minutos después que ellos. Los comerciantes se habían parado delante de un grupo de aldeanos. Os estaba al frente.

—¡Esto es indignante! —estaba diciendo uno de los comerciantes—. No compraremos el línder a ese precio. ¿Y qué vais a hacer? Moriros de hambre, eso es lo que vais a hacer.

—Es el riesgo al que nos enfrentamos —contestó Os.

Una breve mirada al padre de Miri fue la única señal de que podía no estar seguro. Su padre cruzó los brazos, una postura que le hacía parecer el doble de ancho y tan sólido como la montaña.

—Si os negáis —continuó Os—, nos las arreglaremos para bajar el línder de la montaña nosotros mismos, venderlo en la primera ciudad que encontremos por el triple que paguéis y hacer a los comerciantes de allí ricos cuando revendan la piedra en la capital por el triple que han pagado. Nosotros ganaremos, ellos ganarán y todos ganarán; excepto vosotros.

La pausa que hubo a continuación hizo que Miri quisiera saltar de un pie a otro. Si funcionaba, les cambiaría la vida. Si no, si la sugerencia de Miri lo arruinaba todo... Cerró los ojos por miedo a pensar en ello.

—¿Crees que accederán? —susurró Britta.

—No lo sé —respondió Miri y apretó y estiró los dedos de los pies dentro de sus botas—. Pero que se den prisa y se decidan, sea lo que sea.

—Cuando regresemos a Asland y el rey se entere de esto —dijo un comerciante con el pelo blanco y la cara tersa—, enviará a otros para que extraigan el línder. Me están entrando ganas de intentarlo yo mismo.

—Pues adelante —le animó Os con el brazo extendido en dirección a la cantera.

El comerciante vaciló y muchos de las tierras bajas intercambiaron miradas.

—¿Tienes idea del tiempo que se tarda en encontrar una piedra tranquila? —preguntó Doter con aquella voz fuerte y sonora—. La piedra tranquila es el línder que duerme, que es bueno y sólido, que tiene fisuras justo en los sitios adecuados, pero no demasiadas. ¿Tienes el oído para oír por dónde romperlo en la montaña, el ojo para saber por dónde meter la cuña, cuántos toques darle con el mazo, no darle muchos pero tampoco quedarte corto? Y después hay que cortarlo. Estáis locos, todos vosotros, si pensáis que no somos conscientes de que somos las únicas personas vivas que conocen esta montaña, conocen el línder y cómo recogerlo para los palacios y los reyes. Así que no tratéis de amenazarnos de nuevo.

Un chorro de calor entró en el pecho de Miri y se sintió muy orgullosa y feliz de ser parte de un pueblo que conocía un oficio que nadie más sabía. Quiso correr hacia la madre de Esa y abrazarla, y aquel deseo abrió en su corazón la vieja heridita que le recordó que ella no tenía madre. Se acercó sigilosamente a su padre.

Después de la charla de Doter, las dos partes permanecieron calladas y esperaron una decisión. Miri se preguntó si la preocupación podía matar de verdad a una persona.

Enrik gimió y se pasó una mano por el pelo grasiento.

—Os dije que sería peligroso que fueran a aprender a la academia, pues podrían hacerse más listas y ahora hemos llegado a esto. —Se volvió hacia Os—. Muy bien, pero el precio que pedís es demasiado alto para que cubramos nuestros gastos y saquemos algún beneficio. Os daré una moneda de oro por cada tres bloques de línder.

Miri tuvo que sentarse, estaba muy mareada por el alivio.

—¡Enrik! —gritó uno de los comerciantes.

—No voy a volver con las manos vacías —dijo Enrik.

No tardaron en estar de acuerdo los demás también, algunos menos reacios que otros, y empezó el intercambio. Muchos aldeanos fueron a Miri para verificar unos precios justos. Miri les decía: «Sí, creo que sí» o «Le pediría un poco más». De momento, vestida de lana y con trenzas, se sentía tan importante como si llevara el vestido de plata y una corona.

Puesto que los comerciantes no habían traído suficiente mercancía para intercambiar por el línder bajo aquel nuevo precio, compraron el excedente con monedas de oro y plata. Os le pidió a Britta que le asegurara que eran auténticas. Britta las examinó una a una, las sopesó en la palma de su mano, las mordió y asintió con la cabeza para dar su aprobación.

La mitad del pueblo ayudó a cargar los bloques pulidos en los carros. Mientras los comerciantes y los aldeanos trabajaban juntos, Miri se sorprendió al oír que charlaban en tono agradable. Algunos incluso accedieron a quedarse por la tarde y comer con los del pueblo.

Miri se quedó al lado de su hermana y observó cómo un comerciante le daba unas palmaditas en la espalda a un cantero.

—Es extraño, creí que les gustaríamos mucho menos.

—A lo mejor es difícil respetar a alguien a quien estás estafando —dijo Marda.

Cuando el trabajo fuera de la cantera fue disminuyendo, Miri cogió a Britta de la mano y caminaron por el pueblo. Le contó quién se había casado con el hijo de quién, los últimos daños en la cantera, algunos secretos familiares y otros chismes del pueblo que se le ocurrieron para que Britta se sintiera más en su casa.

Justo cuando Miri estaba representando con tanto entusiasmo el momento en el que el hermano de Frid se había quedado atontado después de dar vueltas en el baile y cómo se cayó de bruces encima de la boñiga de una cabra, Peder pasó al lado de ellas. No se fijó demasiado en Miri, como si se tratara de una extraña, como si su conversación en la fiesta de primavera y el halcón de línder en el alféizar hubieran sido producto de su imaginación. Se le quedó mirando, atónita por la punzada que sintió en el pecho. Odiaba aquella sensación y necesitaba reírse para quitársela de encima

—Britta, ¿te he contado alguna vez cuando Peder decidió bañarse en invierno?

Peder se detuvo al oír su nombre y Miri continuó hablando sin mirar en su dirección.

—Me había robado mi muñeca de paja y yo le perseguí hasta más allá de la capilla. El día anterior había hecho sol y la nieve derretida llenaba los viejos agujeros de la cantera, así que no se sabía muy bien dónde estaba el suelo llano. Se dio la vuelta para burlarse de mí y, ¡zas! —Miri imitó a Peder cuando se cayó—. Desapareció completamente. Deberías de haber visto su cara de sorpresa cuando salió a flote, como si pensara que el mundo entero se hubiera desvanecido debajo de sus pies. Salió empapado, con el pelo recto pegado a la cara, y dijo con una voz entrecortada llena de indignación: «¿Qué has hecho?».

Britta se estaba riendo y ella soltó una risotada, se puso roja y rio más fuerte.

Peder sonrió.

—Todavía creo que hiciste algo.

—Sí, es verdad. Cavé un hoyo, lo llené con agua helada, hice que me robaras la muñeca y te obligué a que corrieras directo hacia allí.

—Ya me lo imaginaba —le dijo Peder a Britta.

—La muñeca se estropeó, pero valió la pena ver aquella cara de sorpresa congelada.

—Te ríes ahora —dijo Peder—, pero será mejor que vigiles tu lengua o puede que cuente cuando en una fiesta de primavera te quitaste toda la ropa y saliste corriendo.

Miri le tapo a Peder la boca con la mano.

—Tenía tres años —dijo entre risas—. Tres años, ¡tres!

Peder abrió los ojos con picardía y se rio debajo de su mano. Pensó en tirarle al suelo y luego se dio cuenta de que le estaba tocando y que él no hacía nada por quitársela de encima. Se apoderó de ella aquel antiguo miedo y le soltó.

—¡Peder! —le llamó su padre y él salió corriendo para ayudar en la cantera. Miri se metió la mano en el bolsillo y agarró el halcón de línder.

—Te gusta, ¿verdad? —le preguntó Britta cuando él ya estaba demasiado lejos para oírlas.

Miri se encogió de hombros.

—¿Y a ti?

—No creo que ningún chico del pueblo sepa que estoy aquí.

—¿Ah, sí? ¿Y qué hay de Jans?

—¿Sabes que estás evitando hablar de Peder? —preguntó Britta.

—O a lo mejor eres tú la que evita hablar de Jans.

—Miri —dijo Britta con un toque de exasperación.

Miri se dejó caer sobre un pedrusco.

—¿Qué quieres que te diga? ¿Que me gusta tanto que me duele?

—A lo mejor deberías decírselo.

—¿Y si se lo digo y me mira como si fuera un pescado salado podrido en un barril y ya nunca más puedo volver a ser su amiga?

Miri esperó a que Britta le dijera algo tranquilizador, pero se limitó a asentir con la cabeza.

—Da igual, no me preocupa mucho —dijo Miri enseguida tratando de fingir indiferencia—. Supongo que no deberías estar conmigo cuando ni siquiera has ido todavía a tu casa.

—Sinceramente —declaró Britta—, me siento más en casa en la academia que en casa de mis primos segundos.

—¿Es que no son amables contigo?

—No son desagradables —contestó Britta—. Cuando llegué, traje comida y provisiones para no ser una carga, pero todavía me siento, no sé, como si no fuera bien recibida, como si no me quisieran.

—¿Echas de menos a tus padres?

—No —respondió Britta—. ¿Me convierte eso en una mala persona? Echo de menos a otras personas de las tierras bajas, a una mujer que solía cuidarme y una familia que vivía al lado. Pero mi padre nunca estaba y mi madre era... —Se encogió de hombros, incapaz de terminar la frase. Se quedó mirando al suelo con los ojos muy abiertos, como si tratara de secarlos.

Miri no quería que Britta llorara, así que cambió de tema:

—¿Te gustaría pasar esta semana en nuestra casa? Podemos compartir el camastro.

Britta asintió.

—Me gustaría.

—Y a mí también, lady Britta.

Al llegar a casa de Britta, ésta entró a saludar a sus parientes y Miri continuó caminando hacia la cantera.

Por el borde más cercano vio una corriente verde que bajaba por la pendiente más empinada, rodeaba la cantera y se vaciaba por detrás blanca como la leche. El aire estaba lleno de polvo fino y blanco. Las losas medio expuestas y los aldeanos que trabajaban daban energía al lugar, una sensación de que aquí era donde se hacía todo el trabajo del mundo. Aquí todo era importante.

A veces sólo con mirarlo, Miri notaba su pecho hueco.

Su padre estaba cargando un bloque en el carro de un comerciante. La vio, se limpió la mano y la rodeó con el brazo por encima del hombro. Miri pensó que aquel gesto significaba que estaba orgulloso de cómo ella había ayudado en el intercambio o al menos eso esperaba. «Al menos tengo algo que ofrecer al pueblo», pensó. Se volvió hacia él y notó el olor paternal de su camisa.

Su padre tensó el brazo y ella miró hacia donde él tenía clavada la vista.

Dos chicos estaban subiendo un bloque por la cuesta empinada de la cantera y Marda estaba detrás de ellos. Hacía de freno al insertar dos cuñas de madera debajo de la piedra cada pocos pasos para impedir que cayera hacia atrás en caso de que la cuerda cediera. Miri era pequeña, pero para frenar la piedra no se requería mucha fuerza. Siempre había pensado que podría haber sido la mejor de la cantera en frenar la piedra si hubiera tenido la oportunidad.

Su padre no quitaba los ojos de Marda.

—No me gusta —fue todo lo que dijo. Retiró el brazo del hombro de Miri y empezó a caminar hacia la cantera.

Miri oyó el estruendo silencioso de una advertencia común en el lenguaje de la cantera. «Cuidado», dijo uno de los chicos que tiraban del bloque. El otro había dejado que la cuerda rozara la esquina de la piedra. Se estaba deshilachando.

—¡Marda! —su padre se puso a correr. Marda no se apartó del camino, estaba todavía tratando de colocar una cuña debajo de la piedra. Mientras los chicos se peleaban por la cuerda, se partió y Marda desapareció de la vista.

Miri subió por el borde y el interior de la cantera por primera vez en su vida. A mitad de camino de la pendiente, Marda estaba tirada en el suelo de lado, con la cara pálida por el miedo y las mallas hechas jirones. Su padre le sostuvo la cabeza en el regazo.

—Marda, ¿estás bien? —Miri se arrodilló junto a ella sobre los restos de roca mientras otros trabajadores se acercaban corriendo—. ¿Qué puedo...?

—Vete —ordenó su padre.

Tenía la cara roja, la ira se apoderó de su voz y le hizo subir el tono. Nunca le había oído hablar más fuerte que un susurro.

—Pero yo... yo..

—¡Vete!

Miri tropezó y empezó a correr hacia atrás antes de que ni siquiera le diera tiempo a tragarse su impresión, darse la vuelta y huir. Se marchó de la cantera sin detenerse y pensó en seguir corriendo hasta que se cayera. Pero alguien la paró. Era Doter, la madre de Peder.

—Suéltame —dijo Miri mientras daba patadas y forcejeaba. Hasta que habló no se dio cuenta de que estaba sollozando.

—Ven aquí. Tranquila, vamos.

Doter la cogió bien fuerte hasta que Miri dejó de luchar. Apoyó la cabeza en el hombro de aquella gran mujer y empezó a llorar.

—Ya está —la tranquilizó Doter—, deja que salga. La tristeza no puede quedarse clavada en el alma de una persona cuando resbala con las lágrimas.

—Marda... ha tenido un... un accidente —dijo Miri entre sollozos.

—Lo vi. Se ha hecho daño en una pierna, pero creo que se recuperará. Tómate un tiempo y asegúrate de que tú también estás bien, florecita.

—¿Por qué me rechaza siempre? —A Miri le dolía la garganta de tanto llorar. Se golpeó en la rodilla con el puño, enfadada y avergonzada por estar llorando delante de alguien, pues odiaba sentirse como una niña indefensa—. ¿Es que soy tan inútil, pequeña y tonta?

—¿Es que no lo sabes? —suspiró Doter y su pecho se movió debajo de la cabeza de Miri—. Ay, mi flor Miri, ¿por qué crees que te mantiene alejada de la cantera?

—Porque se avergüenza de mí —contestó Miri con años de amargura corriendo por su sangre—. Porque soy demasiado canija para hacer nada bien.

—Laren, menudo tonto si no ha dicho nada —se dijo Doter para sí misma—. Debería de habérmelo imaginado, debería haber sabido que era demasiado hombre para explicarlo. Todo el mundo lo sabe menos la chica, la única que debería saberlo. La culpa la tienes tú, Doter, por no haber hablado hace años...

Las palabras de Doter tranquilizaron a Miri. Luchó contra los sollozos hasta que los contuvo y se convirtieron en sacudidas sosegadas y dolorosas en el pecho. Era inútil interrumpir a Doter cuando hablaba consigo misma, aunque Miri estaba ansiosa por oír cualquier secreto que hubiera detrás.

Por fin Doter suspiró.

—Miri, ¿sabes cómo murió tu madre?

—Se puso enferma después de tenerme.

Miri notó cómo Doter asentía con la cabeza.

—Eso es cierto, pero hay más. Era pleno verano y los comerciantes subían cualquier día. Había habido un número costoso de accidentes aquel año y la cantera no tenía bastante piedra cortada para intercambiar por provisiones para los meses siguientes. Tu madre, que era muy testaruda, a pesar de estar tan redonda como la luna llena contigo en la barriga, insistió en ayudar en la cantera. Supongo que te puedes imaginar lo que ocurrió entonces.

—Frenaba las piedras —dijo Miri en voz baja.

—Uno de los chicos tropezó, la piedra resbaló y tu madre se cayó rodando por la pendiente. Aquella noche naciste antes de tiempo. Aguantó una semana, pero había sangrado mucho y hay cosas a las que una persona no puede sobrevivir.

—Durante esa semana no me soltó de sus brazos.

—Por supuesto que no, ¿por qué iba a hacerlo? Eras diminuta, escuálida y llena de pelusilla, y también el bebé más bonito que jamás he visto aparte de los míos.

Miri quiso protestar, pero nunca podía discutir con Doter. Os siempre decía: «El que es sensato nunca duda de las palabras de Doter».

Doter agarró a Miri por los hombros y la sostuvo a la distancia de un brazo. Miri dejó que el pelo le cayera hacia delante para ocultar cualquier señal de que había estado llorando, pero Doter tenía una cara redonda y contenta que con tan sólo mirarla la hacía sentirse más calmada.

—A nadie le importa que no trabajes en la cantera —dijo Doter. Miri se atragantó al oír aquello e inmediatamente intentó soltarse, pero Doter le apretó bien fuerte los hombros para que la escuchara—. Te lo estoy diciendo, a nadie le importa. ¿Crees que alguien envidia a mi hija Esa porque se ocupa de la casa? Cuando Laren dice: «Miri no trabajará en esta cantera», todos asienten y nadie vuelve a hablar del tema. Me crees, ¿no?

Miri se estremeció y dejó escapar un último sollozo.

—Tu padre es una casa con las contraventanas cerradas —dijo Doter—. Hay cosas que ocurren en su interior que nadie puede ver, pero tú sabes que tiene una herida que nunca se curará.

Miri asintió.

—Marda cuida a tu padre, pero tú, Miri, eres el vivo retrato de tu madre. Mira esos ojos azules y ese pelo como las plumas de un halcón. No puede evitar mirarte y pensar en ella. Por poco mata a Laren que Marda fuera a trabajar a la cantera, pero no le quedaba otra opción al ser sólo tres en casa. ¿Cómo iba a soportar que su niña pusiera un pie en el sitio que se llevó la vida de su madre?

Volvieron al pueblo y Miri caminó con los ojos clavados en el suelo detrás de ella. El mundo entero había cambiado y no estaba segura de si podía mantenerse en pie.

Era el vivo retrato de su madre.

Cuando Miri regresó, se encontró a Marda que iba de la cantera hacia su casa. La madre de Frid había dicho que tenía la pierna rota, pero no era nada serio. Mientras la mujer le colocaba la pierna en su sitio, Miri le cogió a Marda la mano, la besó en la mejilla, le trenzó pelo y le dio todo el amor que sentía, tanto como imaginaba que le hubiera dado su madre. Aquella noche Miri le cedió a Britta su camastro y durmió acurrucada al lado de su hermana para peinarla o acariciarle la cara cuando Marda no pudiera dormir por el dolor.

A la mañana siguiente a primera hora, Miri se despertó y vio a su padre sentado en una silla con la vista clavada en las manos. Se levantó y fue hasta él, descalza, sin hacer ruido. Extendió las manos sin alzar la mirada y la atrajo hacia su pecho.

—Lo siento, mi flor.

La abrazó fuerte y cuando su respiración se convirtió en un sollozo, Miri no necesitó oír más palabras.

Él lo sentía. Ella era su flor. Todo iría bien.

Capítulo quince

No mires más allá de tu mano.
Elige y ve al grano.

En la montaña, en verano, el mundo saborea todos los días. Como amanece pronto, invita a despertarse despacio, estirarse y tener ganas de cualquier cosa. Olana notó que la atención de la clase se alejaba por la ventana, así que cada vez daba más lecciones fuera. Las muchachas pasaron semanas aprendiendo los bailes para el gran día, giraban, saltaban y se deslizaban bajo el sol. El duro azul del cielo parecía arquearse sobre sus cabezas a tan sólo un brazo de distancia. A veces Miri estiraba los brazos, saltaba y se imaginaba que casi podía rozar su armazón liso y curvo.

Miri nunca se había sentido así, tan ligera como para flotar en las nubes. Incluso los golpes de Katar y el rechazo de Bena y Liana no le dolían tanto, porque la historia de Doter la cubría. Lo que ella había creído durante tanto tiempo no era verdad y ahora el mundo se abría totalmente para que lo descubriera.

Una noche después de las tareas, Miri se sentó con Britta, Esa y Frid en su camastro en el rincón de la alcoba y les confió la historia de su madre.

—¿Y vosotras... pensáis que soy una carga para el pueblo? —dijo Miri lo bastante bajo para que no la oyera nadie más. No quería darle a Katar ninguna otra razón para que se burlara de ella—. ¿Que soy demasiado débil para trabajar en la cantera?

Frid frunció el entrecejo.

—Nadie de Monte Eskel es demasiado débil para trabajar en la cantera. Una vez oí decir a mi madre que tu padre te hacía quedar en casa por razones personales. Supongo que nunca volví a pensar en ello.

Miri se frotó los brazos y se rio.

—Es maravilloso, me cuesta tanto creerlo... Es como si toda mi vida hubiera creído que el cielo era verde.

Esa estaba tumbada sobre el estómago con un brazo apoyado contra la barbilla.

—Pues como actúas, siempre riéndote tan alto y diciendo lo que piensas, nunca me hubiera imaginado que te importaba lo que pensaba la gente.

Britta tenía una sonrisa perspicaz.

—Todavía me acuerdo de un cuento que me solía leer mi niñera sobre un pájaro cuyas alas estaban clavadas al suelo. ¿Lo conocéis? Al final, cuando por fin se libera, vuela tan alto que se convierte en una estrella. Mi niñera me dijo que la historia trata de que todos tenemos algo que nos mantiene abajo. Y yo me pregunto, si las alas de Miri se han liberado, ¿qué hará ahora?

Esa sonrió.

—¡Vuela, Miri, vuela!

Miri agitó los brazos y graznó.

—¿Qué estáis haciendo? —les preguntó Bena enfadada.

Las chicas se rieron.

«¿Adónde debería volar?», se preguntó Miri todo el verano mientras viajaban de la academia a casa.

A Olana no le gustaba, pero lo hacía por el acuerdo y les daba a las muchachas una semana libre cada vez que los comerciantes visitaban Monte Eskel. Debió de llegar a los oídos de muchos que había un pueblo con monedas de oro para gastar, por lo que subieron a la montaña nuevos comerciantes con artículos especializados como zapatos con buenas suelas, tela teñida, mecedoras, tazas de cerámica, cubos de metal, cintas de colores y agujas de acero. Se construyeron almacenes de comida para que nadie tuviera que esperar con los barriles vacíos a la próxima visita de los comerciantes.

A mediados de verano, Marda y su padre le regalaron a Miri un nuevo par de botas por cumplir quince años. Se quedó maravillada al ver que ya no notaba las piedras más afiladas.

Marda estaba en reposo hasta que se le curara la pierna, así que todos los días que estuvo allí, Miri ayudó a su hermana a ir hasta la sombra de un árbol perenne que había junto a su casa y con un trozo de roca escribía letras en la vieja pared de la cantera. En sus últimas visitas llevó un libro que había afanado de la estantería de Olana y llegó un día en que Marda pudo leer una página ella sola. Inclinó la cabeza hacia atrás y suspiró.

—¿Qué pasa? —preguntó Miri.

—Nada. Es estupendo. —Miró hacia donde el sol rozaba las colinas del oeste—. Sabes cómo han sido siempre los de las tierras bajas con nosotros, cómo hablaban los comerciantes y todo eso. Me pregunto si tenían razón, si no somos listos, si nos pasa algo. Si me pasa algo.

—¡Marda! ¿Cómo puedes hacerles caso?

—¿Y por qué no? Cuando empezaste a enseñarme estaba aterrorizada. Lo hacías tan bien que estaba segura de que era demasiado torpe para aprender. Todo el pueblo pensaría que Miri era la mejor de la academia, pero que su hermana tenía los sesos de una cabra.

—Nadie podría pensar eso, sobre todo cuando eres la única fuera de la academia que sabe leer. Además, Katar es la primera de la clase.

Marda levantó las cejas.

—Pero si tú lo quieres ser, no sé qué te lo impide.

Miri casi le cuenta a Marda que se sentía la marginada de la cantera y que siempre había albergado un poco de celos en su corazón durante años. Pero se estaba liberando de aquella sensación y ya no parecía importar tanto.

Antes de ir a la academia, se sentaba en la colina a vigilar las cabras y sus ilusiones no iban más allá de poder trabajar en la cantera. Pero ahora, era consciente del reino que había al otro lado de la montaña, cientos de años de historia y los miles de cosas que podría ser.

Ya no pondría a prueba el dolor de su padre ni le pediría otra vez trabajar en la cantera. Encontraría su propio lugar. Y allí sentada debajo de un árbol con Marda mientras leía su primera página era el mejor sitio del mundo. Miri se preguntó cómo podría hacer que aquella sensación durara.

Capítulo dieciséis

Cuadraba por la noche y cortaba por el día.
Pensaba que el poder de la montaña extraía.
Luego vi mi trabajo a la luz del amanecer.
La montaña era el mundo y no iba a perecer.

Un día bien temprano en la academia Miri salió afuera antes de desayunar para estirarse y mirar las montañas. El viento del norte le pegó la camisa a las caderas. Le vino un olor de muy lejos, no era familiar y cálido como el viento de verano, sino que olía a sitios vacíos, a árboles que Miri no conocía y a nieve. Aquel aroma hizo que se le tensaran los músculos. Significaba que el verano había terminado, que el otoño se acercaba y que quedaban tan sólo unas semanas para el baile.

En la academia el ambiente cambió con el clima. Cada día que pasaba era un día menos que tenían para aprender cómo impresionar al príncipe y no parecer unas completas idiotas. Practicaban los bailes con una torpeza nerviosa y las reverencias con traspiés inquietos. Olana les gritaba:

—¿Es que queréis parecer imbéciles? ¿De verdad queréis que los invitados crean todas las cosas espantosas que han oído de los territorios alejados? Poneos rectas y pronunciar las palabras. ¡Por el amor de Dios, parad de hacer como si quisierais humillarme!

Miri intentó recordar cuándo las reverencias habían empezado a convertirse en algo más importante que el desayuno.

Durante parte del verano, Miri había pasado los recreos enseñando a Britta las canciones de la cantera y corriendo por las colinas. Ahora el cambio las rodeaba y se sentía obligada a hincar los codos y recitar listas de reyes y reinas. Las otras muchachas tampoco tardaron en pasar los recreos y los días de descanso estudiando. Miri se dio cuenta de que miraba con frecuencia a Katar y se preguntaba si aquella chica mayor habría entendido más cosas que ella; otras veces se quedaba mirando al cuadro de la casa con una esperanza tan fuerte que parecía que fuera algo que pudiera alcanzar y agarrar. Cuando se encontraba así, trataba de no pensar en Peder. Tenía la mente y el corazón hechos un lío.

Entonces Olana anunció el examen final. Cada alumna leyó en voz alta el fragmento de un libro y se le evaluó la pronunciación y la claridad. Knut se hizo pasar por el príncipe y las muchachas cruzaron la sala con tacones y le hicieron una reverencia. No soltó el cucharón en ningún momento y las miró a los ojos como si le doliera muchísimo, pero se las arregló para medio sonreír a Miri.

Cuando le tocó a Miri bailar, Katar se fijó en ella y le guiñó un ojo. Miri se tambaleó en medio de un paso, apartó la mirada y trató de concentrarse.

—No pasa nada, Miri —dijo Britta, que hacía de su pareja de baile—. Lo estás haciendo muy bien.

Miri oyó que Bena susurraba su nombre.

Después de las pruebas individuales, las chicas siguieron a Olana hasta el final de una pendiente donde el suelo estaba suavizado con césped. El viento del valle olía tan fresco como la ropa secada al viento y el sol calentaba la parte superior de la cabeza de Miri como si le estuviera dando una palmadita. Se echó hacia atrás sobre sus manos y sintió cómo se le relajaron los hombros por primera vez en una semana. Estaba segura de que aprobaría.

—Miradlo bien —dijo Olana, mientras señalaba el horizonte del norte—. Es lo único que algunas veréis. Hasta ahora, varias no lo han hecho suficiente bien para aprobar el examen y asistir al baile. Ahora es vuestra última oportunidad de reparar vuestros errores. Aquellas que están cerca de un suspenso, deben responder correctamente a todas las preguntas o de lo contrario permanecerán escondidas en la alcoba mientras el resto baila y le hace ojitos al príncipe.

Olana sentó a las muchachas en círculo y empezó la prueba decisiva. Miri contó los primeros cinco reyes de Danland empezando por el rey Dan y Katar dijo los otros cinco. Frid se atrancó con su pregunta pero dio una respuesta correcta. Después Olana se volvió hacia Gerti:

—Menciona los años de la Guerra de Derechos.

Gerti se quedó pálida. Miró al cielo con los ojos entrecerrados, como si estuviera buscando, pero la desesperación le dibujó unas arrugas en la frente. Miri vio cómo Gerti luchaba y se sorprendió a sí misma al sentirse aliviada. En una competición para llegar a ser la princesa de la academia, todas eran rivales.

—Gerti, la respuesta —dijo Olana.

—Yo...

Miri pensó en el cuadro de la casa, en Marda diciendo que nada se podía interponer en su camino, en el vestido de plata con diminutos capullos de rosa y en la sensación que zumbaba en sus huesos cuando pensaba en la importancia que el título de princesa otorgaría a su nombre. En aquel momento, todo era menudo y debilucho en comparación con la necesidad urgente de Gerti.

«No es justo —pensó Miri—. Todas hemos estudiado mucho todo el año. Al menos deberíamos tener la oportunidad de ir al baile.»

Su decisión parecía obvia. Intentaría ayudarla.

Su instinto la llevaba a utilizar el lenguaje de la cantera. «Pero ¿cómo le voy a decir a Gerti el número de un año?» Había encontrado un modo de decirles a las chicas que corrieran. Si encontraba el pensamiento apropiado, sería capaz de comunicar cualquier cosa, en especial cuando las muchachas de la academia compartían tantos recuerdos. Podía funcionar. Quizá funcionaba.

A sus pies, una flor miri se contoneaba en la brisa, lo que le dio esperanza. Aquellas flores rosas al parecer crecían con fuerza alrededor del línder. Toda aquella zona una vez había sido una cantera y sin duda aún quedaban restos. No obstante, Miri había oído que sólo funcionaba con la piedra sólida como la de una cantera activa y el suelo de la academia.

Olana suspiró.

—Di que no lo sabes, Gerti, y así seguiremos adelante.

A Gerti le tembló el labio. Miri hundió la mano en la hierba de otoño, tenía que haber línder por allí. Apretó fuerte con la esperanza de encontrar algo.

A pesar de lo que Peder había dicho, todavía le gustaba cantar en voz alta cuando usaba el lenguaje de la cantera; le ayudaba a centrarse en el canto interior que llevaba el recuerdo hacia la piedra. Pero aquí no se podía arriesgar. Presionó el suelo y pensó en su canción preferida para cuadrar los bloques: «La montaña era el mundo y no iba a perecer». Ordenó los pensamientos y los cantó en silencio siguiendo el ritmo de ese cántico.

Miri recordó la lección de historia cuando Olana les habló por primera vez de la Guerra de los Derechos. Había entrado una mosca en la habitación y zumbaba como una loca mientras golpeaba la ventana. Miri se acordó de aquello porque se había preguntado cuántas veces aquella mosca loca podría rebotar contra el cristal antes de quedarse inconsciente por el golpe y había decidido que 212, el primer año de la guerra.

—De doscientos doce a doscientos setenta y seis —había dicho Olana—. Repetidlo, clase.

Golpazo, golpazo, seguía la mosca.

—De doscientos doce a doscientos setenta y seis —habían repetido todas.

Golpazo, golpazo, golpazo, golpazo.

Miri cantó aquel recuerdo hacia la tierra: la mosca golpeando en la ventana, Olana diciendo los años y la clase repitiéndolos. A lo mejor Gerti había advertido la mosca también. A lo mejor con un golpe suave en el codo le vendría a la memoria y el sonido de aquellos años iría directo de la mente a su boca. La visión de Miri tembló, sus pensamientos se aclararon y aquel momento se pintó en su cabeza a todo color, pero la cara de Gerti no cambió. Miri lo intentó otra vez y el lenguaje de la cantera retumbó dentro de ella.

—Si todavía no lo has recordado, Gerti, no lo harás más tarde —dijo Olana—. Así que, Liana, por favor, nombra...

—De doscientos... —Gerti miró hacia arriba. Parecía estar probando algo extraño o identificando un olor lejano—. De doscientos doce a doscientos, mmm, setenta. Setenta y seis, quería decir, setenta y seis.

Katar le dio un codazo a Miri en las costillas, pues sin duda había percibido también que había usado el lenguaje de la cantera. Miri le contestó con una sonrisa agradable.

—Um. Es correcto —dijo Olana.

Gerti miró a Miri y le dedicó una sonrisa tan amplia como el cielo. Olana se volvió hacia Liana, que contestó correctamente, como también lo hizo la siguiente. Entonces Tonna se equivocó con la primera norma de conversación.

Miri no había pensado en continuar con sus pistas silenciosas, pero creía que Tonna tenía el mismo derecho a ir al baile que Gerti. El golpe que le dio Katar y la mirada de advertencia hicieron que se decidiera. Miri buscó el recuerdo perfecto y cantó hacia el línder oculto de la montaña y a las mentes de cualquiera que la estuviera escuchando. Tonna suspiró aliviada y respondió a la pregunta.

Miri sonrió. Estaba empezando a ser divertido.

El examen continuó mientras el sol formaba un arco en el oeste y arrastraba sus sombras más lejos. Cuando una chica titubeaba o miraba en dirección a Miri, hacía todo lo que podía para transmitir un recuerdo útil. Le tranquilizó que Britta siempre supiera las respuestas.

Entonces Frid no pudo recordar la última norma de las negociaciones diplomáticas. Miri le habló con el lenguaje de la cantera del día en que Olana les enseñó las normas de diplomacia, pero Frid se quedó mirando al suelo con aquella expresión habitual con los ojos muy abiertos y parecía estar dispuesta a fracasar. Miri hundió los dedos en la tierra y si hubiera cantado en voz alta, el lenguaje de cantera habría sonado como un grito; pero no se apreció nada en la cara de Frid, porque el recuerdo no era claro o porque el lenguaje de la cantera era demasiado débil en aquella colina; la cuestión era que no funcionaba.

—Lo siento —susurró Miri.

—Silencio —le advirtió Olana.

Entonces escuchó otra voz débil y delicada que hablaba con el lenguaje de la cantera. La sensación de que aquella voz era de Gerti no podía ser más clara aunque hubiera hablado en voz alta. Miri cerró los ojos para concentrarse y en su mente vio las negociaciones que hizo con Olana cuando se había olvidado de la última norma y Katar intervino.

Los ojos apagados de Frid brillaron.

—Dar un plazo para que acepten las condiciones.

—«Establecer una fecha límite para la aprobación» es la respuesta correcta —dijo Olana—, pero eso servirá.

Gerti sonrió abiertamente.

Y de ahí en adelante, nadie dudó al responder sin recibir una avalancha de pistas de un montón de chicas diferentes, algunas no tan útiles, otras exactas, pero la muchacha a la que le tocaba siempre se las arreglaba para revisarlas y llegar a la respuesta correcta. Por fuera las chicas estaban tranquilas salvo por un par de sonrisas pícaras, con las manos relajadas sobre el suelo como si estuvieran interesadas en la hierba. Pero por dentro, la sensación del lenguaje de la cantera era como si cantaran diez canciones a la vez, todas con voces diferentes, llenas de júbilo.

Las muchachas estaban tan ansiosas por ayudar que Miri no tuvo otra oportunidad para intervenir, excepto una vez.

—¿Me has oído, Katar? —preguntó Olana—. ¿Cuál es el nombre formal de la reverencia que se utiliza sólo delante del rey cuando está sentado en el trono?

—Yo, eh,...

Katar miró al cielo, al suelo, a sus uñas, a cualquier sitio menos a las chicas, como si se negara a pedirles ayuda. Y nadie se la ofreció. Miri pensó que cabía la posibilidad de que ninguna se acordara de la respuesta, pero muchas de ellas colocaron las manos en el regazo, dejando claro que se negaban a ayudarla. Incluso Bena y Liana miraban por encima del hombro y examinaban la vista de la lejana colina. Los ojos de Katar se dirigieron por una fracción de segundo hacia Miri y después los apartó.

Según recordaba Miri, Olana había dicho el nombre de aquella reverencia sólo una vez, pero ella lo había leído hacía poco durante sus horas de estudio. Katar aprobaría el examen sin su ayuda, pero no obtendría tan buenos resultados como para convertirse en la princesa de la academia. Miri luchó contra sí misma. No quería regalarle nada a Katar, pero su sentido de la justicia no le permitiría ayudar a todas menos a una. Miri fulminó con la mirada a Katar, dio unos golpes sobre la hierba y cantó en silencio la lección introductoria de Olana sobre elegancia. Después de unos instantes, Katar asintió. Tenía la voz muy tranquila.

—Ahora me acuerdo. —Se aclaró la garganta—. Se llama la ofrenda de corazón.

Después de la última pregunta, Olana silbó una larga nota de aprobación.

—Todas habéis conseguido el cien por cien en esta parte del examen. No me lo esperaba. Bien, vayamos a comer y calcularé el resultado final. Después de cenar, anunciaré quién ha aprobado y quién será la princesa de la academia.

Se comió muy poco aquella noche. Miri observó cómo la grasa se cuajaba en su plato de sopa de huevo y pan de trigo, y escuchó las conversaciones en voz baja de sus compañeras. Knut pasó por detrás de ella y le dijo entre dientes:

—Esta es la última vez que me molesto en cocinar algo bueno para un día de examen.

—¿Has cocinado algo bueno? —preguntó Miri—. ¿Dónde está?

Knut le alborotó el pelo.

Katar retiró su cuenco lleno hasta arriba y se quedó mirando por la ventana. Miri se dio cuenta de que a las dos les temblaban las piernas y con las rodillas golpeaban la mesa por debajo.

—Parece que Katar y yo estamos haciendo todo lo posible por recoger y cuadrar esta mesa antes de que lleguen los comerciantes —dijo Miri y varias muchachas se rieron.

Miri había hecho un chiste para romper la tensión y ahora se preparaba para la inevitable réplica, pero Katar sólo se levantó y se marchó. Miri apoyó la barbilla sobre las manos, contenta por haber sacado al menos por una vez lo mejor de Katar.

—Es la hora —anunció Olana.

Las sillas de la clase crujieron mientras las jóvenes se sentaban y se acomodaban. Miri pensó en que no debía de ser la única que se aguantaba la respiración. Olana tenía un pergamino en la mano. Sus ojos denotaban que estaba contenta, pero no había ni rastro de una sonrisa en su boca.

—Debido a la actuación inesperada de la última prueba, todas estáis aprobadas —dijo.

Se alzó un grito de alegría. Olana leyó el pergamino con los resultados ordenados de menor a mayor. La mayoría de las muchachas al final de la lista no parecía importarles el lugar que ocupaban y estaban contentas de oír que irían al baile. Olana paró de leer antes de que Miri oyera su nombre.

—Las últimas cinco (Katar, Esa, Liana, Bena y Miri) están tan cerca unas de otras que no he podido determinar la vencedora. Así que os dejo que lo decidáis vosotras.

Katar dejó caer los hombros. Miri notó que le temblaba otra vez la pierna mientras sus compañeras le susurraban a Olana sus votos una a una. Cuando se sentó la última joven, Olana sonrió.

—Más de la mitad habéis votado a la misma chica, por lo que hay una clara mayoría. Miri, ven aquí.

La cabeza de Miri estaba ligera y caminó hacia delante como si flotara, como si fuera una ráfaga del polen de los árboles que se hubiera levantado justo por encima del suelo. Clavó la vista en Britta, que sonreía llena de alegría.

Olana colocó la mano en el hombro de Miri.

—La princesa de la academia.

Y las muchachas la aclamaron llenas de entusiasmo.

Después de que se retiraran a dormir, Miri salió un momento para ver la puesta de sol, dorada y naranja, que acercaba el cielo a la tierra. Necesitaba descansar de la lagrimosa Liana que consolaba a una Bena con la cara colorada, y de las miradas al rojo vivo de algunas chicas de diecisiete y dieciocho años que estaban muy celosas. Estaba muy claro quién no había votado a Miri.

Desde un lugar al borde del acantilado, Miri podía ver las montañas y las colinas que derivaban del monte Eskel como las ondas que provoca el lanzamiento de una piedra sobre el agua. Justo debajo de ella, en vez de un acantilado escarpado, había un saliente, así que si por casualidad resbalaba sobre los restos de roca, se quedaría allí en vez de caer precipicio abajo. Se dio cuenta de que aquel sitio no era sólo su favorito; Katar estaba sentada en un afloramiento rocoso con las rodillas contra el pecho.

Miri bajó y trató de pensar en algo que decir que fuera muy bueno. Estaba a punto de abrir la boca cuando Katar hizo un sonido como un hipo forzado.

«No puede ser que esté llorando», pensó Miri. Nunca la había visto así. Pero cuando Katar se volvió hacia la luz, vio el brillo inconfundible de las lágrimas.

—Adelante, regodéate —dijo Katar.

Miri frunció el entrecejo. Pensó que Katar estaba actuando como un bebé al llorar sólo porque no había ganado.

—Venga —dijo Katar—, di que vas a llevar el vestido y a bailar la primera, que serás la más bonita y que irás a Asland para ser la futura reina.

—Eso no es verdad, Katar. Sólo porque sea la princesa de la academia no significa que me vaya a elegir a mí.

—Sí que lo hará.

«¿Lo haría de verdad?»

—Cabe la posibilidad, pero...

—Era mi única oportunidad. A nadie le gusto de verdad, ¿así que por qué tendría que gustarle a él?

—¿Tanto deseas casarte con él? —le preguntó Miri.

—No me importa el príncipe —contestó Katar con brusquedad—, sólo buscaba un modo de dejar esto. Odio estar aquí. —Bajó la voz como si las palabras casi fueran demasiado fuertes para pronunciarlas en voz alta.

Katar tiró una piedrecita y Miri oyó cómo le daba a la pendiente que había debajo y a otras piedras mientras rodaba. Esperó que Katar rectificara, pero no lo hizo.

Después de unos instantes, Miri dijo:

—No odias esto de verdad.

—Sí que lo odio. ¿Por qué no iba a hacerlo? —Katar arrojó otra piedra por el precipicio. Cuando volvió a hablar, la voz le temblaba—. Sé que no gusto. No puedo evitar ser como soy, pero estoy harta de no tener un sitio donde me sienta bien. Desde luego, no me siento en casa, no con mi madre muerta.

—Mi madre también murió —dijo Miri.

—Pero tu padre te adora. He visto cómo os mira a ti y a Marda como si fuerais la misma montaña, como si fuerais el mundo.

«¿De verdad?», pensó Miri. Su corazón latió una vez mientras pensaba, «de verdad».

—Mi padre ni siquiera me mira —dijo Katar—. Tal vez me echa la culpa porque mi madre murió cuando yo nací, o a lo mejor es que deseaba que fuera un niño o una chica muy diferente. Todo aquí es frío, duro, malo y difícil y... y yo me quiero ir. Quiero ser otra persona y ver otras cosas. Y ahora nunca lo podré hacer.

Miri sintió un escalofrío por una brisa que subía por el valle. Toda su vida se había visto como la única cosa triste y sola del mundo, pero ahora hasta Katar parecía una niña perdida en una colina lejana.

Katar hundió la cara entre sus manos y sollozó; Miri le dio unas palmaditas en el hombro sintiéndose algo incómoda.

—Lo siento —se disculpó Miri.

Katar se encogió de hombros y Miri supo que no podía decirle nada. Una amiga de verdad habría sabido consolarla, pero Miri sentía que apenas conocía a la chica que tenía al lado.

Todo era extraño, maravilloso y malo a la vez. Las muchachas habían escogido a Miri como princesa de la academia. El frío del otoño le rozaba la piel y cualquier día de aquellos el príncipe llegaría y se llevaría a una consigo. Katar sollozaba amargada junto a ella.

—Lo siento —repitió Miri, que odió cómo sonaron aquellas palabras vacías.

Katar le había dado un pequeño regalo al abrirle su corazón y mostrarle el dolor que sentía. Miri se metió aquel momento en su propio corazón y esperó corresponderla de algún modo algún día.

Capítulo diecisiete

Aunque el río es leche
se detiene en mi garganta
como una piedra, piedra, piedra.

Después del examen, las muchachas eran libres de llevar sus propios horarios. Muchas pasaban las horas del día practicando conversación o elegancia y ensayando los bailes, conscientes de que el examen de verdad, el baile, todavía no había llegado. Otras estaban aliviadas por tener un descanso y andaban por ahí chismorreando de los vestidos que los de las tierras bajas llevarían o vagaban por la montaña para reírse, inquietarse y hacerse preguntas.

Las chicas parecían evitar el tema espinoso del príncipe y la elección de su novia, pero en la academia persistía una agitación indefinida. Incluso Frid, que era tan práctica, era más propensa a quedarse mirando al cielo con un atisbo de sonrisa avergonzada.

Miri deseaba que Peder fuera y le recordara que no quería que la eligieran, pero en cuanto pensaba en el príncipe, un cosquilleo le recorría el pecho. Había abandonado el sueño de trabajar en la cantera, pero en su corazón todavía esperaba algo. Aunque ahora entendiera las razones por las que la habían excluido de la cantera, cuando se imaginaba volviendo al pueblo sólo para atender a las cabras, sentía una especie de pánico. Seguro que había un lugar para ella, algo que pudiera hacer para continuar creciendo, para ser útil. Para que su padre se sintiera orgulloso de ella. La idea de convertirse en una princesa prometía muchas cosas.

Una mañana, Miri se encontró a Esa en los escalones de la academia de cara al paso de la montaña.

—Es como si fueran a llegar en cualquier momento —dijo Miri que se había sentado detrás de ella—. Cuando miro hacia allí y veo un pájaro o la sombra de una nube que pasa, creo que es el primer carro y el estómago casi se me sale del sitio.

Esa asintió y Miri se dio cuenta de que tenía los ojos tristes.

—¿Qué te pasa?

Esa sacudió la cabeza para que Miri no se preocupara.

—El baile.

—¿A qué te refieres? Hiciste muy bien la prueba de baile.

Esa alzó la vista como si hubiera perdido la paciencia consigo misma.

—Me sigo imaginando el momento en que baile por primera vez con el príncipe. Él sacará los brazos, yo pondré la mano derecha sobre la suya y entonces mirará mi brazo izquierdo y se preguntará por qué no se mueve; y entonces, cuando lo comprenda, me imagino cómo cambiará la cara...

Esa dejó escapar el aire lentamente. Aquel suspiro inquietó a Miri y quiso hacerla reír.

—A lo mejor el príncipe también tiene el brazo herido.

Esa gruñó.

—No creo. A lo mejor tiene un ojo vago que le da vueltas en la cabeza y por eso no puede mirar a dos sitios a la vez. Puedes fingir ser dos personas diferentes y dar saltos hacia atrás y adelante entre sus miradas y tener una charla contigo misma. Pero no te olvides de seguir las normas de conversación y centrar el tema todo el rato en, eh, en ti.

El movimiento alrededor de Miri atrajo su atención. No era la sombra de ninguna nube. El polvo de roca se levantó alrededor del primer carro como si avanzara sobre una niebla sin rumbo fijo. Le seguía otro, y otro. El número total de carros era emocionante y aterrador. Algunas muchachas empezaron a chillar y a corretear, mientras buscaban un sitio desde el que vieran mejor la llegada o un sitio donde esconderse. Frid y Britta se pusieron detrás de Miri y Esa.

—Cuánta gente —dijo Frid.

Al parecer Britta contenía la respiración y Miri pensó cómo, a pesar de lo segura que estaba de que no la escogerían, Britta estaba tan ansiosa como cualquiera de las demás.

Detrás de los primeros carromatos y los soldados montados había un carruaje cerrado, con la cortina de la ventana corrida. Estaba hecho de madera clara, del color del pelo de Esa y tiraban de él cuatro caballos del mismo tono. Miri se quedó mirando a aquella ventana. ¿Podría verla el príncipe? La cortina tembló como si una mano la hubiera tocado desde el otro lado. Segura de que estaba mirando detenidamente, Miri sonrió y le saludó con descaro.

Esa soltó una risita y le dio a Miri en el costado con el dorso de la mano.

—¿Qué haces? Podría estar mirando.

—Eso espero —contestó Miri, aunque no le saludó otra vez.

Olana salió afuera corriendo y ordenó a las jóvenes que se apartaran de su camino y que se fueran a la alcoba. A través de la ventana observaron cómo los invitados colocaban las tiendas, se ocupaban de los caballos y descargaban los barriles y las cajas al otro lado del edificio. Cada vez que una de las jóvenes iba a usar el excusado, informaba del humo que salía de las tres chimeneas de la cocina.

—¿Lo habéis visto? —preguntó Gerti que estaba de puntillas para ver mejor por la ventana.

—Creo que sí, durante un segundo —contestó Helta, una niña de trece años con nariz respingona y pecas—. Era alto y más joven de lo que me había imaginado y tiene el pelo oscuro.

La cháchara en la habitación se desvaneció. El príncipe de repente se había convertido en una persona de verdad con una altura, una edad y un color de pelo. Algunas muchachas miraban a hurtadillas por la ventana como si esperaran alcanzar a ver al príncipe, pero la mayoría se quedó sin moverse.

—Resulta incómodo hablar de ello —apuntó Miri para romper el silencio—. No me gusta competir con nadie para que el príncipe Steffan me vea y le guste.

—Deberíamos hacer un pacto —sugirió Esa—. Nos alegraremos por quienquiera que sea la elegida, sin celos ni maldad.

Todas las chicas aceptaron, pero Britta parecía no haberlo oído y estaba con la mirada fija en la pared, de espaldas a Esa.

—¿Britta? —la llamó Miri.

—¿Qué te pasa? —preguntó Frid.

—No estará de acuerdo con nuestro trato —dijo Katar—, por lo visto ya está amargada.

Britta se frotó la sien con el dorso de la mano.

—No es eso, es que no me encuentro muy bien.

Miri le tocó la frente.

—Estás algo caliente. Quizá deberías tumbarte.

Aquella noche, cada vez que Miri se despertaba de sus sueños inquietantes, oía a las chicas que se movían en los camastros, colocaban bien las almohadas y suspiraban. Vio dos veces a Britta con los ojos también abiertos.

—¿Estás bien? —susurró.

—Me siento rara —le contestó Britta en voz baja—. A lo mejor sólo estoy nerviosa.

Por la mañana Britta tenía las mejillas muy calientes cuando Miri se las rozó. Estaban recluidas en su alcoba mientras el ruido de las preparaciones seguía al otro lado de la puerta, pero Miri salió a escondidas para buscar a Knut.

Por todo el edificio hombres y mujeres vestidos de marrón y verde barrían, sacaban el polvo, ponían alfombras y colgaban tapices, echaban leña en las chimeneas y hacían que el ambiente fuera más cálido y animado de lo que jamás había visto Miri. Mantuvo la mirada baja, pues creía que si no había contacto visual nadie advertiría su presencia ni le ordenarían que volviera a su cuarto.

De camino a la cocina, pasó por el comedor. Las mesas estaban cubiertas con manteles y colocadas al otro extremo de la sala para dejar la mayoría del liso suelo de línder libre para bailar. Tres hombres alzaban una araña llena de velas hacia el techo y había candelabros de pie, tan altos como cualquier cantero, al lado de las paredes que aguardaban ser encendidos.

La puerta que había al otro lado del comedor daba a una parte de la academia que ahora servía como habitaciones del príncipe y otros invitados. Miri vio que allí había un grupo de pie y aminoró el paso para espiarlos.

Varios hombres, algunos tan jóvenes como ella y otros con la barba blanca, conversaban. En el medio había un muchacho con el pelo oscuro, una nariz larga y la barbilla cuadrada. Estaba bien recto como si fuera consciente de su importancia e incluso los ancianos le hacían gestos de forma respetuosa. Justo antes de que Miri pasara por su lado, él se dio la vuelta y sus ojos se encontraron. Le dio un vuelco el corazón y salió corriendo.

Knut se estaba tirando de la barba y agarraba su cucharón de madera mientras una multitud se apoderaba de su cocina. Le cogió de la manga y lo sacó fuera para explicarle de camino lo que le pasaba a Britta.

—Vale, está enferma —dijo Knut cuando se arrodilló a su lado—. Le vino rápido, ¿no? Los nervios hacen eso. No creo que sea nada preocupante. Puede que mejore esta noche.

Les dijo a las muchachas que le pusieran una trapo frío y mojado en la cabeza, que se lo cambiaran con frecuencia y que fuera bebiendo agua fría. Así que las chicas se pasaron la mañana atendiendo a Britta, toqueteándose el cabello, limpiándose las uñas y turnándose para el agua del baño. Cuando el amarillo resplandor de la tarde se filtró por las ventanas, dos costureras de la comitiva del príncipe entraron con los brazos llenos de vestidos. Enseguida la habitación se quedó en silencio.

La costurera más mayor miró a su alrededor y aplastó sus rizos blancos dentro del puño.

—¡Cuántas hay! Bueno, veamos qué podemos hacer para que parezcáis unas princesas.

Miri trató de ayudar a Britta a incorporarse, pero en cuanto se sentó, Britta se inclinó y vomitó agua.

—Mejor déjala —dijo la costurera más joven—. No será capaz de bailar ni un paso.

—Pero no se puede perder el baile —dijo Miri.

La costurera se encogió de hombros.

—Pero tampoco puede asistir de esa forma, ¿no? Aun así, dicen que el príncipe se quedará unos días. Seguro que está mejor mañana y podrá pretenderle como las demás.

Las costureras revisaron los vestidos y llamaron a algunas muchachas para que se los probaran. El vestido más largo fue para Frid, pero aun así no era lo bastante grande para que le quedara bien de hombros, aunque Frid no pareció notarlo. Toqueteó los volantes de las mangas y el corpiño, se sacudió la falda y abrió la boca de asombro. Cuando se miró en el espejo de la costurera, se le iluminó la cara.

—Nunca me había sentido guapa —dijo tan bajito que sólo la costurera y Miri pudieron oírla.

La costurera más joven le estaba probando a Esa un vestido de color lila que hacía que sus ojos parecieran violetas y tan grandes como los de una cierva.

—He dicho que levantes el brazo izquierdo —oyó Miri que le decía la costurera.

—No puedo —contestó Esa.

—¿Por qué...? —La expresión de la cara de la costurera se ablandó—. Ah, tienes un brazo mal, ¿no? Tengo un poco de seda que harán que este vestido te quede como el sol sobre el agua.

Miri nunca había visto la seda, pero había leído que era el línder de las telas y cuando la costurera sacó un pañuelo de seda de la bolsa, Miri vio por qué. Estaba lleno de colores brillantes que se arremolinaban en un estampado de flores que brillaban a escondidas, como el agua bajo la luna creciente. La costurera pasó el pañuelo alrededor del torso de Esa con gracia para atar el brazo izquierdo al cuerpo y que ya no colgara fláccido.

La costurera más mayor sonrió.

—Bueno, ¿no estás preciosa?

La sonrisa de Esa era tan grande que parecía que se iba a romper.

Todas las muchachas estaban vestidas, giraban las faldas, daban vueltas y se reían, tan hermosas y llenas de color como el cuadro de la casa, pero Miri todavía estaba sentada en el suelo con sus prendas de lana gastadas. La señora mayor suspiró y se sentó como si los huesos fueran a salírsele del sitio si se movía demasiado rápido. La costurera joven recogió unas zapatillas de sobra y unos hilos cortados. Al acabar, se dio la vuelta con las manos en las caderas en dirección a Miri.

—Ahora tú —dijo.

Miri notó cómo una sonrisa tímida brotaba de sus labios.

—Pensaba que se habían olvidado de mí.

—¿Cómo nos íbamos a olvidar? Tú eres la especial.

Miri sintió un hormigueo por todo el cuerpo.

La costurera salió de la habitación y volvió con el vestido plateado. En los pliegues era tan oscuro que las partes más claras parecían brillar. La costurera colocó una de las cintas rosas al lado de la cara de Miri y dijo:

—Este tono destaca bastante el rosa de tu piel. Si me hubieran pedido que hiciera un vestido para ti, hubiera elegido justo este color.

Se lo puso a Miri al revés, marcó las costuras y las cosió más estrechas. Miri notó que se puso colorada cuando la costurera tuvo que subir el dobladillo dos palmos.

Deslizó la prenda acabada por encima de la cabeza de Miri y se lo colocó bien por las caderas y los codos. La tela era como agua de baño sobre la piel. Quería arrullarse a sí misma del asombro y lo que estaba disfrutando, pues nunca se había imaginado lo diferente que se sentiría al llevar un vestido como aquel. El tejido era del color de la textura plateada del línder nuevo y las cintas con capullos de rosa como las flores miri; vestida con aquel traje se sentía la mejor de Monte Eskel.

La costurera estuvo más rato con Miri y le recogió el pelo castaño con horquillas de capullos de rosa por encima de las orejas y de la frente. Al final le puso delante un espejo, pero

Miri mantuvo la mirada baja. Quería imaginarse que estaba tan guapa como se sentía.

La costurera se rio como si adivinara los pensamientos de Miri.

—Estás preciosa, señorita. Todas lo sois. Si queréis mi consejo, aunque a nadie nunca le interesa, olvidaos del príncipe y divertios.

Miri hizo todo lo que pudo por ignorar los ruidos nerviosos que emitía su estómago y cómo tenía las manos frías como si temblaran aunque parecían estar quietas. Pero cuando la luz que entraba por la ventana de la alcoba se intensificó, el cielo estaba tan brillante como el suelo mojado y era más azul que los ojos de nadie; y cuando el momento para el que se habían preparado todo el año por fin llegó, Miri se dio cuenta de que no podía aparentar más que un pánico absoluto.

Olana entró con un vestido marrón oscuro de una tela muy fina y con una falda tan larga que la arrastraba por el suelo. Parecía tan natural e incluso encantadora con sus mejores galas, que Miri se imaginó todo lo que había tenido que dejar la profesora para ir a Monte Eskel.

—Es la hora, chicas —dijo Olana—. Haced una fila y Miri que vaya la primera.

Katar se hizo sitio al principio, justo detrás de Miri. Ésta se sintió tan a la vista como un ratón encima de una roca durante la hora de comer de los halcones y respiró unas cuantas veces mientras pensaba en su padre, en Marda y la casa del cuadro.

—¿Podrá ir a ver a Britta más tarde? —le preguntó Miri a Olana—. Ahora está dormida, pero puede que se encuentre mejor cuando se despierte y podría venir...

Se oyó una música que provenía del salón.

—Sí, venga —dijo Olana y le dio a Miri un empujón.

Miri se tambaleó hacia delante, por poco se pisa el vestido, se enderezó y con el corazón latiéndole con fuerza, caminó por el pasillo, primero la punta después el talón, primero la punta después el talón.

Capítulo dieciocho

El corazón late
al golpe del tambor.
La montaña te llama,
siente su clamor.

La primera cosa que Miri advirtió fue la música, un sonido tan delicioso que sólo con oírlo le recordaba a comer fresas frescas. Enfrente de la chimenea cuatro mujeres tocaban instrumentos de cuerda y cantaban en un tono tan rotundo y alegre, que Miri apenas se pudo creer que estaban relacionadas de algún modo con el estridente, el instrumento gangoso de tres cuerdas del pueblo. Los sonidos que vibraban de los dedos de las músicas se entrelazaban y creaban algo unificado y hermoso que llegó hasta Miri y la invitó a que se acercara. La música la envolvía.

Parpadeó y entró en una sala más brillante que la mañana. Cientos de velas refulgían en la araña y en los candelabros, el fuego ardía en la gran chimenea y la luz de todas partes hacía desaparecer cualquier sombra. Unos tapices de colores vivos cubrían las paredes y hacían que el salón tuviera un aspecto cálido y animado. Su vigor lo superaban los colores de los trajes largos de las mujeres y las camisas, los pantalones bombachos y los sombreros emplumados de los hombres. Pasó una corriente de aire que llevaba diferentes olores: la comida que cocinaban en la cocina, el jabón perfumado y el delicioso aroma de las velas de cera de abeja. Al encontrarse con todo aquel color, aquella luz, aquella música y fragancia, fue como si la abrazaran.

Salvo porque todos en aquella sala la estaban mirando. Incluido el príncipe. Miri tragó saliva.

El delegado principal estaba de pie en la puerta.

—Les presento a Miri Larendaughter de Monte Eskel, la princesa de la academia —dijo.

El príncipe, que estaba al otro lado de la sala, contestó con una reverencia después de que Miri le saludara con el mismo gesto. Se dio la vuelta hacia las muchachas que estaban detrás de ella y sonrió con unos ojos muy abiertos, llenos de pánico, antes de colocarse en su sitio al otro lado del salón. En la entrada, Katar caminó hacia delante y sonrió con unos hoyuelos que Miri no había visto nunca.

—Les presento a Katar Jinsdaughter de Monte Eskel.

Y así cada joven avanzaba, oía su nombre, hacía una reverencia y se colocaba en su sitio pegada a la pared. El príncipe hizo la misma reverencia frívola todas las veces, con la cara estirada, incluso Miri advirtió que hizo lo mismo cuando vio por primera vez a la hermosa Liana.

El delegado principal presentó a la última muchacha y la música cambió a algo más ligero y rítmico. El príncipe vaciló mientras examinaba a las chicas, pero cruzó la habitación en dirección a Miri.

—¿Me permites este baile? —preguntó, hizo una reverencia y la cogió de la mano.

—No, gracias. —Miri sonrió.

El príncipe frunció el entrecejo y se volvió para mirar al delegado principal como si le pidiera ayuda.

Miri se rio con timidez.

—Yo, mmm, sólo estaba bromeando —dijo y se arrepintió de haber hecho un chiste—. Por supuesto, estaré encantada de bailar, Su Alteza.

Relajó la expresión de su cara y pareció casi sonreír. La tomó de la mano y la acompañó hasta la pista de baile. Miri esperó no tener las manos muy sudorosas.

Los jóvenes de la comitiva del príncipe sacaron a bailar a la mitad de las chicas de la academia. La música volvió a ser tan alegre como al principio, el príncipe se inclinó, Miri le hizo una reverencia y empezaron a llevar a cabo «La mariposa y gloria de la mañana», que había estado practicando todo el verano con el canturreo rasposo de Olana.

Miri estaba tan concentrada en hacer bien los pasos, que apenas se fijó en su pareja. Cuando la música aumentó, lo que indicaba el final de la primera parte, se dio cuenta de que la mitad del baile se había acabado y no había hablado ni una sola palabra. Supuso que estaba en sus manos.

—La música es magnífica. ¿Le gusta bailar, Su Alteza?

—Sí —contestó con un tono de voz amable, pero ligeramente distraído—. ¿Hay muchos bailes en tu pueblo?

Miri trató de no poner mala cara. Cuando practicaban conversación era muy fastidioso intentar desviar las preguntas sobre sí misma. Se alegró cuando se le ocurrió una respuesta:

—Ninguno tan elegante como el de esta noche.

El baile exigía que Miri soltara a su pareja y caminara detrás de una fila de jóvenes. Intercambiaron miradas inquisitivas y se encogió de brazos como si dijera que no sabía qué le parecía.

—Ahí estáis —dijo cuando apareció—. ¡Qué viaje! Me perdí dando una vuelta por la costa.

Él sonrió rápido, como el relámpago en un cielo nocturno que sólo deja una impresión.

—¿Qué tal viaje habéis tenido al subir la montaña, príncipe Steffan?

La cogió de la mano izquierda y la hizo girar dos veces. La falda le rozó las piernas. Se había imaginado bailando así con Peder, sin estar separados por una cinta, con las manos tocándose.

—Fue largo, pero me encanta ver el país. ¿Cómo sobrevivís con un clima tan frío aquí arriba?

Le puso la mano izquierda sobre el pecho y él le colocó con la mano izquierda al final de la espalda.

—No hace tanto frío ahora como lo hará dentro de un mes. Nunca he estado en las tierras bajas. ¿Qué preferís, las montañas, el bosque o la costa?

Le apretó la espalda y giró su cuerpo hacia fuera mientras caminaban.

—La costa es muy bonita en verano. ¿Has estado alguna vez en el mar?

Cambiaron de pareja con los que bailaban a su izquierda, giraron y volvieron a juntarse. El príncipe la sujetó de las dos manos.

—No, no he estado nunca.

—No me lo creo.

La música aumentó y se detuvo. Se había acabado, ella no había dicho nada importante y no le había conocido mejor que antes.

Su desinterés aparente no había ayudado, pensó con amargura. Tal vez había bailado cientos de veces «La mariposa y gloria de la mañana» y no había considerado que para ella fuera algo especial. Quiso decirle: «¡Debería darte vergüenza!», como Marda le había dicho al hermano pequeño de Bena después de haber matado a un bonito pajarito con una honda. Pero no lo hizo. Al fin y al cabo, era un príncipe.

—Ha sido un placer —dijo haciéndole otra corta reverencia.

—El placer ha sido mío, Su Alteza —contestó debidamente, aunque era mentira.

El príncipe dejó a Miri en medio de la pista de baile como si acabara de bajar rodando por la ladera de una colina. A pesar de que habían practicado todo el verano, las muchachas nunca había preguntado qué debían hacer cuando acabaran de bailar. Miri reconoció la obertura de «Sombras de la tarde» y salió corriendo de en medio mientras el príncipe acompañaba a Katar al centro de la pista. Al menos parecía tan distante con Katar como lo había sido con ella.

Miri pensó en ir a ver cómo estaba Britta, pero uno de los escoltas del príncipe, un hombre con el pelo rojizo y la cara llena de pecas, le pidió si quería bailar. Después de aquello no paró.

Miri observó a Esa que daba vueltas con el príncipe y se estremecía de miedo, pero él fue cortés con el mismo estoicismo con Esa que con Katar y Miri. No miró en ningún momento el brazo lesionado de Esa, la cogió por el hombro en su lugar y la llevó con gracia durante todo el baile. La sonrisa de Esa era auténtica y nada más por aquello Miri creyó que el príncipe Steffan era digno de admiración.

Las otras parejas de baile de Miri eran más atractivas que el príncipe. Muchos hablaban con toda libertad de las provincias de Danland, la capital, y de su profesión como guardias personales, delegados o cortesanos. Hubo un par al que se le escaparon algunas palabras desdeñosas respecto a Monte Eskel, pero la mayoría parecían sobrecogidos por las vistas y tenían curiosidad por cómo vivían allí. A pesar de la decepción que se había llevado con el príncipe, Miri no estaba tristona.

Así que bailó y dio vueltas, desfiló e hizo reverencias, habló, sonrió y hasta se rio. Cada vez que giraba, el vestido hacía el más delicioso frufrú. Las velas estaban perfumadas con el aroma de alguna flor extranjera y aquel olor impregnaba todas las cosas. La música era tan hermosa que entraba en ella con fuerza, como si bebiera hielo derretido y le cayera en el estómago vacío.

Aunque estaba sentada junto al indiferente príncipe en el banquete, Miri no pudo relajar su sonrisa. Comieron asado con pudín de pan y vinagre, remolacha en escabeche, cabeza de cordero y cerdo, pescado fresco empanado con harina de trigo y frito con zumo de limón, y un montón de pan blando y caliente. Mientras se daban tal festín, Miri pensó que quizá llegaba a ser bastante feliz casada con cualquier habitante de las tierras bajas del reino si podía disfrutar de cenas como aquella.

Después de la comida, los criados sirvieron dulces en bandejas por toda la sala y parecía que había suficiente azúcar para llenar el mundo. Los músicos tocaban melodías que añoraban y suplicaban, y eran tan dulces como los pegajosos pastelitos de miel, las natillas almibaradas y las frutas espolvoreadas con una azúcar tan ligera que se deshacía en la lengua de Miri antes de que apenas pudiera saborearla. Alzó la mirada cuando estaba mordiendo un higo frito y vio que un ministro le susurraba al oído con urgencia algo al príncipe y hacía gestos hacia ella. Tragó saliva y se limpió las migas de la cara.

El príncipe se acercó, le hizo una pequeña reverencia y tragó saliva. Lo repitió. Miri se preguntó si estaba cansado de hacer tantas reverencias con tanta frecuencia y exactamente del mismo modo.

—Señorita Miri, ¿le importaría dar una vuelta conmigo?

Miri y Steffan dieron una vuelta por los silenciosos pasillos y hablaron mucho más de lo que lo habían hecho mientras bailaban. Los principios de conversación no funcionaban tan bien con el príncipe como lo había hecho con Peder durante la fiesta de primavera. Él continuaba preguntándole sobre su pueblo y después de un rato paró de evitar las preguntas.

Lo llevó hasta el fresco agradable de aquella noche de otoño para caminar por los senderos de piedras que había alrededor del edificio. Una niebla fina envolvía la academia, así que Miri le describió las vistas, pues la cordillera era tan familiar para ella que pensaba en aquellas montañas como si fueran sus tías y sus tíos, extensiones de su propia familia. Le habló sobre Marda y su padre, las personas a las que más cariño tenía, y sobre la cantera y la dura vida de la montaña, pero que ahora estaba mejorando.

—Puede que en la próxima temporada ganemos más de lo que antes conseguíamos en tres. Nunca se nos había ocurrido que fuera posible hasta que dio la casualidad que vi cierta información sobre el comercio en los libros de la academia. Ahora tenemos una oportunidad real de mejorar y algunos de los aldeanos podrán trabajar en otras cosas además de en la cantera, como esculpir la piedra... o algo diferente.

—Eso suena muy bien —afirmó Steffan—. Tu pueblo debe de estar orgulloso de ti.

—Sí, supongo. Su Alteza. —Se le quedó mirando herida por la indiferencia de su tono de voz. Pero ¿por qué debería importarle? Como Olana ya les había dicho, comparado con el resto del reino, Monte Eskel era como la picadura de un bicho en el tobillo del rey. Steffan no podía calcular la diferencia que habría en la actividad comercial ni sabía cuánto había significado para Miri ser parte de aquello.

No la conocía y ahora ella se había dado cuenta de que tampoco quería hacerlo.

Paró de caminar.

—¿Por qué estás aquí?

Steffan se colocó bien la chaqueta.

—¿Por qué te diriges a mí así?

—Porque quiero saber la respuesta. —Se puso las manos en las caderas—. Dime la verdad, ¿por qué has venido?

—No estoy acostumbrado a que me hablen en ese tono.

—Bueno, pues ahora estáis en Monte Eskel, Su Alteza. Lo siento si te ofendo, pero me he estado preparando para este día todo el año y creo que al menos me debes una explicación por tu comportamiento.

—Estoy aquí, como sabes, porque los sacerdotes declararon que este pueblo era el hogar de mi esposa...

—Sí, sí. ¿Pero de verdad quieres conocerla? Y en ese caso, ¿por qué no me miras a mí o a las demás y por qué no prestas atención?

Steffan frunció el entrecejo.

—Te pido disculpas si no parezco interesado.

—Bueno, sí. Pero no hace falta que te disculpes. —Miri se sentó en los escalones de la academia—. En serio, me gustaría entender, si estás aquí para encontrar a tu esposa, por qué no parece que la busques.

Steffan se encogió de hombros, luego suspiró y su duro porte principesco se desvaneció. Por primera vez, Miri vio a un muchacho de dieciocho años que estaba tan confuso como cualquier otra persona. Se sentó al lado de ella, se quedó mirando sus botas y quitó frotando una marca que tenían en el cuero.

—Supongo que no es lo que me esperaba —dijo.

—¿Y qué esperabas?

—Algo más sencillo. —Había un rastro de gran inquietud en sus ojos—. Hay muchas chicas. ¿Cómo se supone que os voy a conocer a todas? Esperaba que con sólo una ya estaría bien. No habría explicaciones ni conversaciones violentas. Estaríamos sólo nosotros dos.

Miri parpadeó.

—¿Es esta una conversación violenta?

Steffan esbozó una sonrisa.

—No, está bien.

—Está bien porque estás actuando como una persona en vez de cómo una columna de piedra.

—Tienes razón en regañarme, pero ésta es una situación muy delicada.

Miri tuvo ganas de poner los ojos en blanco, pero pensó en los principios de conversación y trató de ver la situación desde su punto de vista.

—Me imagino que puede ser abrumador. Tú sólo eres uno, pero tienes que conocer a veinte de nosotras.

—¡Sí, exacto! —Steffan sonrió y ella pensó que aquel aspecto aburrido había mejorado mucho.

—La verdad es que cuando me imaginaba la situación al revés, temblaba; sólo yo y veinte príncipes Steffan... ¡agh!

Se quedó mirándola sin una pizca de humor en los ojos.

—¡Te estoy haciendo una broma! —Le dio un golpecito con el codo—. Intentaba hacerte sonreír otra vez, antes daba gusto verte.

—Ah, creía que iba en serio —dijo—, porque ya sabes que somos veinte hermanos y todos nos llamamos Steffan.

Ahora le tocaba a Miri quedarse pasmada.

La señaló y levantó las cejas.

—¡Ajá! Ahora el depredador es la presa.

—No me he creído que tuvieras diecinueve hermanos... Bueno, lo he pensado un instante.

Le dio otro codazo y él se lo devolvió, lo que la hizo reír y luego él se rio.

—¿Alguna vez te han dicho que tienes una risa que la contagias a los demás?

—Doter, mi vecina, siempre dice: «La risa de Miri es como una canción que te encanta silbar».

—Bien dicho. Pagaría una gran cantidad de oro por tener tu don de hacer reír a otras personas. —Su seguridad le añadía peso a todo lo que decía. Miri tragó saliva. Un cumplido del príncipe era tan fuerte como la montaña—. Bueno, no te hace falta ser la princesa de la academia para causar impresión.

—Causo impresión porque soy muy bajita —dijo ocultado lo adulada que se sentía.

—No, es porque pareces muy feliz y a gusto. Es fácil decir que me lo he pasado mejor bailando y hablando contigo esta noche que con cualquier otra.

Abrió la boca para decir algo despreciativo sobre sí misma, pero el corazón le latía con fuerza y tenía miedo de que le temblara la voz; entonces se acordó de una de las normas de conversación: «Ser cortés a los cumplidos.»

—Gracias —contestó.

—No, en serio —dijo él—. De verdad que me lo he pasado muy bien.

Se quedaron sentados en silencio y Miri tuvo tiempo de preguntarse por qué su voz había sonado triste, casi arrepentido. Pero era una noche fría y oscura, y se estaba muy caliente sentada a su lado, así que dejó que lo que había dicho resonara una y otra vez en su cabeza. Era con la que más se había divertido. Era la favorita. Y ella, Miri de Monte Eskel, estaba sentada junto al príncipe heredero de Danland con toda tranquilidad. ¡Qué noche tan increíble!

Capítulo diecinueve

Puso la cuña en mi corazón
y con el mazo la golpeó.
No trabajó con ninguna canción,
perdí mi corazón y nada sonó.

A la mañana siguiente Miri apenas habló. Estaba sentada junto a la ventana y escuchaba los cuchicheos y la oleada de conversaciones que llenaban la alcoba como el viento llenaba la chimenea. Había otras chicas que habían hablado en privado con el príncipe después de Miri y estaban intercambiando los detalles sobre lo educado y lo guapo que era. Otras se quejaban de lo distante y lo seco que había estado.

—Fue amable —dijo Esa—, pero todavía no sé si querría casarme con él. Espero que tengamos más oportunidades de hablar en los próximos días.

—A mí no me hace falta conocerle más —apuntó Bena y bostezó sin molestarse en taparse la boca. Habían bailado juntos una vez y el príncipe no había vuelto a hablar con ella—. Pensaba que los príncipes eran más interesantes que los otros chicos, pero fue tan aburrido como unas gachas aguadas.

—Yo creo que fue agradable —dijo Liana. Bena la fulminó con la mirada y Miri se preguntó si su amistad sobreviviría al primer desacuerdo.

Knut les sirvió el desayuno en la alcoba. Britta se encontraba mucho mejor y se incorporó para comer.

—Dime lo que piensas del príncipe —le dijo a Miri.

—Es simpático —contestó Miri—. Al principio me tenía intimidada, luego pensé que era aburrido y un poco grosero; pero resultó que sólo estaba nervioso. Me gusta bastante.

Britta se inclinó hacia ella y le susurró para que las otras no pudieran oírla:

—¿Te preguntó...?

Miri negó con la cabeza y le contestó en voz baja:

—Pero me dijo que era la que más le había gustado de todas las chicas con las que había bailado.

Cerró los ojos bien fuerte para ocultar aquel pensamiento antes de sonrojarse.

—¡Pues claro que sí! —exclamó Britta.

—Si yo soy la que más le gusto —susurró Miri—, ¿crees que eso significa...?

En aquel momento entró Olana, dio un portazo detrás de ella y Miri se preguntó qué le habría disgustado ya aquella mañana.

—El delegado principal se quiere dirigir a vosotras —dijo Olana—. Presentaos correctamente y no os preocupéis por las camas. Si no habéis estirado las sábanas, ahora ya es muy tarde. Sube la cabeza, Gerti. No tan alto, Katar; pareces un soldado.

Abrió la puerta para que entrara el delegado principal. Dio un vistazo a la habitación sin parecer advertir las muchachas, aunque Miri pensó que había detenido su mirada durante un instante en ella. Encogió los dedos de los pies dentro de sus botas.

—El príncipe Steffan les da los buenos días y les transmite que fue un placer para él pasar la noche en su compañía. Ha elogiado mucho a esta academia y halagado el carácter de las jóvenes de Monte Eskel.

Algunas de las muchachas soltaron unas risitas. Miri se quedó helada al oír lo que dijo a continuación.

—Sin embargo —dijo el delegado principal, y con aquella palabra Miri sintió que toda la seguridad en sí misma desaparecía como la fría sensación que a veces sentía cuando se levantaba demasiado rápido.

—Sin embargo, el príncipe lamenta tener que volver hoy a Asland. Las volverá a visitar para tomar una decisión.

En aquel silencio de indignación, Miri oyó un caballo que relinchaba a lo lejos.

—Pero puede que nieve dentro de poco, quizá la semana que viene o la siguiente —dijo Katar con lo que se acercaba a un susurro— y entonces no podrán atravesar el paso hasta primavera.

—Entonces el príncipe volverá en primavera —afirmó el delegado principal.

Se ajustó el cuello, que parecía estar pellizcándole la piel de manera molesta, hizo una reverencia y se marchó. Sólo un puñado de muchachas recobró la compostura y le contestaron con otra reverencia. Miri no fue una de ellas.

En cuanto se cerró la puerta, se oyeron protestas por toda la habitación. Aquel sonido le recordó a Miri a una de las canciones que los músicos habían tocado la noche anterior. Había sido una canción triste y los instrumentos chirriaban y gemían desilusión.

—¿Estás bien? —preguntó Britta.

Miri asintió, pero tenía la cabeza ligera y aturdida. Por un pequeño instante había creído de verdad que iba a dejar la montaña, convertirse en alguien nuevo y ver y hacer grandes cosas. Ahora su sueño apenas realizado de convertirse en una princesa se vaciaba como una jarra con agujeros y ella se sentía como si estuviera sentada en el charco.

—Creía que se iba a quedar más tiempo —apuntó Britta—. Estaba segura de que iba a hacer su elección antes de marcharse.

Miri asintió otra vez con la cabeza, demasiado humillada para hablar o incluso para mirar a Britta a los ojos. Se inclinó hacia la ventana de la alcoba y observó cómo los hombres y mujeres que habían acompañado al príncipe desmontaban las tiendas, ensillaban y enjaezaban a los caballos, empaquetaban sus pertenencias y empezaban a bajar por el camino serpenteante de la academia.

El carruaje del príncipe estaba cerca de la parte de atrás con las cortinas corridas. Miri centró la mirada en una borla dorada que se balanceaba y golpeaba la cortina. Esta vez no saludó con la mano.

Un grito de Olana sumió a la habitación en el silencio.

—Por lo visto, no os perfeccionasteis lo suficiente el año pasado.

—¿Ha dicho él eso? —preguntó Frid—. ¿Es la razón por la que se ha ido a casa sin elegir?

—¿Qué otra cosa podría ser? —preguntó Olana. Tenía la cara llena de manchas rojas y Miri supuso que le daba mucha vergüenza que sus estudiantes no hubieran estado a la altura de las circunstancias y estaba frustrada por no poder volver a casa—. El delegado principal ha dejado provisiones y combustible para el invierno y me ha ordenado que esta academia continúe hasta que el príncipe regrese. Deberéis estudiar mucho y mejorar para la próxima primavera.

Se alzó un quejido colectivo. Miri se sintió tan mustia como una zanahoria en invierno sólo de pensar que estaría encerrada otra vez en la academia durante los meses fríos. La noche anterior había sido muy amable. ¿Qué había cambiado?

Pensó en marcharse corriendo a casa o ir detrás del príncipe para pedirle una respuesta, pero se limitó a salir afuera sola.

Unos minutos más tarde, Miri estaba marcando unas letras en una piedra cuando alguien se acercó corriendo desde la dirección de su pueblo. Al acercarse, aminoró el paso, y Miri se quedó atónita por segunda vez en aquel día al ver que era Peder. Estaba acostumbrada a pensar en Peder constantemente, pero se había dado cuenta de que desde que había hablado con Steffan todos los pensamientos en los que aparecía Peder había desaparecido.

Miró a su alrededor como si esperara ver más actividad.

—Creía que el príncipe ya habría llegado.

—Y llegó. —Miri lanzó un trozo de roca tan lejos como pudo. Le dio a otra piedra y se rompió en más pedazos—. Vino y se marchó.

—Ah. —Peder se miró los pies, luego miró a Miri y volvió a mirarse los pies—. ¿Te ha elegido?

—No ha elegido a nadie —contestó Miri con más dureza de la que pretendía.

—Parece que estás muy disgustada.

—Bueno, no debería habernos hecho vivir en un edificio lleno de corrientes de aire, en el que hemos practicado reverencias y una elegancia estúpida, para hacernos creer que podríamos ser princesas, y luego venir y marcharse otra vez, como si no le mereciéramos. Como si estuviera decepcionado.

—¿Así que es eso? —dijo Peder subiendo el tono—. Querías que te eligiera a ti.

Miri fulminó a Peder con la mirada.

—¿Por qué me estás gritando? Ahora tenemos que quedarnos aquí otro invierno e intentar mejorar, pero fracasaré otra vez. No puedo trabajar en la cantera, no puedo ser una princesa, ¿qué se me da bien a mí?

—Bien, si eso es lo que quieres, espero que lo consigas —dijo Peder—. Espero que vuelva, que se te lleve para ser una princesa y que te mantenga lejos de Monte Eskel, tal como tú quieres.

Peder se dio la vuelta para regresar al pueblo, después de un par de pasos empezó a caminar más rápido y luego corrió. Miri vio cómo se marchaba, al principio quiso gritarle algo desagradable a su espalda y después se le pasó el enfado tan rápido que se quedó helada por su pérdida. ¿Por qué habría venido? «¿Para verme?», se preguntó Miri.

«Espera», quiso gritar, pero vaciló. La distancia borró cualquier rastro de él, ella se dio la vuelta y le dio una patada a una piedra tan fuerte que soltó un alarido por el dolor que se había hecho en el dedo del pie.

Como si respondiera a su propio grito, oyó que alguien gemía.

Al principio pensó que Olana había roto el acuerdo y estaba repartiendo azotes en las manos; pero no, el sonido era diferente. Había sido extraño y triste, como si un animal se estuviera muriendo. Aunque no tenía demasiadas ganas de unirse a la desdicha que se estaba cociendo en la academia, sentía curiosidad y se arrastró hasta la ventana de la alcoba.

Estaba a medio camino cuando se desató otro gemido y después paró al momento con un estrépito, como si alguien hubiera tirado un plato de cerámica contra la pared. Se detuvo con un cosquilleo que le recorrió la piel, aunque no se podía imaginar lo que tenía que temer.

Una sacudida de lenguaje de la cantera expulsó cualquier otro pensamiento de su cabeza. Era el lenguaje de la cantera más fuerte que jamás había oído y llevaba consigo el sentimiento de Esa. El recuerdo trataba de cuando ella, Esa y otros niños jugaban a lobo y conejo en el centro del pueblo. Miri era el conejo y corría tan rápido como podía por el círculo. No podía ver la cara del lobo.

Con un terror escalofriante, Miri creyó que lo había entendido. Esa le estaba diciendo que corriera.

Capítulo veinte

Bien, le dijo el bandido
a su primer vendido.
Sube y cuando llegues,
mata a los montañeses
y a ninguno con vida dejes.

Miri no esperó a saber más. Si Esa decía que tenía que correr, correría. Peder estaría sólo unos minutos más adelante y a lo mejor podía alcanzarle. El camino rocoso por el que había caminado durante toda su vida de repente era tan peligroso como echarse una carrera por el barro y deseó con todo su ser poder volar como un halcón, aunque no sabía de qué estaba huyendo.

Pasó por una curva del camino y esperó ver a Peder adelante, pero el sendero se estrechaba sin nadie a la vista. Después de dejarla, debió de seguir corriendo.

Entonces oyó a la persona que estaba detrás de ella. Al principio pensó que era su propio eco, pero no, el ritmo de las pisadas era diferente, más rápido. Miró hacia atrás con detenimiento y vio a un hombre que no conocía. Se estaba acercando.

Hubiera llamado a Peder si hubiera podido, pero el miedo le estrechó la garganta y el esfuerzo que hizo para huir le agotó todo su aliento. Trató de concentrarse en hacer que sus pies saltaran por encima de las rocas y las piernas se le movieron con fuerza hacia delante, aunque el miedo empezó a roer su esperanza. Supo que la había atrapado antes incluso de que aquellas manos ásperas se extendieran para agarrarla.

Pataleó, gritó y trató de clavarle los dientes en la mano, pero era demasiado pequeña y su agresor muy fuerte. La llevó de vuelta a la academia debajo del brazo mientras Miri se retorcía y luego la tiró en el suelo de la alcoba.

—He encontrado a ésta fuera —dijo el agresor, que respiraba con dificultad—. Me ha hecho correr bastante, la ratoncilla.

Las muchachas estaban sentadas en el suelo. Knut estaba apoyado contra la pared y se agarraba el brazo como si estuviera roto por la muñeca. En la habitación había quince hombres vestidos con pieles de cabras y ovejas, llevaban botas de cuero atadas con largos cordones por encima de los muslos y unos gorros forrados de piel. Algunos llevaban aros de oro en las orejas y otros sujetaban garrotes y palos de madera. Todos tenían barbas descuidadas y las caras más sucias que un suelo sin barrer.

—Bandidos —dijo Miri en voz alta para creérselo. Después de tantos años, los bandidos habían vuelto a Monte Eskel.

Olana estaba en cuclillas en un rincón y las manos se le agitaban por el cuello. Aquel detalle hizo que el corazón de Miri empezara a latir como si se le hubiera soltado. Si Olana estaba asustada, entonces la situación era muy mala.

El bandido que estaba más cerca de la profesora la cogió por la garganta y la empujó contra la pared.

—Antes dijiste que estaban todas aquí. —Tenía la voz baja y áspera, como si hubiera estado luchando contra una tos durante meses—. Vuélvelas a contar, pero esta vez como si tu vida dependiera de ello, porque en realidad es así. ¿Falta alguna?

Olana recorrió la habitación con la vista y sus ojos apenas parpadearon. Negó con la cabeza y el hombre sonrió mostrando unos dientes sucios.

—Esta vez te creo —dijo—. Has tenido suerte.

La soltó y se volvió hacia las chicas. Era más grande que el resto de los bandidos, aunque Miri se dio cuenta de que ninguno era tan grande como su padre, como Os o la mayoría de hombres de Monte Eskel. No era de extrañar que los bandidos evitaran atacar directamente el pueblo.

—Hola, niñas —dijo—. Si tenéis que dirigiros a mí, me podéis llamar Dan.

—Su madre le llamó así por el primer rey —apuntó otro que tenía una cicatriz ancha e irregular desde un lado de la boca hasta la oreja—. Esperaba que se convirtiera en un caballero noble.

Se rieron unos cuantos.

—Dan me queda bien —dijo amablemente—. Mejor que Caraperro.

Los hombres se rieron más fuerte y el de la cicatriz que se llamaba Caraperro escupió al suelo.

—Parece que tenemos que hablar. —Dan se puso en cuclillas, apoyó los antebrazos en los muslos y miró a las muchachas con una sonrisa que hizo que a Miri se le revolviera el estómago. Aquella voz áspera se puso cantarina, como si estuviera contando una historia para irse a dormir a unos niñas pequeñas.

—Asaltamos a un vendedor ambulante hace unas semanas y le presionamos para que nos diera algo más valioso que su vida. La información que tenía sobre la visita del príncipe a Monte Eskel casi merecía tanto la pena como para dejar que se marchara. —Dan sonrió a Caraperro y sacudió la cabeza como si compartieran algún chiste entre ellos—. Hemos estado observando este edificio desde hace unos días, pero el príncipe tenían tantos soldados vigilando su preciado pellejo, que no tuvimos oportunidad de abalanzarnos sobre él. No importa. Cuando ninguna joven le acompañó a casa, le dije a mi lugarteniente: «¡Qué suerte hemos tenido! ¡Qué generoso es ese príncipe al dejarnos estas exquisiteces!». Y así llegamos al tema que tenemos entre manos. Decidme, ¿cuál de estos pajaritos es la futura esposa?

Arrastró la mirada por toda la habitación, lo que le recordó a Miri cuando vio que un lobo observaba sus conejos.

—¡Hablad! —Se puso furioso, pero enseguida volvió a hacerse el simpático—. Puede que parezcamos bruscos, pero no somos ignorantes. Sabemos que el príncipe estuvo aquí para elegir esposa y una vez la escoge y el compromiso está cerrado, no hay vuelta atrás. Darán un buen rescate por la futura princesa.

—El príncipe se marchó sin elegir a ninguna —dijo Katar, quien fue la primera en hablar—. Dijo que volvería.

Dan cruzó la habitación hasta Katar.

—Es una historia muy buena. —Le agarró fuerte el pelo rizado y la hizo levantarse—. Ahora dime quién es.

—Ah, ah, no lo sé, bueno, no es nadie —contestó Katar y las lágrimas le brotaron de los ojos—. No escogió a ninguna.

Dan la dejó caer en el suelo. Se le ocurrió a Miri que era responsabilidad de los adultos asegurarse de que todas estuvieran bien, pero Olana estaba allí mirando al suelo, con los labios apretados por el miedo, y Knut se inclinaba sobre el brazo con los ojos cerrados.

—No tiene sentido que protejáis a la princesa —dijo Dan—. Al final os lo sacaré. —Puso la voz más dulce como si le hablara a un bebé—. Todo lo que quiero es una jovencita, el resto se puede marchar a casa con sus familias. No es mucho pedir, ¿no?

Era inútil volver a afirmar que el príncipe no había elegido a nadie, así que no respondieron.

Sin avisar, Dan agarró a Gerti y la levantó. Al que llamaban Caraperro le ató las muñecas con una cuerda, que tiró por encima de una viga del techo y estiró para que Gerti quedara colgada por las manos. Ella gritó como el ruido que hace un cabritillo herido.

Miri se levantó.

—¿Por qué le hacéis daño? No ha hecho nada.

Miri no vio a Dan pegarla, simplemente notó que volaba. Cuando se le estabilizó la vista, vio que estaba en el suelo con la cabeza contra la pared. El dolor le aporreaba a ambos lados. Era consciente de que Britta le cogía de la mano, pero aquello no le consolaba mucho. El dolor se hizo más intenso y quiso vomitar, pero se quedó sentada muy quieta, miró fijamente el suelo de línder y respiró.

—Esto no es ningún juego —estaba diciendo Dan— y ya veis que no tengo paciencia. Quiero saber quién va a ser la princesa y lo quiero saber antes de que cuente hasta veinte o todas haréis turnos para sentir el dorso de mi mano.

Caraperro tiró otra vez de la cuerda y subió más a Gerti. Ella lloriqueó. Miri alzó la mirada para ver a Gerti pero enseguida bajó la vista de nuevo cuando Dan se volvió hacia ella. Quería terminar con todo aquello, pero la cabeza le estallaba y el dolor parecía irradiar de todos lados. Los dientes empezaron a castañearle y tenía las piernas flojas, como unos colchones medio vacíos de paja. Nunca había experimentado una sensación como aquella. Era miedo de verdad. Estaba indefensa bajo aquel peso.

Miri apenas oía la voz de Dan mientras contaba, «doce, trece»; era una voz dura y el sonido de aquellos números latía junto con su dolor de cabeza. Sabía que algo malo pasaría cuando parara de contar, pero no creía que pudiera hacer algo para impedirlo.

Entonces Frid se levantó despacio y se cruzó de brazos con los pies separados como si desafiara a alguien a golpearla. Miri esperaba que Frid luchara con Dan o le amenazara, incluso que le insultara, pero, en cambio, se quedó mirándole directamente a los ojos y dijo lo que Miri menos se esperaba:

—Soy yo.

Dan dejó de contar.

—¿Te eligió a ti?

Frid asintió.

—Me llevó a un lado cuando paramos de bailar y me pidió que no se lo contara a nadie, por eso no he hablado antes, pero es verdad. Voy a ser la princesa.

El labio inferior de Frid tembló y la mirada era demasiado descarada. Miri supuso que esta era la primera vez que Frid mentía.

—Bueno, no ha sido tan difícil. —Miró a Frid con los ojos entrecerrados y puso una cara como si chupara algo ácido—. Sobre gustos no hay nada escrito, ¿no?

Algunos de los hombres se rieron. Frid parpadeó un poco más de lo normal y fue el único indicio para Miri de que aquel comentario le había dolido.

Miri no supo lo que habría pasado si Frid no hubiera llegado a hablar; tal vez Dan les hubiera pegado a todas o tal vez hubiera matado a Gerti como ejemplo. Él creía que el príncipe había elegido una esposa y no hubiera cesado su búsqueda hasta que la hubiera descubierto.

Evidentemente, Frid suponía que Dan se la llevaría y liberaría a las demás jóvenes, que era mejor sacrificarse ella que poner a todas en peligro. Puede que fuera así, pero Miri se puso a recordar un relato que había leído en uno de los libros de Olana. Hacía décadas, los bandidos atacaron al séquito del rey en el bosque mientras viajaban. Secuestraron al rey y dejaron a sus hombres y a los caballos atados a los árboles. Antes de que les encontraran otros viajeros, la mitad del séquito murió de sed.

Miri se preguntó si Dan realmente dejaría que las demás chicas se marcharan y si se arriesgaría a que sus familias les persiguieran, o si las dejaría atadas en la academia hasta que murieran de frío o de sed, o incluso si él mismo haría el trabajo de la muerte.

Tal vez las liberaría, tal vez un pueblo que estaba a tres horas de camino no representaba ninguna amenaza. Aunque llegara a hacerlo, Miri temblaba al imaginarse qué tipo de cosas le pasarían a Frid si se la llevaban a ella sola. ¿Pero y si hicieran que Dan siguiera sin estar seguro de quién era la princesa?

Miri mantuvo la vista clavada en Frid para armarse de valor y se puso de pie. Se bamboleó por el dolor de cabeza y se apoyó en la pared para sostenerse.

—Tiene que ser mentira —dijo Miri—. El príncipe me dijo en el baile que se casaría conmigo. Me dijo que lo anunciaría en primavera.

Frid apretó la mandíbula.

—No, me dijo que yo sería la princesa.

Miri vio que Frid quería ser la mártir, pero no lo iba a permitir.

—Es imposible porque a mí me dijo lo mismo.

Dan gruñó.

—Me estoy calentando y le voy a dar a la mentirosa, ¿quién de vosotras lo es?

Frid y Miri se señalaron mutuamente.

—Ella —dijeron las dos a la vez.

Miri intentó atraer la atención de las otras chicas y las animó a que reaccionaran. Britta se quedó mirando a Miri con la boca algo abierta y cuando comprendió, le cambió la expresión de la cara. Se incorporó.

—Pues yo no os creo a ninguna de las dos —dijo con una vocecita—. Él me eligió a mí.

—¿Cómo te atreves? —exclamó Katar. Reprimió una sonrisa como si en realidad le divirtiera todo aquello—. No creo que un príncipe mienta, pues él me dijo que me había elegido a mí.

Aquello desató todas las voces de la academia, las jóvenes se pusieron de pie y empezaron a gritar todas que ellas eran las princesas. Algunas se empujaban unas a otras fingiendo estar enfadadas. Incluso Gerti pataleaba y gritaba:

—¡Bajadme! ¡El príncipe se pondrá furioso si se entera cómo habéis tratado a su futura esposa!

Caraperro soltó la cuerda de Gerti y la niña cayó al suelo. Dan miró a su alrededor perplejo.

—¡Ya basta! —gritó.

Las muchachas se callaron, salvo una con retraso:

—¡A mí, a mí! —se oyó que decía Esa, quien se puso colorada.

Dan se frotó la barba.

—O están mintiendo o el príncipe se divirtió diciéndoles a todas las chicas cosas bonitas para desilusionarlas más tarde. Excepto a una. ¿Pero cuál? ¿Alguna sugerencia?

Sus hombres señalaron a algunas muchachas, pero eran conjeturas poco entusiastas.

—Como no lo sabemos, tendremos que llevárnoslas a todas, ¿no? Pasaremos aquí la noche y saldremos por la mañana.

Dan se acurrucó en un rincón de la habitación y se puso a hablar con su lugarteniente, un hombre bajo y peludo llamado Onor. Miri no podía oír las palabras, pero el sonido de su conversación la aterraba. Deseó encontrar un motivo para reírse.

—Los azotes en las palmas de las manos y el armario ya no parecen tan malos —susurró.

Esa se rio sin alegría y un bandido les dijo que se callaran.

En silencio, las jóvenes observaban cómo la tarde se desvanecía. La chimenea desprendía un leve calor y su luz irregular llenaba la habitación de sombras en movimiento. Britta tenía la cabeza apoyada en el regazo de Miri. Frid y Esa ataron el brazo roto de Knut fuerte al cuerpo para mantenerlo inmóvil. Él se quedó dormido, con la cara tensa y arrugada, como si sólo pudiera dormir con gran esfuerzo por el dolor que sentía.

La cabeza de Miri no había dejado de latirle con fuerza y no creía que pudiera descansar. Pero cuando se tumbó y cerró los ojos, se dio cuenta de que no quería nada más que olvidarse de dónde estaba y su cuerpo la dejó.

Capítulo veintiuno

Y la montaña se encogió
y luego bostezó.
Su voz era un silbido de vapor
que se hundía con estupor
en los sueños del invasor.

Aquella noche el invierno llegó temprano. La nevada ralentizó la llegada de la mañana y la luz gris amuermada al final se filtró entre la noche unas horas después del amanecer. La vista que se podía observar desde la ventana mostraba un mundo tras una tormenta de copos de nieve tan gruesos como las cenizas de una hoguera. Fue suficiente para que Dan cambiara de opinión: se quedarían en la academia hasta que la tormenta cesara.

Los bandidos permitieron a las muchachas mantener el fuego de la chimenea encendido, pero el hielo se colaba por las piedras y las jóvenes se acurrucaron por el frío y el miedo en el centro de la alcoba. Dan había encerrado a Olana y a Knut en otra habitación para que «los mayores no incitaran a los pequeños». Cuando los bandidos dejaron de hacerles caso, las chicas se arriesgaron a hablar en voz baja.

—Ahora me arrepiento de echar a los soldados —dijo Esa.

Frid inclinó la cabeza como si reflexionara.

—No, dos soldados no hubieran detenido a todos estos y creo que hubieran muerto al intentar protegernos.

—Esa, tu hermano estuvo aquí ayer. —Miri se quedó helada al oír un ruido, pero sólo era el viento que silbaba y se metía por la chimenea. Continuó con la voz incluso más baja—: Le conté lo del príncipe y que nos quedaríamos en la academia hasta que regresara en primavera.

—Eso significa que no vendrá nadie del pueblo al menos ahora —susurró Britta.

—Mi padre vendrá —dijo Gerti—. No dejará que Olana me tenga otro invierno.

—No con esta nieve —señaló Katar.

Esa asintió.

—Tu padre no sabe que estamos en peligro, Gerti. Aunque tuviera pensado venir y llevársete, esperaría a que parara de nevar. Todos lo harían. Pero cuando lleguen a la academia, los bandidos ya nos tendrán a medio camino de...

Dan corrió entre los camastros y levantó a Esa del suelo con una mano por el cuello. Le habló tan cerca de la cara, que se estremeció de la baba que le salía de la boca.

—Como vuelvas a hablar, me aseguraré de dejarte muda para siempre.

Luego esbozó aquella sonrisa enfermiza y fingida, y la colocó en el suelo con tanta delicadeza como si fuera un recién nacido. Miri se sentó sobre sus manos y se quedó mirando al suelo.

Después de otro día de nieve, los bandidos descubrieron el almacenamiento de comida para el invierno de la academia. Cada vez había más que dejaban la alcoba para volver con platos llenos de comida: cerdo asado y embutidos de paté; ensaladas de nabos, patatas, zanahorias y manzanas; y estofado con cebollas. El constante olor a comida asada era terrible para el estómago de Miri, que no paraba de hacer ruidos. Los bandidos les dieron a las muchachas gachas aguadas.

Cada vez que los hombres miraban por la ventana y veían que la nieve no paraba de caer, Miri advirtió que las cejas se les tensaban, pero por otro lado parecían estar contentos de pasar el invierno comiendo todo el día y jugando con una cubetas y unas piedras. Hablaban en voz baja y miraban a las muchachas.

Dos de los hombres cuchichearon con una voz demasiado baja para que Miri pudiera oírles, pero por lo visto Dan sí que les escuchó.

—¡Hablad en voz alta! —gritó y empujó a uno de los bandidos contra la pared—. Si os preocupa algo, decídmelo a la cara y no cuchicheéis como niños pequeños.

El bandido bajó la cabeza con deferencia.

—Tranquilo, Dan. Sólo me estaba preguntando qué hacemos aquí metidos, como si estuviéramos esperando que sus padres vengan a salvarlas.

Dan se puso serio antes de hablar.

—Nadie se va a poner a caminar kilómetros con esta nieve y yo tampoco voy a salir. Nos quedaremos aquí hasta que mejore el tiempo y después las bajaremos a nuestro campamento principal.

—Tendremos a un montón de rehenes que alimentar —dijo el bandido.

—Pero merecerá la pena cuando el rey nos pague el rescate por la prometida de su hijo. Además, no nos las quedaremos mucho tiempo.

Dan se dio la vuelta y pilló a Miri mirándole. Ella se estremeció.

—Luego dejaremos que la princesita se vaya a casa —dijo mientras hacía un esfuerzo por que su voz áspera y grave sonara dulce.

Miri intentó tragar saliva, pero tenía la boca demasiado seca.

Sin que se notara, Miri no le quitó el ojo de encima a Dan. Se sentó en el camastro más cerca de los bandidos y le observó con los ojos entrecerrados. De vez en cuando daba vueltas por la habitación y rugía a sus hombres. Cuando estaba tranquilo se giraba hacia la ventana y la luz plateada de un día de nieve no alcanzaba las oscuras arrugas de las cicatrices de sus mejillas. Era como si intentara seguir con los ojos los copos de nieve que caían. Aunque estaba sentado, tenía todo el cuerpo apretado, como si tuviera una cuerda que estirara de él tan tirante como el acero. Miri notaba tenso su propio cuerpo con sólo mirarle, por miedo a lo que pudiera hacer cuando saltara.

Al anochecer del tercer día, Miri observó que Dan se rascaba la barba y se frotaba el cuello, se levantaba y se ponía a dar vueltas. Ella se puso hacia atrás en el camastro. Maldijo, le dio a una silla que estaba en medio de su camino y la lanzó contra la pared donde se rompió. Aquello no pareció aliviar bastante su inquietud, así que volvió a maldecir y estiró la mano para coger a la muchacha que tenía más cerca, la chica con el pelo oscuro, Liana. Antes de agarrarla con las manos por el cuello, Onor se interpuso entre ellos.

—Ahora no. —Onor hablaba con un tono de voz muy bajo que Miri no podía oír. Empujó a Dan en el pecho para intentar calmarlo—. No mates todavía a ninguna. Ya habrá mucho tiempo más tarde.

Dan escupió a un lado lleno de frustración. Fulminó con la mirada a Liana, que salió de en medio corriendo y se acurrucó contra la pared.

—Tengo que salir de esta habitación —le dijo a Onor, aunque todavía miraba de forma hostil a Liana—. Vigílalas tú.

Dan cerró detrás de él la puerta de un portazo y Onor se puso en el rincón sin quitar los ojos de encima a las chicas. «Ya habrá mucho tiempo más tarde». Miri completó la afirmación de Onor: «para matarlas».

Doter a menudo decía: «La verdad surge cuando las tripas y la mente se ponen de acuerdo». Las tripas de Miri confirmaron lo que estaba empezando a creer: si los bandidos las llevaban montaña abajo, ninguna volvería. Tenían que correr y pronto.

Miri esperó a que fuera de noche y que sólo tres hombres estuvieran vigilando a las muchachas. Estaban jugando a algo tranquilo, tiraban piedrecitas marcadas a la pared. Uno estaba agachado en el suelo, con los ojos cubiertos por un gorro y respiraba como el chirriar de una puerta que se abre lentamente. No podía soportar la tensión ni un minuto más y no se atrevía a esperar a que Dan perdiera el control y matara a alguien. Tenían que arriesgarse.

Miri tatareo una canción de la cantera, tumbada de lado con la cabeza apoyada en la mano. La otra mano la colocó contra las piedras del suelo. Uno de los bandidos miró en su dirección y luego volvió a centrarse en su juego.

Al bandido sólo le había parecido que canturreaba mientras estaba allí echada. Por dentro, Miri cantaba en el lenguaje de la cantera. «¡Conejos, corred!» El cuerpo se le puso en tensión y notó cómo se le helaba la sangre. Esperó hasta que todas la miraron y parecieron estar preparadas. Luego, cogió a Britta de la mano y la puso de pie. Cuando cruzaban la puerta, vio que sólo la mitad de las chicas la seguían por el pasillo. Era demasiado tarde para detenerse ahora. Miró hacia delante y se concentró en escapar.

Tenía la sensación de que las baldosas de línder eran resbaladizas en la oscuridad, como si estuviera patinando sobre hielo. Le faltaba el aire y se centró en seguir el jadeo neblinoso que soltaba ante ella cada vez que exhalaba. Oyó los gritos de terror de dos o tres chicas detrás de ella como si los bandidos las hubieran atrapado en la puerta.

—¡Se están escapando! —gritó uno.

«Más rápido», quiso decir, pero estaba demasiado aterrorizada para hablar. Cruzó la puerta principal, bajó los escalones y de repente ya estaba fuera. El aire frío y ventoso le resultaba desconocido y el suelo irregular de fragmentos de rocas cubierto de nieve parecía peligroso, como caminar por encima de cuchillos.

Sólo se había alejado unos pasos del edificio cuando la cabeza le pegó una sacudida, el cuerpo se le tiró hacia delante y se cayó de espaldas en la nieve. Caraperro la había cogido de la trenza. Empezó a arrastrarla del pelo hacia el edificio y ella gateó y se tambaleó al lado de él. En la otra mano llevaba a Esa por el brazo tullido.

Cuando Caraperro tiró a Miri y a Esa al suelo, ella contó cuántas eran con una esperanza aterradora; había veinte. Ninguna de las muchachas se había escapado. Ojalá todas se hubieran puesto a correr a la vez.

Ahora estaban todos los bandidos en la alcoba, incluido Dan.

—¿Quién es la pequeña líder? —preguntó con la voz más ronca de lo normal —. Decídmelo rápido, ¿quién dio la orden de salir corriendo?

—Ella. —Bena señaló a Miri—. Ella nos dijo que nos escapáramos, pero algunas no le hicimos caso. No es nuestro líder.

Las diez chicas que no habían corrido se colocaron juntas. Eran todas las más mayores, excepto Katar, algunas chicas más jóvenes, que siempre se sentían intimidadas por la ferocidad de Bena y la niña de trece años Helta, que estaba demasiado asustada como para moverse. Bena sonrió durante un momento;

pero entonces Dan las miró y la fuerza de su atención fue suficiente para que se le pusieran los pelos de punta. Las chicas que estaban de pie se sentaron y Liana se escondió la cara en las manos. Miri miró con odio. ¿Acaso creía Bena que al traicionarla Dan le daría una palmadita en la espalda y la dejaría marcharse?

Uno de los bandidos que había estado jugando en el rincón habló:

—Las hemos estado vigilando, Dan, y en ningún momento oímos a nadie decir ni una palabra.

—Por supuesto que no —replicó Dan con el ceño fruncido. El bandido retrocedió—. Caraperro, Onor, venid aquí. Quiero un plan para mantener a estas niñas encerradas y fuera de mi vista hasta que la tormenta de nieve pare.

Se amontonaron en la puerta y Dan les gruñó, les reprendió y les exigió que las vigilaran mejor.

—Ojalá hubiera huido a casa —susurró Helta y luego empezó a llorar.

—Cállate —le gritó Dan.

Miri apretó las manos y deseó ser tan fuerte como su padre para poder golpearlo por matón. Sabía que pegarle sería inútil, pero ansiaba poder hacerlo de alguna forma, tener la oportunidad de verle sufrir.

Esperó a que parara de hablar con los bandidos y luego se dirigió a él:

—Perdone, Dan —dijo en tono sumiso, aunque notaba los latidos del corazón en los oídos—. Señor, creo que debería saber algo.

Dan miró a Miri y ella intentó no ponerse nerviosa.

—Hace muchísimos años los bandidos vinieron a Monte Eskel —dijo.

Al oír aquello, todas las chicas levantaron la vista. Era la primera frase de la historia que se contaba en todas las fiestas de primavera.

—¿Qué? —dijo Dan—. ¿De qué estás hablando?

—Se pensaban que sería bastante fácil saquear un pueblo pequeño —dijo más alto para calmar su voz temblorosa—. Creían que podría robar, quemar y marcharse antes de que el sol viera sus actos. Pero eran hombrecillos ignorantes y no conocían los secretos de Monte Eskel.

Dan le tapó la boca a Miri con la mano.

—No te he preguntado y no me interesa...

—La montaña reconoce las pisadas de un forastero y no soportará su peso —continuó Esa, que avanzó rápidamente a la mitad de la historia. Todos los ojos se volvieron hacia ella y le tembló la mano derecha por la atención que le estaban prestando. A Miri le dolió el corazón de lo orgullosa que se sentía.

—Caraperro —dijo Dan y señaló con la barbilla a Esa.

Caraperro le cerró la boca a la muchacha, pero Frid se cruzó de brazos y continuó la historia.

—No soportará su peso —repitió Frid—. Los bandidos se acercaron cada vez más y la montaña gruñó en la noche. —Dos bandidos la agarraron y ella forcejeó para seguir hablando—. Gruñó y los aldeanos la oyeron y se despertaron.

Un tercer bandido le metió su gorro en la boca para que se callara. Apretaba y aflojaba los puños como si hiciera un gran esfuerzo para no pegarle una paliza.

—Estas niñas son asquerosas —soltó un bandido con una cicatriz que le atravesaba un ojo.

—Sólo están tratando de sacarnos de quicio —dijo Dan—. No...

—Los aldeanos se despertaron —continuó Katar, con la barbilla en alto y los ojos brillantes— y les esperaban. Les esperaban con mazos, cinceles y palancas. Aquella noche los canteros eran más altos que los árboles, más altos que las montañas y golpeaban como relámpagos. Cuando los primeros bandidos cayeron, el resto salió corriendo. Huyeron como liebres de un halcón.

—¡Cállate! —gritó Dan—. Os amordazaremos si es necesario.

Katar empezó a relatar la última parte de la historia y las demás muchachas que habían corrido con Miri se unieron a ella.

—El monte Eskel nota las pisadas de los forasteros. —Se detuvieron y entonces ni siquiera Bena se calló en la frase final—. El monte Eskel no soportará su peso.

Todos los hombres de la habitación se quedaron mirando fijamente a las jóvenes, la mitad boquiabiertos y todos los ojos tan abiertos que se les arrugaba la frente. Uno de ellos se restregó el brazo como si intentara calentarse. Britta miró a Miri y una sonrisa secreta tensó sus labios.

Entonces el sonido de los aplausos de Dan heló la habitación.

—Una historia para irse a dormir buenísima y, como todos estos cuentos, es tan real como que nieva en verano. Si me contáis otra, todas esperaréis atadas a que la tormenta cese. Creo que bastará por ahora con amordazar a la pequeña incitadora.

Miri notó cómo Dan le ponía un pañuelo encima de la boca y le ataba las manos a la espalda. Luego la agarró por las raíces del pelo y tiró de la oreja de Miri para acercársela a la boca.

—Conozco a las de tu clase. —Aquel susurro gutural le produjo escalofríos, como cuando las garras de la rata le corretearon por la piel—. Crees que eres una pequeña bandida, ¿eh? ¿Te crees que eres inteligente? No hay nada que se te pase por la cabeza que yo ya no sepa. Te voy a decir la única que cosa que tengo en mente: la próxima vez que haya un problema, primero te rebanaré el pescuezo y luego haré las preguntas. Nada va a impedir que me haga rico. Lo entiendes, ¿princesita?

Miri no se movió, así que él le levantó la cabeza y luego se la agachó para obligarla a asentir. Ella intentó tragar saliva, pero le dolió al pensar en que le cortarían la garganta. Dan sonrió como si de verdad supiera lo que estaba pensando.

«No lo sabes todo —pensó Miri furiosa, porque no podía expresarlo en voz alta—. No soy una princesa. Soy una chica de Monte Eskel y conozco cosas que ni siquiera podrías imaginar.» Era una defensa débil, pero sólo al pensarlo se sintió más fuerte.

Dan dejó a ocho bandidos en la alcoba para vigilar a las muchachas y a tres más justo al otro lado de la puerta. Miri estaba tumbada de lado, con las manos atadas a la espalda, y observaba cómo el fuego ardía bajo, con una luz más tenue que la de una luna creciente.

Los hombres estaban callados aquella noche y se preguntó si estarían pensando en la historia. Había empezado a contarla para inquietarles y si había cobardía en sus corazones tal vez eso les haría salir huyendo. Pero ahora aquella historia le había dado una idea mejor.

Le daba igual lo que Dan creyera, había algo de verdad en ella. Una vez los bandidos habían venido y los aldeanos les había dado bien fuerte. Suponía que el relato se había tomado algunas libertades, porque la montaña no podía hablar con ellos en realidad; pero la idea en esencia era cierta, pues el lenguaje de la cantera les permitió a los aldeanos hablarse a través de la montaña, enviar su canción al línder para que otro pudiera oírla. Si Miri podía transmitir las respuestas de los exámenes en una colina, ¿qué más era posible?

El desafío en silencio a Dan, la animó. Ella era una chica de Monte Eskel. Tenía que haber algo que pudiera hacer.

Miri sacó la parte superior del cuerpo del camastro y apretó la mejilla contra una fría piedra del suelo. La montaña estaba llena de línder. Habría vetas, capas y cantidades de línder bajo tierra, en las partes más profundas y también en las más superficiales, todo un rastro de línder desde el suelo del edificio que había debajo de ella hasta el pueblo. Tenía que haberlo.

El aliento rebotó en la piedra y le calentó la cara. Lo escuchó, le cogió el ritmo y trató de pensar en una canción.

Había mucho camino hasta la aldea. Se imaginó el sendero, todas las curvas, las canteras muertas hace décadas y los acantilados de kilómetros de altura. Durante el examen en la colina todas habían estado juntas, a una distancia de dos brazos. La desesperanza de intentarlo la asustaba y contuvo el aliento.

Doter siempre decía: «El pensar que es imposible hace que lo sea». Tan sólo hacía un año, el hecho de usar el lenguaje de la cantera fuera de la cantera parecía imposible. Miri apartó las dudas de su cabeza.

Cantó sus pensamientos hacia el línder, cantó sobre su familia, con sus camastros bien juntos en una noche de invierno a bajo cero. Esperó que su padre o Marda oyeran aquel recuerdo de casa y entendieran que Miri les necesitaba.

Miri probó con diferentes recuerdos hasta que sus pegajosos párpados le dijeron que ya era pasada la medianoche, cuando seguro que todos en el pueblo estarían durmiendo. Las muchachas de la academia que estaban desveladas la miraron desconcertadas, lo que era una señal de que el lenguaje de la cantera había llegado hasta ellas; aunque como no conocían el recuerdo en especial que ella había utilizado, seguramente pensaron en sus propios hogares. Pero Miri no percibía ninguna respuesta de lejos. Las manos atadas se le habían dormido, sentía un dolor punzante en el cuello y los hombros de estar tumbada en el suelo, y tenía la cintura apretada por el hambre. Cuando la incomodidad pudo con su concentración, volvió al camastro y durmió sin acabar de descansar.

La luz lúgubre de otra mañana de nieve la despertó y reanudó su trabajo. Durante todo el día hasta aquella noche lo intentó de todas las formas que pudo imaginar. Transmitió recuerdos con el lenguaje de la cantera que sólo su padre conocía y de días que había pasado con Marda sola. Le respondió el silencio.

Britta estaba sentada al lado de Miri y le alisaba la frente al retirarle la mordaza para que bebiera unos sorbos de agua cuando ningún bandido miraba. Miri no se podía relajar, los finos músculos de la frente estaban atados y tensos.

—¿Estás enferma? —susurró Britta.

Miri negó con la cabeza, pero no pudo explicar nada más. Seguía buscando con una mezcla de desesperación y esperanza.

Cuando la luz de la tarde se filtró en la habitación, Miri casi estaba trastornada por el esfuerzo y probó otra cosa. Le vino Peder a la cabeza y a pesar de su reciente riña, se tranquilizó al pensar en él. Cerró los ojos, soltó sus ideas y cantó al línder de la fiesta de primavera. Estaban sentados sobre la misma piedra, con las piernas casi tocándose y la hoguera más cercana se reflejaba en el negro de sus ojos.

Quizá después de una hora de intentarlo, perdió la concentración y empezó a recordar una tarde de verano de hacía unos años. Ella y Peder estaban sentados en la orilla del riachuelo y los pies se les estaban poniendo morados en el agua helada. A su alrededor, las cabras tiraban de la hierba y balaban al sol. Una mariposilla con alas blancas pasó revoloteando por su nariz y se paró en ella como si pensara al principio que era una flor. Peder arrancó una hoja con forma de ala, se la pasó por los labios y sopló. La hoja dio vueltas y voló, bajó y subió por la brisa y fue como si persiguiera a la mariposa hasta que tocó la superficie del agua, que la arrastró riachuelo abajo.

Aquel día no tuvo nada de especial. Era uno de tantos de su infancia, una de las miles de horas que había pasado junto a Peder. Pero al pensar en ello se sintió cómoda. El corazón le latía a través de las costillas y le recordó, allí atrapada, asustada y con frío, lo que era sentirse feliz. Y la idea de Peder vino unida al recuerdo, como si pudiera percibir un ligero aroma de él en su ropa.

Detrás de los ojos no había ninguna vibración, aquel recuerdo era borroso y extraño. No era el tipo de lenguaje de la cantera con el que le había hablado en la fiesta de primavera, fuerte y estridente, con las imágenes gritando detrás de los ojos. No obstante, le pareció que su mente no estaba divagando, sentía que era Peder.

Se salió completamente del camastro y apretó con fuerza todo el cuerpo contra el suelo, desesperada por seguir comunicándose. Las piedras frías se le clavaban a través de la ropa, pero apretó los dientes y lo ignoró. Cerró los ojos y cantó el recuerdo de la fiesta de primavera donde se contó la historia de los bandidos. Una y otra vez repitió las imágenes de aquel acontecimiento, mientras formaba un ritmo con sus pensamientos y los emparejaba como si rimara dos versos de una canción, que cantaba en silencio a la piedra. «Bandidos, peligro.» Rezó para que Peder lo entendiera. «Ahora, aquí en la academia. ¡Los bandidos, díselo a nuestros padres!»

Habló con el lenguaje de la cantera hasta que los pensamientos se le desgastaron y se convirtieron en algo chirriante;

tenía la mente tan ronca como tendría la garganta después de haberse pasado horas chillando. Peder no volvió a contestarle.

Le siguieron horas de silencio. Le dolía el cuerpo por haber estado tumbada en el suelo, así que se sentó y estiró los brazos atados, y se dio cuenta de lo mucho que le dolía la cabeza. Afuera, la nieve seguía cayendo.

Esa y Frid la miraron de manera inquisitiva y Miri se encogió de hombros dada por vencida. Tenía las sienes como si unos cinceles quisieran cuadrarle el cráneo como un bloque de línder. Un bandido dejó que Britta le retirara la mordaza a Miri durante un rato y le diera de comer gachas; luego el abatimiento hizo que le entrara sueño, así que se tumbó y soñó con subir por una pendiente que no tenía cima.

Capítulo veintidós

*Las huellas de aquellas botas
eran agujeros en la pendiente.
La montaña con piedras rotas
rugía consecuentemente, lo que hizo que
los bandidos salieran corriendo aturdidos.*

Miri se despertó con tal sacudida que se sentó derecha. ¿La había llamado alguien? Oía tan fuerte su respiración que tenía miedo de que algún bandido se hubiera acercado a investigar. Despacio, por el daño que le hacían los pliegues de su camastro, se tumbó bocabajo.

Nadie había hablado en voz alta, ahora estaba segura, pero todavía tenía la impresión de que su nombre le resonaba en la cabeza. Escuchó el dulce sonido del sueño, los ásperos gruñidos de los ronquidos, el crujido de los cuerpos inquietos sobre los camastros de paja, al rascarse y al darse la vuelta, y los gemidos de un sueño agitado. No se oían voces. Un cosquilleo detrás de los ojos le hizo pensar que tal vez había sido el lenguaje de la cantera y se quedó despierta escuchando.

Su mente recogió el recuerdo de la última vez que había visto a Peder, justo después de que el príncipe se fuera. Habían estado cerca de la academia, antes de la primera curva del camino. En la oscuridad de aquella habitación fría, el recuerdo era tan vívido que le calentaba las extremidades. Podía imaginarse cómo la luz del sol le daba a Peder en los ojos y hacía que parecieran azules del todo sin nada de negro; apretó los puños a ambos lados del cuerpo.

—Ah...

No pudo evitar dejar escapar de los labios un ruidito de asombro. Esta vez no cabía duda de que Peder la estaba llamando con el lenguaje de la cantera. Tal vez antes la señal había sido débil porque estaba más lejos. Ahora era mucho más fuerte, mucho más clara. Estaba cerca, estaba segura. ¿Pero había venido solo?

Miri se bajó rodando del camastro para tocar el suelo de línder y le contestó a través del lenguaje de la cantera utilizando su propio recuerdo de la última despedida. Su respuesta fue inmediata: la caza del gato montés. Miri tenía siete años, estaba de pie en la puerta de su casa y miraba a unos treinta hombres y mujeres que salían para cazar a un gato montés que acechaba a los conejos del pueblo. Llevaban palancas, picos y mazos, y tenían las caras adustas y decididas.

Peder había traído a los aldeanos y llevaban armas.

Miri trató de buscar la forma de preguntar: «¿qué hago?». Pero ya sabía la respuesta. Las muchachas tenían que salir del edificio. Si lo conseguían, sabía que los del pueblo las estarían esperando afuera para protegerlas. Pero si sus familias tenían que irrumpir en el edificio, lucharían e incluso habría algún muerto.

Los ocho bandidos que había en la alcoba dormían y tres de ellos bloqueaban con el cuerpo la única puerta de la habitación. Miri se tambaleó al ponerse de pie y fue de puntillas hasta la ventana. No se veía nada en aquella noche por la nevada, pero mientras miraba a través del torrente de copos de nieve, se alzó el viento durante un instante y la tormenta se abrió. Allí, justo antes de la curva del camino, vio una fila de formas oscuras. Para uno de los bandidos que vigilaban puede que tan sólo fueran unas rocas, pero Miri reconoció la forma de cada una de ellas alrededor de la academia. Los del pueblo estaban allí, esperando.

Miri cerró los ojos y cantó un recuerdo en lenguaje de la cantera del halcón de piedra que estaba sobre aquel alféizar en una mañana de primavera. Esperaba que Peder lo entendiera y mirara por la ventana.

Notó cómo la sangre corría por sus venas y la advertía de que estaba a punto de hacer algo espeluznante. «Primero te rebanaré el pescuezo y luego haré las preguntas», había dicho Dan. Y Miri le creía. Ahora estaba de nuevo a punto de dar otro paso para escapar y su amenaza era tan real e inmediata como el aire de sus pulmones.

Miri empezó a temblar. Apoyó el hombro contra la pared y se encontró con que no podía moverse. Los del pueblo estaban muy lejos, al otro lado de la nevada, y Dan y su cuchillo estaban tan cerca como la habitación de al lado. Cuando había empezado a llamarlos con el lenguaje de la cantera, no se había imaginado esta parte, la necesidad de sacar a las chicas de la academia sin ayuda y el riesgo terrible de que las atraparan de nuevo.

«No dudes —se recordó a sí misma—. Sólo ataca, Miri. Sólo muévete, montañesa.» Cantó para sí para animar a sus extremidades y darles motivos para moverse. Era la princesa de la academia. Era el vivo retrato de su madre. Peder la había oído llamarle y había venido de noche. Su padre estaría allí afuera y sus brazos eran fuertes para aplastar a los bandidos como si fueran restos de roca. Olana y Knut estaban encerrados y no había nadie más.

La respiración hizo que el pecho se le sacudiera. Dio el primer paso.

Miri se alejó con cuidado de la ventana, fue hacia el camastro de Britta y se inclinó junto a ella para tocarla con una mano atada.

Britta abrió los ojos y sin hacer ruido miró a Miri, miró a los bandidos que estaban durmiendo y asintió para darle a entender que lo había comprendido.

Desató las manos de Miri y le quitó la mordaza y luego las dos jóvenes gatearon por la habitación mientras se susurraban al oído y se hacían gestos de silencio. Algunas se despertaron asustadas y el crujir de sus camastros hizo que a Miri le diera un vuelco el corazón. Echó un vistazo a los hombres que dormían, pero ninguno se había levantado.

El chisporroteo constante del fuego bajo tapaba algunos de los ruidos que las chicas hacían al sentarse, al atarse las botas o al cuchichear preguntas ansiosas. Miri se agachó delante de la chimenea para que todas pudieran verle la cara. Tocó el suelo con las yemas de los dedos y les recordó con el lenguaje de la cantera que los del pueblo había luchado contra el gato montés y esperó que todas se acordaran de lo sucedido aquella noche de hacía años. Después, señaló hacia la ventana.

Vio cómo las caras se volvían hacia aquel punto de luz pálida y parpadearon llenas de temor y miedo. Miri no podía arriesgarse a que ninguna se quedara atrás. Con las cejas levantadas como si planteara una pregunta, Miri apuntó a todas las muchachas y esperó a que asintieran. Para su alivio, incluso Bena no vaciló.

Tan silenciosas como las alas de un búho, las muchachas fueron a hurtadillas hasta la ventana. Muy por encima de las nubes de nieve, la luna debía de ser llena y brillante. Su luz se esparcía por la tormenta, marcaba cada copo de nieve con un lustre plateado y desprendía un resplandor blanco y aterciopelado sobre la montaña. Miri creyó que su padre y los demás estaban preparados justo fuera del alcance de la vista.

Frid y ella examinaron el marco de madera de la ventana y buscaron un lugar por el que poder arrancarlo. Bena, que era más alta que Miri, avanzó para ayudar a Frid a romper la madera por la parte de arriba. El crujido sonó como un gemido desesperado y las chicas se quedaron heladas al mirar las caras de los hombres que dormían. El tuerto estaba a un par de pasos de distancia, pero no abrió el ojo bueno.

Frid y Bena quitaron el resto de la madera. Mucha estaba húmeda por el hielo que se filtraba y pudo salir sin demasiadas complicaciones, aunque Miri supuso que las chicas tendrían los dedos llenos de astillas. Las manos de Bena eran hábiles y silenciosas, y Miri acabó pensando de ella que era una persona maravillosa.

Al sacar bastante marco, el cristal se pudo soltar con facilidad; luego, cinco muchachas lo sujetaron con cuidado y bajaron la ventana al suelo. Miri oyó una exhalación colectiva cuando lo apoyaron contra la pared, una reacción que en otras circunstancias la habría hecho reír. El silencio que había, en cambio, era desconcertante.

Entraba un aire frío por el hueco vacío y uno de los bandidos se movió. Miri agarró a Liana y con la ayuda de Frid y Bena la alzaron por el hueco de la ventana. Liana no había acabado de poner el pie fuera, cuando la fila de aldeanos caminó hacia delante. En cuanto los vio, Miri notó que se le fortalecían las extremidades. Treinta o cuarenta marchaban con paso seguro hacia la academia y Liana salió corriendo para arrimarse y ponerse a salvo detrás de ellos. Otra chica iba detrás de ella, y luego otra. Ahora había cinco jóvenes fuera. Seis.

—¿Por qué hace tanto frío? —preguntó una voz dormida.

El pánico hizo temblar las manos de Miri y casi se cae cuando estaba empujando a Tonna. Ya habían pasado diez muchachas. Doce. Dieciséis.

—¿Qué demonios...? —El bandido tuerto se levantó—. ¡Dan! ¡Se están escapando!

—No —musitó Miri.

Frid tiró a otra chica por la ventana y después se dio la vuelta hacia los bandidos que se estaban despertando. Uno de ellos fue hacia Miri, pero Frid fue más rápida. Agarró un orinal y se lo rompió en la cabeza con un ruido y un olor que hizo que el resto se levantara. Bena salió trepando por la ventana. Ahora todas las muchachas estaban fuera menos Miri y Frid.

—¡Deprisa! —dijo Miri mientras salía por sus propios medios.

Cuando tocó el suelo del fondo, oyó a Frid detrás de ella y los gritos de los bandidos que las seguían. Los bandidos estaban saliendo a tropel por la puerta principal y las jóvenes lloraban al ser atrapadas antes de llegar hasta los del pueblo.

Miri corrió. Los aldeanos estaban tan cerca que creía que sería capaz de saltar hasta ellos con tanta facilidad como lo haría por encima de un arroyo. La nieve le llegaba a las rodillas y su huida parecía extremadamente lenta, como si estuviera enferma en un sitio muy lejos y sólo soñara con correr.

Los aldeanos empezaron a correr para tratar de llegar hasta las muchachas que estaban escapando antes de que lo hicieran los bandidos, pero Miri vio que tiraban hacia atrás de Britta y que otra chica gritaba a su derecha. Hubo un repiqueteo de madera y metal que significaba que alguien estaba luchando. Mantuvo la vista en los aldeanos, en su padre corriendo hacia ella y se dio prisa.

Entonces una mano le tocó la espalda. Gritó mientras le impedían luchar y se dio la vuelta. La cara de Dan llena de cicatrices la miró con desdén a unos centímetros de la suya.

—Tú eres la alborotadora —dijo y la boca le apestó a carne—. Te mataré.

Capítulo veintitrés

No bajes la mirada, no bajes la mirada
en medio del aire te quedarás helada, helada.

—¡Miri! —Su padre saltó hacia delante.

La furia le deformaba la cara y Miri tembló al verlo. Un bandido le adelantó y el mazo de su padre se movió dos veces, una para tirarle al suelo el garrote, y la otra para darle al bandido. Su padre le saltó por encima y corrió hacia Dan con el mazo alzado.

—¡La mataré! —le advirtió Dan, que forzaba aquella voz ronca para gritar. Tenía a Miri agarrada con las manos por el cuello—. La partiré en dos, montañés.

Su padre se detuvo. Miri vio cómo agarraba con fuerza el mango del mazo, miró a Miri, miró a Dan, sin otra idea que la de golpear al bandido hasta que cayera sobre la nieve. Respiró con agitación y bajó despacio el mazo, como si al hacerlo le doliera tanto como cortarse su propia mano. Tenía la vista clavada en Miri y la expresión de su cara decía que se le estaba rompiendo el corazón por segunda vez.

A Miri le dolía su propio corazón como si se le hubiera quemado la yema del dedo. Ahora se daba cuenta de que él haría todo lo que ella necesitara, luchar hasta la muerte, bajar el mazo o hasta creer la extraña historia de Peder de que le había hablado con el lenguaje de la cantera a kilómetros de distancia. Había atravesado corriendo una tormenta de nieve en medio de la noche para salvar a su niña pequeña.

Le dio una patada a Dan y se retorció para soltarse. Era como pegar a una piedra. Pendió sin fuerzas de las manos del bandido y se quedó mirando a su padre.

Todos estaban callados. La huida frenética y la breve lucha habían parado tan rápido como había empezado. Miri y Dan estaban enfrente de los escalones de la academia. Aquellas manos calientes y ásperas le rodeaban el cuello y le retorcían la piel como si estuviera practicando retorcerle el pescuezo. Ante ella había una barrera de aldeanos.

Le reconfortaba ver que muchas de las muchachas de la academia había conseguido colocarse detrás de ellos y se abrazaban unas a otras y lloraban. Los del pueblo habían arrollado a cuatro bandidos, tres estaban tendidos sobre la nieve, con la bota de un cantero sobre sus espaldas, y el cuarto se retorcía mientras el hermano mayor de Frid le atravesaba el cuello con una palanca de hierro. Miri se preguntó si alguno de los bandidos estaba pensando en una montaña que podía avisar a su gente al sentir las pisadas de un forastero.

Pero los aldeanos tenían sólo a cuatro bandidos y los otros once habían atrapado a algunas de las chicas de la academia que intentaban escapar. Miri divisó a Esa, Gerti, Katar, Britta y Frid entre las cautivas. Se estremeció. Ahora ya no había ventanas por las que escabullirse.

El frío se le calaba en los huesos y el minuto de tensión silenciosa pareció horas. Cuando Os habló, el sonido de su voz cerró el espacio e hizo que la noche exterior pareciera una habitación llena de gente.

—Tenemos a cuatro de vuestros hombres y vosotros a nueve de nuestras hijas. Haremos un buen intercambio fácil: vosotros seguís vuestro camino y no se derrama la sangre de nadie sobre la nieve esta noche.

Dan se rio.

—No es un trato muy justo, cantero. ¿Qué te parece esto? Os quedáis con los cuatro hombres, nos dais a las otras niñas y las enviamos de vuelta a casa sanas y salvas cuando el príncipe pague.

Se oyó un murmullo de enfado. Algunos de los del pueblo insultaron a Dan y apretaron los mangos de sus armas. Os gruñó con una voz que parecía que la montaña retumbaba.

—Ninguna de nuestras hijas se apartará de nuestra vista y si alguna sale herida, podéis estar seguros de que no dejaré que os marchéis con los miembros pegados al cuerpo. —Los ojos de Os miraron a su hija Gerti que estaba en las garras del bandido tuerto. Cuando volvió la vista hacia Dan, la expresión de su cara reflejaba que disfrutaría arrancándole unas cuantas extremidades—. Dejadlas venir con nosotros ahora y soltaremos a vuestros cuatro hombres y dejaremos que os vayáis vivitos y coleando. Es una buena oferta. No la descartéis por orgullo.

Dan escupió a la nieve.

—Vine hasta aquí para pedir el rescate por un pellejo real y no me voy a marchar sin...

—Ya has oído nuestras condiciones —dijo Os—. ¿Por qué no le das vueltas a lo que te he dicho antes de decidir morir esta noche?

Dan no respondió enseguida y Miri se preguntó si Os hubiera tenido más éxito si hubiera utilizado los principios de la diplomacia.

La nieve seguía cayendo entre ellos, blanda y ligera, y los copos de vez en cuando se levantaban y giraban por una ráfaga de viento. Para Miri la nevada era extraña y delicada, pues todo lo demás aquella noche era difícil y peligroso, como un desprendimiento de bloques de hielo o un vendaval que puede llegar a tirar a una persona por un precipicio. El tiempo no reconocía que en cualquier momento Dan podía partirle el cuello como a un conejo engordado para el estofado. Los copos de nieve caían, despacio y con dulzura como pétalos en la brisa.

Dan volvió a escupir, lo que hizo un agujerito en la nieve. Aquello significaba que había tomado una decisión.

—Quiero sacar algo por los problemas que tenido o de lo contrario esta niña será la primera en morir. No estoy bromeando.

Aquella áspera piel le arañó el cuello.

—Ni nosotros tampoco —dijo el padre de Miri con la mirada clavada en Dan, rígida como una piedra, como si le hubieran esculpido de la misma montaña.

—Venga, Dan —dijo el bandido que sujetaba a Katar con una voz tan baja que los aldeanos no pudieron oírle—. Hemos descansado y comido hasta saciarnos. Ya hemos tenido suficiente.

—¡Cállate, idiota! —exclamó Dan y Miri se quedó sin aire al apretarle el cuello con más fuerza—. Te dije que tenías que pensar en cosas más importantes. No hemos conseguido lo que hemos venido a buscar y no nos marcharemos sin una princesa por la que pedir rescate.

—Yo sí —replicó el bandido que sujetaba a Gerti. La tiró al suelo y se echó hacia atrás mientras miraba con su único ojo como si tratara de ver todo lo que pasaba a la vez—. Ocurre algo raro en esta montaña. Sabía que estábamos aquí, se lo dijo a los del pueblo, justo como nos contó la niña. Lo siguiente será que la montaña nos enterrará vivos y nadie llorará, o alguno de esos hombres me cortará los brazos. Ya perdí una vez un ojo por ti, Dan, y no voy a perder los brazos también.

Gerti corrió hacia Os y le agarró la pierna. Miri vio cómo aquel gran hombre se estremecía de alivio.

—Estás hablando como un tonto —dijo Dan. Le salía saliva de la boca mientras hablaba—. Te ordeno que te quedes.

El bandido tuerto se quedó mirando a los hombres y mujeres que agarraban palancas y mazos en ambas manos, alzó la vista hacia la tormenta de nieve, se estremeció y se dio la vuelta para marcharse. Otros tantos soltaron a sus rehenes con un empujón y le siguieron.

—Es un lugar peligroso —murmuró uno.

Frid se quitó de encima a los dos bandidos que la sujetaban. Parecían dispuestos a luchar con ella, pero entonces alzó los puños y les lanzó una mirada de desafío. Se quitaron la nieve de las rodillas, alcanzaron a los otros desertores y miraron atrás mientras se iban como si el miedo a la montaña les siguiera.

—¡Volved aquí! —gritó Dan—. Si os marcháis ahora, ya no seréis parte de esta banda.

La nieve se hacía más espesa y los bandidos que se marcharon no tardaron en desaparecer detrás de una cortina blanca. Aquello pareció poner nervioso a otros, por lo que tres hombres más soltaron a sus rehenes y corrieron. Sólo Onor y Caraperro estaban al lado de Dan.

—Esta podría ser la princesa —dijo Onor mientras sacudía a Esa—. No voy a tirar a la nieve a una niña que vale cien caballos.

Caraperro sostuvo sin preocuparse su única arma, un puñal, contra el pecho de Britta y le pasó la punta por la camisa. Un trozo de tela se rasgó. Miri forcejeó de nuevo y Dan la sujetó con más fuerza. Si hubiera tenido un arma... Los copos de nieve se le pegaban a las pestañas y las lágrimas de frustración le empañaron la visión, por lo que no podía distinguir la cara de su padre.

Miri sabía que Dan nunca la dejaría marchar y que le retorcería el cuello antes de que ningún mazo pudiera alcanzarle. Os estaba negociando otra vez, intentando que el resto de los bandidos vieran lo inútil que era llevarse a tres niñas, pero Miri no notó vacilación en las manos de su captor.

En algún lugar, por encima de la nevada, amaneció. El mundo poco a poco se fue iluminando y el cielo se tiñó de rosa y melocotón hasta transformarlo todo en un color plateado claro. Miri empezó a distinguir mejor a los aldeanos. La primera luz de la mañana destacaba las arrugas debajo de los ojos y alrededor de las bocas, y notó que se le hinchaba tanto el corazón que casi le dolía. Allí estaba Peder, con las manos rojas por el frío; sin duda había salido demasiado rápido para encontrar los guantes. Allí estaba la cara redonda de Doter, la del padre de Miri tan dura y cuadrada como un cimiento, los seis hermanos de Frid y su madre, que era más grande que todos ellos. Su familia, sus compañeros de juegos, sus protectores, sus vecinos y amigos, todas aquellas personas eran su mundo.

Se dio cuenta con una claridad repentina que no quería vivir lejos de su pueblo, donde la sombra del monte Eskel caía como un brazo reconfortante. La montaña era su hogar: el polvo del línder, el ritmo de la cantera, la cadena montañosa y la gente que conocía tan bien como a su propia piel. Y ahora que los miraba quizá por última vez, pensó que los quería tanto que su corazón estallaría antes de que al bandido le diera tiempo a matarla.

Tenía que arriesgarse y pronto. Para darse valor, colocó la mano en el bolsillo de su falda y tocó el halcón de línder. Hasta aquel momento, se había olvidado de que estaba allí.

—No creo que podamos descansar ya tranquilos en esta casa —dijo Dan—. Supongo que será mejor que cojamos nuestro botín y nos marchemos—. Empezó a alejarse de los aldeanos hacia el camino que bajaba la montaña.

—¿Crees que dejaremos que os marchéis con esas muchachas? —dijo Os—. Sabemos que no tendrán muchas posibilidades de sobrevivir en vuestras manos.

—Será un riesgo que deberéis correr —contestó Dan—, porque si nos atacáis, os garantizo que sus perspectivas de sobrevivir serán mucho, mucho peores.

Los aldeanos levantaron las armas y cambiaron de postura, pero ninguno avanzó.

Dan siguió retrocediendo y Onor y Caraperro le siguieron. Parecía estar tratando de encontrar el camino al tacto, pero había mucha nieve.

Miri conocía la montaña. Incluso con aquella tormenta sabía que se estaba desviando demasiado hacia la izquierda. El borde del acantilado cada vez estaba más cerca. Si al menos pudiera darle un buen codazo... Tan silenciosa como una exhalación, cantó para sus adentros: «Ningún lobo vacila antes de morder. Y así ataca. Ningún halcón duda antes de descender. Sólo ataca».

—Todo el mundo quieto —dijo Dan—. Nos marcharemos pronto y después iréis a buscar a las niñas cuando llegue el deshielo. Eso estará bien.

Miri miró a la derecha y vio que el terror helaba las caras de Britta y Esa como el hielo en el cristal de la ventana. A su izquierda, la nieve ocultaba el borde del acantilado. Necesitaba ayuda para llevarlo hasta allí.

Miri sabía que su padre la quería, ahora lo sabía con una paz como la del atardecer más suave de un verano. Sabía que se tiraría por la montaña para salvarla. Pero como Doter decía, era una casa con las contraventanas cerradas. No confiaba en que entendiera su petición a través del lenguaje de la cantera.

Peder había oído que lo llamaba a kilómetros de distancia. Él la entendería.

Miri forcejeó de nuevo, pero esta vez sin esperar soltarse. Sólo quería contactar con el suelo un instante, una oportunidad de hundir los pies en la nieve y sentir la piedra. Lo consiguió y agarró el halcón que tenía en el bolsillo, pues esperaba que aquel pedazo de línder ayudara también. Con toda su voluntad y tan silenciosa como los copos de nieve que caían, cantó en el lenguaje de la cantera.

El recuerdo que escogió fue cuando Peder se cayó en el agujero de hielo derretido que estaba oculto y desapareció de la vista. No tendría que pensar en ello mucho rato si él lo entendía.

—No creas que no te seguiremos —dijo Peder. Los copos de nieve se posaban en abundancia sobre sus rizos leonados, por lo que la plata ganaba al oro—. Iremos detrás de vosotros hasta el mar si hace falta.

Algunos de los adultos fruncieron el entrecejo ante aquel arrebato, pero Peder no apartó la vista de Miri y Dan. Peder les dio un codazo a Jans y Almond, los hermanos mayores de Bena, y le siguieron desde la fila de los aldeanos hacia la izquierda de los bandidos. Miri notó que Dan se movía.

—No tan cerca, gatitos —les avisó Dan—. Soy un ladrón y un asesino, ¿os acordáis? No podéis fiaros de que no la mate por pura maldad.

Peder y los otros dos aminoraron la marcha, pero siguieron avanzando hacia la derecha de Dan para obligarle a cambiar la trayectoria un poco. Miri pensó que era suficiente. Se concentró en mantener el cuerpo relajado para no agarrotarlo antes de tiempo y no darle a Dan ningún indicio de lo que estaba a punto de intentar.

«No dudes. Sólo muévete.» Miri agarró el halcón de línder del bolsillo, lo sujetó como si fuera un puñal y se lo clavó a Dan en la muñeca con la punta afilada de un ala extendida.

Dan gritó y la soltó. Miri cayó al suelo, se alejó de él rodando y se arrastró por la nieve. La sacudida de dolor sólo duró un instante, y chilló y saltó detrás de ella.

Pero había un precipicio. Miri no tuvo tiempo de tener cuidado. Con la esperanza de que había calculado bien su posición, rodó por el acantilado y buscó el saliente rocoso donde ella y Katar habían hablado el día del examen.

Dio con los pies en el suelo, pero el alivio que le inundó el pecho se detuvo al tener la horrible sensación de que se resbalaba. Buscó con las manos desesperada un sitio a donde agarrarse y encontró las raíces colgantes de un árbol del acantilado. Alzó la mirada y vio cómo Dan sobrepasaba el borde con la cara llena de sorpresa al ver que no había suelo bajo sus pies. Se cayó.

El cuerpo de Miri se agitó por un tirón fuerte. Dan tenía una mano en el precipicio y la otra, en su tobillo.

La madera le crujió entre las manos. La raíz se deslizó del saliente como una serpiente por el agua y luego se detuvo con una sacudida. Abajo, Dan le apretaba la pierna y más abajo la nieve seguía cayendo y cayendo, tan lejos que no podía ver que ningún copo se apoyara sobre ninguna superficie. La nieve que caía hacía que el acantilado pareciera que no se acababa nunca, como un río que se extiende hasta el lejano mar.

Las manos le ardían y tenía la pierna entumecida. Intentó quitárselo de encima, pero no podía mover su peso. Dan trató de trepar por el acantilado con una mano mientras usaba su pierna para impulsarse hacia arriba. Miri gritó por el dolor de seguir aguantando. Se le resbalaban las manos y se sentía casi caer como la nieve.

Entonces algo golpeó a Dan en la frente. Miró hacia arriba, pero parecía ciego, como si intentara seguir con la vista un copo de nieve. Se le resbaló la mano con la que se agarraba al acantilado, el peso disminuyó y sin esperarlo, Miri vio que se hacía cada vez más pequeño. Los brazos y las piernas se le abrían como si estuviera haciendo un ángel de nieve en medio del aire. El viento hizo que la nieve cayera en círculos y espirales y se llevó todo lo que había debajo, por lo que Miri no vio cuando tocó el suelo.

Alzó la mirada. Su padre estaba inclinado por el borde del precipicio y había soltado el mazo.

Capítulo veinticuatro

¡Salid, salid! La noche llama.
Vaciad la mente de cualquier drama.
Quitaos los problemas que el día reclama.
¡Olvidaos! La noche ordena.
Daos prisa que el día no espera.

Miri fue la única que se percató vagamente de lo que ocurrió después de que Dan cayera. Consiguió seguir agarrada a la raíz hasta que alguien estiró de ella y la llevó hasta el suelo lleno de nieve. Por un momento pensó que Peder estaba cerca y olió la dulzura seca del jabón de la ropa de Doter; luego, desapareció en el enorme y cálido abrazo de su padre.

No se despegó de él durante horas y en sus brazos observó cómo Onor y Caraperro soltaban a Britta y a Esa, y junto con los otros cuatro bandidos huían de la academia. Veinte canteros corpulentos les siguieron un poco para asegurarse de se marchaban de verdad. Esa estaba con Peder y sus padres, mientras la madre la atacaba con besos sin aliento. Los parientes de Britta le dieron unas palmaditas en la espalda. Liana se acercó a Miri y le susurró al oído:

—Debería haberte votado para princesa. —Cuando Bena llamó la atención de Miri, la chica mayor no miró.

Unos cuantos hombres montaban guardia alrededor de la academia por si acaso los bandidos tenían la desfachatez de volver, y el resto se refugió de la nieve dentro.

Miri se acordó de Knut y Olana y les abrieron el armario donde estaban encerrados, helados y desnutridos. La madre de Frid le curó el brazo roto a Knut, y Olana se quedó de pie como si estuviera ansiosa por ayudar y no paraba de repetir: «Gracias, sí, gracias».

Estaban en plena mañana, pero habían estado despiertos toda la noche, por lo que le echaron leña al hogar de la alcoba y se tumbaron a descansar hasta la tarde. Las familias se amontonaban juntas en los camastros, los pechos y las piernas de unos y otros se convertían en almohadas, y se abrazaron para calentarse y por la alegría de que todos estuvieran bien. Miri se acurrucó debajo del brazo de su padre y su calor se esparció por todo su cuerpo como si fuera la más gruesa de las mantas. Se arrimó a Britta por el otro lado y durmieron con los brazos entrelazados.

Después de que todos se despertaran y notaran sus estómagos quejándose, unas cuantas mujeres hicieron un inventario de las provisiones y volvieron para informar que nadie viviría en la academia aquel invierno. Los bandidos habían comido y habían dejado que se pudriera en tal sólo unos días carne suficiente para alimentar a un pueblo durante un año. Sólo quedaban alimentos suficientes para comer una vez pan soso y gachas con unas cuantas tiras de carne para freír.

Fue extraño salir de la academia aquella tarde con un sol abrasador. Había un montón de nieve a sus pies, allanada por la brisa y, bajo aquel sol, que era más brillante que el línder pulido. Miri colocó los brazos alrededor del pecho y observó cómo la nieve había estado cayendo durante días y después había parado en el momento justo. Cuando lo pensó en frío, no se creyó que la montaña la oyera de verdad, pero su corazón sí deseaba que fuera así. Por si acaso susurró «Gracias» y le lanzó un delicado beso a aquel pico blanco que destacaba en el cielo azul iluminado por el sol.

Aunque la caminata era precaria y atravesaban lentos la gruesa capa de nieve, estaban tan contentos como en vacaciones. La primera vez que Miri se cayó en un hoyo y se hundió en la nieve hasta los codos, su padre se la subió a hombros. En aquel momento, decidió que no le importaba ser tan pequeña. Miró hacia atrás y divisó la punta de una chimenea de la academia antes de que desapareciera, y se preguntó cuándo volverían; aunque no le preocupaba mucho. Tenía la cabeza llena de la suntuosa esperanza de una cantera llena de nieve, lo que permitiría que todos tuvieran unos días libres, podría dar lecciones de lectura a Marda y pasar el invierno en casa con un montón de combustible y comida.

Más adelante oyó a Olana que hablaba con Doter.

—¿Pero qué haré yo durante todas esas semanas? —preguntó Olana.

—No se preocupe, querida —contestó Doter, que había oído los informes de la profesora respecto a su hija—, la pondremos a trabajar.

Olana se quedó con la familia de Esa aquel invierno, lo que hizo que la chica se ganara muchos gestos de comprensión y unas cuantas sonrisas engreídas. Pero Olana no tardó mucho en demostrar que se le daba bien despellejar conejos y la enviaron a muchas casas para desempeñar aquella desagradable tarea. Knut se quedó con la familia de Gerti y se le oía todas las noches reírse mucho con Os, que consideró al hombre para todo como un hermano perdido.

Miri insistió en que Britta se quedara con ella y entre las tres muchachas las tareas domésticas estuvieron hechas antes del mediodía, lo que les dejó mucho tiempo para ayudar a Marda con sus estudios. Unas cuantas chicas mayores entraban en cuanto Miri se ponía a enseñarla, luego tres hermanos de Frid, a los que les seguía una de las hermanas pequeñas de Gerti, hasta que la casa de Miri estaba llena a rebosar cada tarde. A veces Peder también iba. Había algo extraño entre ellos, algo torcido, expectante. Ella esperó a que él hablara primero y no lo hizo.

La noche posterior a que la hermana de Gerti leyera su primera página, Miri le dijo a Marda:

—Esto es lo que quiero. He estado hecha un lío con todo eso de la princesa, pero ahora lo sé. Nos hace falta un edificio más grande para que podamos invitar a todos los chicos a que vengan a aprender a leer. Y necesitamos libros de verdad y tablillas de arcilla como las de la academia. Quizá podríamos vender el línder del suelo del edificio para que todos los hombres y las mujeres que trabajan en la cantera tengan un día libre o dos a la semana y así el pueblo entero podrá aprender.

Marda sacudió la cabeza.

—Le enseñarías las letras a las cabras si te lo permitieran.

Una tarde mientras hervían la colada, Miri propuso a Britta, Esa y Frid la idea de una academia para el pueblo.

—Estoy harta de los libros, las letras y todo eso —dijo Frid—, pero mis hermanos sienten curiosidad por aprender, al menos a leer, aunque dicen que no le ven mucho sentido a las otras asignaturas que estudiamos.

—Tu hermano Lew me juró que se moría de ganas de estudiar elegancia —apuntó Miri mientras intentaba que no se le escapara la risa.

—Sí, hace unas reverencias muy buenas —contestó Frid con la cara igual de seria.

—Bueno, creo que podría estar aprendiendo toda la vida. —Esa sacó una de las batas de su madre de la olla con un palo—. Me gustaría que mi madre también pudiera ir a la academia del pueblo. Antes pensaba que era la persona más inteligente del mundo y no me gusta saber más que ella, aunque sea de lo que hay más allá de Monte Eskel.

—Si vamos a ser profesoras, será mejor que aprendamos todo lo que podamos —dijo Miri.

Olana estaba ansiosa por ahorrarse las tareas del pueblo y volver a enseñar, así que las chicas de la academia se pusieron de acuerdo para meterse en la pequeña capilla casi todas las tardes, contando con que pudieran llevar a Marda y a cualquier otra hermana que quisiera ir, así como escoger las asignaturas que se enseñarían. No habría más elegancia ni conversación y a cambio, la inundarían a preguntas. Por lo visto Olana reconocía que la habían vencido.

Miri quería saber más de matemáticas para ayudar en la actividad comercial, los intereses de Liana se inclinaban hacia el protocolo de la corte y Esa tenía curiosidad por las clases sociales que existían fuera de la montaña.

Cuando Katar preguntó sobre las funciones diarias de una princesa, Olana les detalló las responsabilidades de la actual reina de Danland: supervisar la administración del palacio y de los sirvientes, visitar a los delegados y a los cortesanos, planificar celebraciones y mantener relaciones amistosas con los mercaderes y los comerciantes de los reinos vecinos; en fin, un día tan largo como el de cualquier cantero.

Aquella tarde, cuando finalizó la clase, bastantes muchachas de la academia original decidieron quedarse en la capilla. Al parecer todas estaban reflexionando sobre la misma pregunta.

—¿Quieres ser la princesa? —le preguntó Esa a Frid.

—No, me gusta trabajar en la cantera.

—A veces quiero —dijo Esa—. Antes lo quería más y el príncipe fue bastante amable. Pero todo está mejorando por aquí y no quiero dejar a mi familia o hacer que ellos dejen la montaña.

Gerti estaba sentada en el suelo con los brazos alrededor de las rodillas.

—¿Os acordáis del libro de cuentos de Olana? Pues tiene una historia de una chica que conoce a un príncipe y se enamora de él a primera vista; y todos sus sueños se hacen realidad cuando la sube a su caballo y se van cabalgando hacia el palacio. Creía que cuando le conociera, quizá fuera así. —Gerti se encogió de hombros—. Steffan fue muy amable, supongo, pero... —Se volvió a encoger de hombros.

—Quiero —dijo Liana—, quiero llevar vestidos de noche y vivir en un palacio.

Miri frunció el entrecejo. Liana era tan hermosa como ella se había imaginado que eran las princesas, pero creía que Steffan se merecía algo mejor.

Varias de las otras muchachas admitieron orgullosas o tímidas que ellas también tenían todavía la esperanza de convertirse en princesas. Tonna incluso había empezado a llevar el pelo recogido todo el tiempo.

—¿No habéis oído a Olana? —dijo Bena, que parecía enfadada porque Liana otra vez no le daba la razón—. No será un gran baile. Será un trabajo aburrido, largos días en los que se tendrá que hablar con gente que no os importa y os tendréis que casar con un chico soso con un título extravagante. No me puedo creer que después de todas las lecciones de historia y conociendo todos los asesinatos, conspiraciones políticas, las guerras y las reinas estériles, que alguna de vosotras todavía quiera ser una princesa.

—Pues yo sí —replicó Liana—. Mi reinado será diferente. Será divertido.

Katar miró a Miri durante un instante, pero no expresó su opinión. Miri sabía que a Katar no le importaba el trabajo o los vestidos, querer a Steffan o dejar su hogar. Ella simplemente quería que la eligieran y tener una oportunidad de marcharse.

—¿Tú quieres serlo, Miri? —le preguntó Britta.

Miri abrió la boca. No había ninguna chimenea en la capilla y vio cómo su aliento se volvía blanco en el aire frío. Ella quería crear una academia para el pueblo y sentirse en casa en la montaña, quería estar con su padre y Marda, y pensaba que quería estar con Peder. Si es que era eso lo que quería. Sabía que sí, pero no podía quitarse de la cabeza la idea de ser una princesa, no después de todo lo que esperaba y se había imaginado. Así que contestó:

—Se me hace raro todavía pensar en eso, después de lo que ha pasado con los bandidos y todo lo demás. Es como si el mundo hubiera cambiado y no debiéramos hablar de cosas como casarnos con un príncipe.

—Queramos o no —dijo Esa—, si nos escoge, ¿seremos capaces de rechazarle?

Después de meses de inclinarse ante sus deseos, Olana se puso firme e insistió en repasar algunas de las asignaturas con relación a una princesa.

—Mi intención es prepararos para la próxima visita del príncipe y al menos debemos practicar las reverencias y los bailes.

—Profesora Olana —dijo Miri—, no es muy eficaz que sigamos bailando solas. Algunos de los chicos del pueblo tal vez quieran aprender los bailes y practicar con nosotras.

Así que cuando la fiesta de primavera iluminó de nuevo la montaña con hogueras y música, el pueblo disfrutó su primer baile. Miri llevó la falda que llevaba a la capilla y el pelo suelto, y sonrió a Peder cuando los tambores empezaron a sonar. Aquella noche no fue el chico distante e inseguro que a veces pasaba por delante de ella sin dirigirle la palabra; aquella noche era Peder, su mejor amigo. La sacó a bailar el primer baile.

Los bailes de las tierras bajas no separaban a las parejas por una cinta y Miri se encontró a sí misma sujetando la mano de Peder por primera vez desde que eran niños pequeños. Él apretó los dedos contra su espalda y le dio una vuelta; hablaban con tanta facilidad que Miri se rio al acordarse del incómodo intercambio de palabras con Steffan.

La conversación fue más rápida cuando se movieron con las posturas de «La dama del agua», un baile corto en el que la pareja estaba cara a cara, con las palmas juntas y tan sólo a un soplo de distancia. Peder tragó saliva, miró a sus pies y luego por encima de la cabeza de Miri. Pero a mitad del baile, se relajó y la miró a los ojos.

El corazón de Miri palpitó con fuerza. Quiso decir algo que estuviera bien. El futuro se le echaba encima, se sintió como si el príncipe estuviera entre ellos dos y los separara un paso.

—¿En qué estás pensando? —preguntó Peder.

—Pensaba en el príncipe, en cuando vuelva... —dijo y deseó no haberlo hecho.

Peder ya no sonreía.

—¿Estás enfadado? —le susurró Miri y él se encogió de hombros.

Cuando los tambores y el estridente dejaron de tocar, Peder se marchó.

—Cree que te quieres casar con el príncipe —dijo Britta, que estaba a su lado.

—Lo sé —contestó Miri. Por instinto metió la mano en el bolsillo, pero había perdido el halcón de línder en el acantilado.

El asunto de la princesa todavía no lo tenía muy claro, como el cauce cenagoso de un arroyo que se mueve bajo los pies. No entendía por qué Steffan se había ido, pero ella era la que más le había gustado. Se lo había dicho. Si regresaba y le pedía que fuera con él a Asland para ser una princesa, para darle a su familia la casa del cuadro, ¿cómo podría decirle que no? Steffan era agradable. Miri se imaginaba que llegarían a hacerse amigos, incluso muy amigos. Encontraría algún modo de hacerle reír y él le enseñaría todo de Danland; y tal vez sería feliz.

Pero cuanto más se acercaba su vuelta, Miri se sentía más apegada a Monte Eskel, como se había aferrado a aquella raíz del acantilado. La montaña era su hogar. Su padre era su hogar. Y Peder... Se permitió a sí misma tener esperanzas con Peder. Sus deseos eran demasiado grandes para una ladera de flores miri.

Capítulo veinticinco

La plomada se balancea,
el halcón aletea,
Eskel canturrea.

La primera mañana que amaneció sin escarcha, Miri y Britta se sentaron en una gran roca al lado de casa de Miri para mirar el camino del oeste.

—Estoy tan cansada de esperar y hacerme preguntas —dijo Miri—. Quiero hacer algo nuevo. Ojalá pudiera enseñarte a usar el lenguaje de la cantera.

—Últimamente tienes ganas de enseñarlo todo —dijo Britta—. Seguro que no llevo tanto tiempo aquí arriba como para que haberme empapado de línder, pero quizás haya algo que puedo ayudarte a hacer. Una vez dijiste que se supone que a los de las tierras bajas se nos dan bien los jardines. —Las comisuras de los ojos se le arrugaron al sonreír.

Quitaron los restos de roca de un trozo de suelo hasta que las uñas se les rompieron y los dedos se les quedaron doloridos. Britta le enseñó cómo aflorar el suelo y hacer surcos en la tierra para que pasara el agua. Metió el dedo y colocó una semilla.

—Esto serán guisantes, si es que crecen.

Miri nunca había comido guisantes frescos y Britta le contó que sabían como una mañana de primavera. Plantaron el resto de las semillas que Britta había traído de las tierras bajas y hablaron de las cosas frescas que se comerían en verano. Ninguna mencionó que el príncipe llegaría pronto y que alguna de ellas no estaría allí para comer calabacines y tomates cherry.

Aquella tarde, los golpes en la cantera cesaron al sonido de las trompetas.

—¡El príncipe Steffan de Danland volvió anoche a la academia de la princesa! —gritó un mensajero desde un carromato—. Se pide a todas las muchachas de la academia que vayan hoy a verle.

Miri y Britta se prepararon y prestaron especial atención al lavarse la cara y peinarse el pelo.

—¿A quién crees que elegirá? —preguntó Miri.

Britta se limitó a encogerse de hombros. Parecía demasiado nerviosa para hablar.

El padre de Miri las miraba en silencio y Marda no paraba de cepillar la mesa una y otra vez. Miri sabía que no deseaban tener una casa en las tierras bajas con un bonito jardín ni vestirse con telas caras, ni tener tenedores de plata para comer. Lo único que querían era que Miri volviera pronto a casa. Miri se detuvo a sentir lo bueno de aquel pensamiento: su padre la quería en casa. Ahora lo creía, lo que le hizo sentir como si todavía llevara el vestido de plata.

Después del ataque de los bandidos, los padres no perderían de vista a sus hijas, así que treinta trabajadores de la cantera acompañaron a las chicas de la academia. Las muchachas apenas hablaban y ninguna se rio, dio brincos o lanzó piedras por el borde del acantilado. Miri caminaba al lado de Britta, Esa y Frid, y después de un rato Britta consiguió darle la mano a Katar también.

—Seguiremos siendo amigas —dijo Miri—, sin importar quién sea la princesa.

Todas estuvieron de acuerdo. Britta sólo asintió con la cabeza y Miri se preguntó si volvía a estar enferma.

Lo de los bandidos debió de llegar hasta la capital porque la academia estaba rodeada de soldados. Los canteros se unieron a ellos.

En el interior de la academia no había tapices ni lámparas de araña, tampoco armarios para los trajes. Una mujer vestida con un estupendo vestido de color verde les dio la bienvenida en la puerta y las condujo al comedor que prácticamente estaba vacío. Miri intentó alisar una arruga que se le había hecho en su camisa de lana y se dio cuenta de que otras chicas se arreglaban la ropa o se alisaban el pelo suelto.

—El príncipe Steffan las atenderá en unos minutos —dijo la mujer—. Por favor, esperen aquí.

—No lo entiendo —susurró Esa a las jóvenes que tenía cerca—. Si no vamos a bailar, a hacer reverencias ni a hablar otra vez, ¿por qué no escogió a nadie antes?

Frid se encogió de hombros.

—A lo mejor tenía demasiado frío para poder pensar. Mi abuelo se queda atontado en invierno.

—O tal vez no deberías haber echado un pulso con él, Frid —le contestó Miri en voz baja—. La primera norma de elegancia dice: «Nunca levante a tu pareja de baile y lo arrastres por el suelo».

—Ay, no puedo —dijo Britta de repente y salió corriendo.

Miri miró hacia la puerta por donde el príncipe entraría, pero no dudó en seguir a Britta.

Britta bajó deprisa los escalones de la academia y se dejó caer detrás de una gran roca.

—¿Qué te pasa? —Miri se sentó a su lado—. Parece que estás enferma otra vez, Britta. ¿Quieres que vaya a buscar a Knut?

Britta negó con la cabeza. Se mordió el labio inferior como si quisiera reprimir el llanto.

—¿Qué pasa? —preguntó Miri.

Britta se tiró de la ropa, se restregó la frente, se tiró de la oreja, al parecer abrumada por la agitación.

—No puedo ver al príncipe. ¡No puedo dejar que me vea! Le conozco.

Miri parpadeó.

—¿Conoces al príncipe?

Britta asintió.

—Mi padre no era un comerciante. Era... es... un noble. Y yo crecí con Steffan, con el príncipe, al menos parte de cada año, porque veraneaba en una finca cerca de mi casa, y como era aventurero y amable, y todos los otros chicos eran unos estirados, decía que le gustaba estar conmigo. Solíamos jugar a ese juego en el que éramos pobres que comíamos sólo lo que encontrábamos por ahí y escarbábamos en los jardines buscando algo comestible, ya fueran tomates verdes, frutas del bosque o pensamientos. Arrancábamos zanahorias pequeñas y nos las comíamos sin lavar como si nos muriéramos de hambre.

Britta se calló y miró a los ojos marrones de Miri con preocupación.

—Me pregunto si te parece una grosería que Steffan y yo jugásemos a morirnos de hambre.

—No —contestó Miri—, supongo que tu vida era muy diferente.

Britta asintió.

—Era diferente, ni mejor ni peor que aquí. Aunque la verdad es que no he echado nada de menos, salvo el no sentir tanto frío en invierno y no tener hambre. Tampoco he echado de menos mucho a nadie, excepto a Steffan. —Suspiró y se tapó los ojos con las manos—. Mi padre esperaba que nos casáramos. Cada vez que mi padre hablaba de ello, sólo me entraban ganas de acurrucarme y esconderme, pero si que soñaba... Steffan nunca dijo nada y por supuesto yo nunca tuve una oportunidad en serio, porque los sacerdotes son los que eligen dónde se encontrará a la princesa. Pero cuando fui lo suficientemente mayor para pensarlo, esperaba que él... esperaba que...

—Que te correspondiera.

Britta alzó la mirada. Tenía los ojos vidriosos.

—Si conocieras a mi padre, lo más probable es que temblaras al imaginar su reacción cuando se enteró de que la adivinación de los sacerdotes apuntaba a un lugar donde no le pertenecía ninguna tierra y estaba lejos de cualquiera de sus amigos o contactos. Desde luego, me escondí de él una semana, durante la cual lo pasé bastante mal. —Britta se estremeció—. Pero no se dio por vencido. No sé cómo, descubrió el nombre de una familia de Monte Eskel y me mandó con ellos en un carro de comerciante con una orden en la que afirmaba que estaba muerto y que yo estaba emparentada con ellos. Así su hija sería una muchacha que vivía en Monte Eskel.

—Y lo eres —dijo Miri en voz baja.

—Lo siento mucho, Miri. Debes de pensar que he sido una mentirosa. Me daba mucha vergüenza que mi familia tuviera esa ridícula esperanza y pensaba que me odiarías por ser una rica de las tierras bajas, o tan sólo por ser una tonta. La verdad es que estaba un poco contenta de subir aquí. Durante mucho tiempo he pensado que mis padres se preocupaban de mí sólo porque les podía vincular al trono.

—Entonces eres lady Britta de verdad.

—¡Por favor, no me llames así!

Miri frunció el entrecejo.

—Pero si sabías que el príncipe te elegiría...

—¡Pero no lo hará! —Britta se puso de pie de un brinco y caminó alrededor de las piedras—. He estado todo el año aterrorizada por el día en el que Steffan llegara y me viera fingiendo ser una chica de Monte Eskel; él diría: «¿Qué estás haciendo aquí?» y yo diría: «Vine persiguiéndote porque me quiero casar contigo...». ¡Ah! ¿Te lo imaginas, Miri? Entonces me detestaría o se reiría en mi cara, o fingiría que no me conoce.

—Y si no te detesta, ni se ríe, ni...

—No, no digas eso. Tengo que creer que eso no ocurrirá. Cada vez que me hago ilusiones, me hace mucho daño. Durante meses parecía como si aquí a nadie le gustara ni una pizca y todo lo que podía esperar era hacerme la tonta delante del chico del que llevaba años enamorada. Y luego cuando conocí a todas las chicas de la academia, y me di cuenta de que erais mucho más inteligentes y guapas que yo, su elección me pareció obvia.

—Tú le conoces, ¿crees que me va a elegir a mí antes que a ti?

Britta paró de caminar.

—Por supuesto. Eres la persona más lista que he conocido y hace un año ni siquiera sabías leer. Eres inteligente y divertida, ¿por qué no iba a querer alguien casarse contigo? Quiero que sepas que me he estado preparando todo el año para el momento en que no me elija. Me dolerá, un poco, pero me alegraré de que seas tú.

—Yo... —¿Sería cierto? Miri se quedó observando la cadena montañosa, azul, morada y gris, y miró por encima del hombro a la punta del camino que llevaba a casa. El sueño de la casa con jardín era como humo de velas, cambiante, hermoso, pero casi se había desvanecido—. No quiero ser una princesa.

—Miri —dijo Britta, que sonaba exasperada.

—No. De verdad que no. ¡Qué alivio saberlo ahora! No sería justo, Britta. Como dijiste una vez la princesa debería ser alguien que fuera muy, muy feliz. Alguien que amara a Steffan.

—¡Miri! ¡Britta! —las llamó Esa desde los escalones de la academia—. ¿Estáis ahí fuera? Olana me mandó a buscaros. El príncipe está a punto de venir a vernos.

Britta puso una mano en su estómago y se quejó:

—No puedo hacerlo, Miri. Creo que puede que me muera de verdad.

Miri se rio y reírse era precisamente lo mejor que podía hacer. Ayudó a Britta a levantarse y la abrazó bien fuerte.

—¿Qué te hace tanta gracia? —preguntó Britta, que empezaba a sonreír sólo de oír la risa de Miri.

—Tú. Britta, has sobrevivido a Olana, a Katar, a dos inviernos en la montaña y a una manada de lobos bandidos. Puede que vomites, pero no te vas a morir ahora. Aunque si vas a vomitar, hazlo aquí. Será mucho más embarazoso en medio de una reverencia.

A Britta se le quedó la cara pálida.

—¿Crees que puedo...?

Miri se volvió a reír y la estiró de los brazos.

—Venga, vamos a ver a tu príncipe.

Entraron corriendo en el comedor justo cuando Steffan aparecía por la otra puerta. Echó un vistazo a la sala expectante y cuando se detuvo en Britta, retrocedió medio paso. Sonrió, luego sonrió más y después le dedicó una amplia sonrisa. Relajó los hombros y Miri casi esperó que hiciera algo vergonzoso, típico de un niño, como saltar de alegría o ir trotando hasta ella. Pero, en cambio, les hizo una reverencia magnífica.

Steffan apartó la mirada de Britta y dio una vuelta por la habitación para saludar a todas las jóvenes. Cuando llegó a Britta, se paró. Miri nunca se lo hubiera creído, pero toda su cuidada elegancia desapareció. Empezó a pegar pequeños saltitos.

—Buenas tardes, señorita. Creo que no nos han presentado.

—Me llamo Britta, Su Alteza —respondió con una reverencia perfecta, aunque se le hizo un nudo en la garganta—. Britta Paweldaughter.

—Es un placer conocerla, Britta Paweldaughter. —El príncipe le hizo una reverencia, le cogió la mano y se la besó. Con la boca sobre su mano, dijo en voz baja—: Soy Steffan.

—Un placer, señor Steffan. —Su cara no pudo con aquella solemnidad. Sonrió con tal entusiasmo que el corazón de Miri le latió rápido sólo de verla.

Steffan continuó saludando al resto de muchachas y después habló en voz baja con la mujer del vestido verde. Ella asintió y un sacerdote entró por el pasillo. Vestido con una camisa marrón oscuro y un gorro blanco, el sacerdote recordó a Miri la cima del monte Eskel a principios de primavera.

—El príncipe Steffan, heredero al trono de Danland, ha escogido a su princesa —dijo la mujer—. Britta Paweldaughter, por favor, dé un paso hacia delante.

Britta empezó a temblar mucho más y sus mejillas rubicundas se quedaron sin color. Miri tenía miedo de que se cayera o se desmayara, así que la rodeó con el brazo y cruzó con ella la habitación. Steffan se apresuró para cogerla del otro brazo.

—¿Estás bien, Britta? —susurró—. ¿Necesitas sentarte?

Britta negó con la cabeza. Miri esperó a un lado mientras Britta y Steffan se quedaron de pie enfrente del sacerdote.

—Elijo a Britta Paweldaughter como prometida al trono —dijo Steffan.

—¿Y ella acepta? —preguntó el sacerdote.

—Acepto a Steffan Sabetson como mi prometido. —Britta respiró hondo, como si hubiera estado aguantando la respiración durante mucho rato.

El sacerdote dio un largo discurso para el ritual de compromiso matrimonial y nombró a todos los reyes y reinas desde el rey Dan hasta el más reciente. Miri se dio cuenta de que se había dejado uno en medio, inclinó la cabeza y se volvió para mirar a las chicas. Por lo visto otras también se habían dado cuenta y soltaron algunas risitas. El sacerdote se detuvo, se corrigió y continuó.

Olana, que observaba la escena desde el pasillo, sonrió orgullosa.

Cuando la ceremonia finalizó, el sacerdote se dio la vuelta de cara a las jóvenes.

—El rey desea que les transmita su aprobación respecto a esta academia y respecto a cada una de ustedes. En honor a la prometida de su hijo y a esta academia, el rey renueva su amor por Monte Eskel y eleva su estado de territorio a la decimosexta provincia de Danland. Que se acerquen las potenciales. —Nadie se movió, así que el sacerdote les hizo una señal a las chicas de la academia—. Ustedes son las potenciales.

Las jóvenes caminaron hacia delante y se pusieron en una fila regular bien hecha; Miri se unió a ellas.

—Las nombro graduadas de esta academia, ciudadanas de Danland y damas de la princesa.

—¿Qué significa eso? —preguntó Frid, que miraba con los ojos muy abiertos al sacerdote.

—Como mínimo —dijo Steffan— significa que todas estáis invitadas a Asland para asistir a nuestra boda que se celebrará el año que viene.

Las muchachas exclamaron y se miraron unas a otras mientras charlaban de que verían las cosas que había estudiado, y de la comida y los bailes.

—¡El océano! —dijo Esa—. Veremos el océano.

Katar se quedó sola con una sonrisa cortés en la cara. Miri se preguntó si en vez de pensar en ir a la capital, estaba pensando en que tendría que volver a casa.

La comitiva del príncipe preparó un almuerzo espléndido que consistía en carne fría, quesos, fruta y pan; todos se sentaron en los bancos de la academia y planificaron el viaje a las tierras bajas. Miri observó a Britta junto al chico que amaba. Le brillaban los ojos y tenía una amplia sonrisa sincera. Sus gestos perdieron aquella ansiedad nerviosa y se volvieron fluidos y seguros, pues se había quitado de encima el peso de su inseguridad.

Miri se sentía muy bien de corazón y sus labios insistían en expresar una sonrisa, pero por alguna razón no podía comer con tantas ganas como le gustaría. Se preguntó si estaría celosa porque no la habían escogido a ella. No, aquello no era cierto. Observó a Britta y a Steffan, cómo se inclinaban el uno hacia el otro, de manera que nadie parecía estar tan cerca.

El corazón de Miri le latía con fuerza. Debía de ser maravilloso sentirse tan segura, ser capaz de mirar a alguien a los ojos sin apartar la vista.

—No te vayas todavía a casa —le dijo Miri a Britta mientras el sacerdote les llamaba a ella y a Steffan para que salieran de la habitación.

Así que cuando Esa y la mayoría de las muchachas se marcharon al pueblo, Miri se quedó. Caminó por los pasillos de la academia mientras miraba las baldosas y calculaba qué partes serían las más fáciles de sacar para vender sin que se dañara el edificio. Hasta le echó un vistazo al armario, que ahora estaba vacío, y le dijo entre dientes a la oscuridad: «¡No te tengo miedo, diminuta rata! Soy una montañesa».

Quizás una hora más tarde, vio que Britta y Steffan caminaban juntos afuera. Steffan cogía a Britta por el brazo y hablaban en voz baja mientras acercaban las cabezas para oírse el uno al otro. Casi se tocaban por la frente y sus cabellos se mezclaban. Un halcón pasó por encima de ellos y cuando Britta y Steffan alzaron la vista para ver cómo descendía en espiral, Britta vio a Miri y le hizo una seña para que se acercara a ellos.

—¡Ahí estás! —exclamó Britta—Miri Larendaughter, te presento a Steffan.

—Ya nos conocimos —dijo Miri, haciendo una correcta reverencia— la noche que estabas enferma.

—Britta, ¿es por eso que no asististe al baile?

Britta asintió.

—Apenas estaba consciente. Creo que tenía miedo de que me consideraras una tonta por estar aquí y que eligieras a otra en mi lugar.

Steffan se rio y miró a Miri a los ojos para que también se riera.

—Britta, ¡yo ya sabía que estabas aquí! Tu padre envió un mensaje y yo me sentí tan aliviado, porque entonces tú y yo…

Se calló y esta vez él y Britta se pusieron colorados, pues el asunto de su matrimonio todavía les resultaba algo nuevo y embarazoso.

—Así que —continuó Steffan con la cabeza gacha—, cuando pensé que no estabas aquí después de todo, estaba tan desilusionado que no lo pude ocultar. Intenté conocer a todas las chicas y elegir a una, pero me temo que no me esforcé mucho. —Observó a Miri.

—Dio la estupenda impresión de una columna de piedra —dijo Miri.

—Steffan, no mostrarías tu lado estirado y formal, ¿no?

—¡Estaba nervioso! No estabas aquí y no me había preparado para conocer a nadie más.

—Me hubiera reído si te hubiera visto —dijo Britta.

—No te preocupes, ya lo hizo Miri por ti. Tenía que haberme imaginado que entre todas las chicas ella sería tu amiga. Perdón por dejar la academia de forma tan repentina, pero no podía tomar una decisión hasta saber qué le había pasado a Britta. Ya podéis imaginar mi frustración cuando volví a la capital y me enteré por uno de los sirvientes que había una chica de la academia que no había asistido al baile; y luego la nieve cerró el paso a la montaña y tuve que esperar todo este tiempo… Bueno, ha sido una invierno largo.

»Pasé más de lo que me habría gustado encerrado en una pequeña habitación con el sacerdote superior repasando libros de derecho. Quería asegurarme que no habría nada que obstaculizara nuestro compromiso, así que le hablé de ti, de que tus padres no eran de Monte Eskel y que todavía vivían. Nos llevó un par de meses, pero al final estuvo de acuerdo en que no había ninguna ley que lo impidiera. Aunque tengo la impresión de que los sacerdotes puede que enmienden esa norma antes de que nuestro… antes de que el próximo príncipe heredero se case.

Steffan se resistía a apartarse de Britta, pero un ministro no tardó en hacer que se reuniera con Olana para hablar y firmar unos documentos oficiales.

—Vuelvo enseguida —dijo varias veces y se daba la vuelta mientras se marchaba para saludar a Britta.

Britta le saludó también y se puso una mano en el pecho.

—Es como si me fuera a estallar el corazón. ¿Cómo puede ser todo tan maravilloso?

—Te lo mereces —dijo Miri.

—Estoy pensando en una cosa que lo haría mejor. —Britta sonrió como si tuviera un secreto—. Te acuerdas de lo que aprendimos sobre la diferencia entre un territorio y una provincia, ¿no?

—Ah —dijo Miri conmovida por la idea—, Monte Eskel necesitará un delegado que nos represente en la corte.

—Al ser una graduada de la academia y dama de la princesa te convierte en una candidata digna y sé que Steffan tendría muchas ganas de recomendarte al delegado principal. ¡Y entonces vivirías la mayoría del año conmigo en Asland!

La oferta era generosa y tentadora, una respuesta a los deseos de las flores miri, pero dudó sólo por un momento antes de decir:

—Llévate a Katar en vez de a mí.

—¿A Katar? Pero ¿por qué...?

—Es sólo tan horrible porque se siente una desgraciada. Será una delegada excelente, de verdad creo que lo será. Y a mí me gustaría pasar un tiempo en casa.

—Vale, pero preferiría estar contigo. —Britta vio a Steffan al otro lado del camino, le saludó y suspiró—. Cuando vengas a la boda la primavera que viene, tendrás la oportunidad de ver Asland y decidir si quieres quedarte. Podrías vivir en el palacio como dama de la princesa o asistir a la universidad y convertirte en profesora, o simplemente sentarte en la biblioteca y pasarte todo el año leyendo. Te advierto antes de que vengas que haré todo lo que pueda por retenerte allí.

—Eso espero. Me gustaría ver más del mundo. —Miri reconoció el gorro blanco y la camisa marrón del sacerdote, que estaba cerca del borde del acantilado contemplando las vistas—. No puedo evitar hacerme preguntas sobre la elección de la princesa. Quiero decir, si estabas destinada a ser una princesa, ¿por qué los sacerdotes no vaticinaron tu ciudad, Lonway, en vez de Monte Eskel?

Britta miró hacia el edificio.

—Tal vez los sacerdotes sí sabían lo que estaban haciendo. Tal vez Monte Eskel no necesitaba una princesa, sino sólo una academia.

El resto de las jóvenes se dirigían de vuelta al pueblo, saludaron a Britta mientras pasaban y le gritaron felicidades. Katar iba con ellas y miraba al suelo mientras caminaba.

—¡Katar, espera! —dijo Britta y corrió tras de ella.

Miri observó cómo Britta le ofrecía la invitación. La expresión de la cara de Katar cambió tan rápido como una tormenta de finales de verano. Su tensión anterior se relajó, la barbilla le empezó a temblar y apartó la cara. Miri sabía que a Katar le debía de doler mostrar una emoción como aquella y esperó que Britta fingiera no notarlo o que la dejara sola. Pero, en cambio, la abrazó.

Miri asintió al estar segura de que no había nadie mejor en el mundo para ser la primera amiga de Katar.

La comitiva real estaba enganchando los caballos a los carruajes y a los carros, por lo que Miri volvió corriendo a la academia con la esperanza de un último negocio. Tenía una moneda de oro en el bolsillo, un regalo de su padre, y quería usarlo bien.

—Me gustaría quedarme con las tablillas de arcilla y algunos libros —dijo al entrar en la clase.

Olana estaba metiendo el último libro en una bolsa de piel.

—Mantuve nuestro acuerdo. Britta me recomendará al príncipe para un buen trabajo en la capital, así que no tienes con qué amenazarme. Puedes quedarte con las tablillas, pero estos libros son de mi colección personal y no tienes nada de valor que darme a cambio.

Miri tiró la gruesa moneda de oro de su padre encima de la mesa de Olana. Repicó y dio vueltas hasta que se paró.

Olana la sacó de la mesa y la hizo desaparecer en su bolsa.

—Me he equivocado. Te puedes quedar con seis de estos libros. Desde luego sobresales en comercio.

Miri sospechó que Olana estaba siendo generosa, pero no discutió. Escogió seis libros y se los pegó al pecho. Parecían las cosas más valiosas del mundo, mejores que una monedita de oro y mejores que un carro lleno de línder. Leer aquellos libros le había cambiado y no podía esperar a que todo el pueblo notara aquella diferencia.

Se preguntó si debería despedirse de Olana antes de marcharse, pero le pareció violento, pues era algo que un amigo le diría a otro amigo. Así que caminó hasta la puerta sin decir palabra.

—Un momento, Miri.

Miri se paró. Olana sujetaba el cuadro de la casa.

—Dile a las otras chicas que yo... Podrías explicarles la carga que suponía para mí convertir a unas toscas muchachas de montaña en unas princesas, yo sola... —Se le tensó la voz, pero si estaba a punto de llorar, sus ojos no lo mostraron. Sacudió la cabeza y aquella expresión adusta habitual se apoderó de sus facciones—. Tenía que provocaros, ¿sabes? Tenía que haceros enfadar para que quisierais estudiar más para fastidiarme. No me arrepiento de lo cruel que fui, pero sí de una mentira que os conté. —Alzó con esfuerzo el cuadro—. Esta casa nunca ha existido. Traje esta pintura para incentivaros para ser aplicadas.

Miri creía que nada podía sorprenderla después de enterarse de la verdad sobre Britta, pero una vez más aquel día se tambaleó por la impresión. Había pasado horas mirando fijamente aquel cuadro, imaginándose a su padre y a Marda paseando por el jardín, atravesando la puerta y holgazaneando en unas sillas cómodas junto a la chimenea.

—Pero ¿cómo te ibas a marchar con esa mentira y quedarte tan fresca?

—Ahora ya no importa, ¿no? Por lo visto la familia de Britta ya tiene una finca mucho más grande que la casa del cuadro. Si el príncipe hubiera escogido a una de vosotras, dudo que los ministros reales tuvieran alguna intención de llevar a vuestras familias a la capital. Es inútil enfadarse por lo que hubiera podido pasar. —Olana colocó la pintura en una bolsa de tela y se la dio a Miri—. Ten. Tú eres la princesa de la academia. Te has ganado el cuadro.

Miri metió con cuidado las tablillas y los libros en aquella bolsa. Un regalo siempre era algo agradable, pero si venía de Olana, era un milagro. Y ahora tenía algo que darle a su familia. No era una casa de verdad y ya no estarían todo el día sentados viendo crecer las flores, pero su padre se hubiera aburrido y Marda hubiera echado de menos la montaña. Miri aún podía darles algo bonito y no tendría que marcharse nunca de casa. Al fin y al cabo, el cuadro era el mejor regalo.

—Gracias —dijo Miri, que no sólo se las daba por la pintura. Se marchó sin decir nada más y pensó que de todos modos «Gracias» era mejor que «Adiós».

Después de despedirse por última vez de Knut, Britta y Steffan, Miri empezó a caminar hacia casa, con la preciada bolsa en los brazos. Iba mirando al suelo delante de ella para no tropezarse y no se dio cuenta de que alguien se le acercaba hasta que notó que le tiraban de la bolsa.

Miri se sobresaltó al pensar que eran bandidos, pero era Peder.

—Hola —la saludó y le cogió el fardo.

—Peder, por poco se me sale el corazón del sitio...—Apartó la mirada, pues temía que mencionar su corazón a Peder fuera demasiado revelador.

—Pensé en venir a buscarte. Esa regresó hace horas y me contó lo de Britta. Vine a decirte que me alegro de que no te eligieran.

—Sí, y yo también.

Peder exhaló con fuerza.

—Estaba preocupado. Parecía que estos últimos meses en los que esperabas... ¿De verdad que estás bien?

Miri sonrió.

—Sí, estoy perfectamente.

Peder sonrió con aquella sonrisa de pillo.

—Eso es justo lo que estaba pensando.

Caminaron en silencio durante un rato, sin ser capaces de decir nada más después de aquello. Al final Peder volvió a hablar y le contó que su padre había accedido a que dedicara tiempo a tallar figuras en bloques de línder.

—Si los comerciantes están interesados —dijo Peder—, si pagan más que por un simple bloque de línder, dice que lo podré hace todo el tiempo. Creo que nunca me hubiera dado esta oportunidad si las cosas no fueran tan bien ahora. Gracias.

Miri tuvo el impulso de reírse o decir algo gracioso o burlón, pero en cambio dijo:

—De nada, Peder.

Luego sí que se rio sin ningún motivo, el corazón le latió fuerte y el estómago se le revolvió.

—¿Qué? —preguntó Peder—. ¿Qué te hace tanta gracia?

—Nada. Sólo me siento bien, tan bien como para reírme. El año que viene iré a la capital para la boda y tú también puedes ir. Puedes estudiar con los artesanos de la piedra y yo leer los libros de la biblioteca de palacio.

—¿Y si hay cien? ¿O mil?

Miri rehusó aquella idea.

—No puede haber tantos en todo el mundo... —Trató de imaginárselo. ¿Podría ser? ¿Cuánto tiempo tardaría en leerlos? ¿Y de qué hablarían?

—Si vas a leer cien libros, más vale que empieces pronto —dijo Peder.

—Quizá. Pero no he disfrutado de mi casa en mucho tiempo y ahora creo que puedo, quiero intentarlo. Quiero hacerle el desayuno a mi padre, ocuparme del jardín de Britta y ahorrarle a Marda que tenga que matar a los conejos en invierno. Y quiero abrir una academia en el pueblo donde cualquiera pueda venir a aprender. Esa me va a ayudar.

—Creo que le gustará mucho —dijo Peder.

—Lo he pensado y he decidido que tú también puedes ser un alumno si se te da bien.

—¿De verdad?

—Sí, supongo que sí —dijo con un suspiro exagerado—, pero tendrás que pagar algo, un halcón de línder.

Peder asintió como si estuviera impresionado.

—Una forma de pago interesante. ¿Por qué has pensado en eso?

—Antes tenía uno y era lo más... Bueno, en realidad, la cosa más valiosa que tuve fue la semana justo después de nacer, cuando mi madre me tuvo con ella y no me soltó para nada. Pero el halcón era la segunda cosa más valiosa para mí. Siento haberla perdido y si me haces otro, te prometo que los bandidos no me volverán a atrapar ni tendré que usarlo para salvar mi vida.

En vez de reírse, Peder levantó con esfuerzo la bolsa y tragó saliva; parecía muy nervioso.

—Por supuesto que te lo haré, pero me estaba preguntando otra cosa, si nosotros, si tú...

Peder sacudió la cabeza como si no quisiera perder el tiempo con las palabras, extendió la mano y le agarró la suya. Miri se mordió el labio para evitar apartarse. Estaba segura de que él notaba cómo latía su corazón en los dedos y sabría que por dentro estaba temblando y suspirando. Luego, después de unos instantes, dejó de preocuparse. Ella también notaba su corazón y le iba tan rápido como una liebre que huye.

Cuando entraron al pueblo, Peder seguía llevándola de la mano. Frid se les quedó mirando cuando pasaron, Esa se ruborizó, Gerti y sus tres hermanas pequeñas soltaron unas risitas y les siguieron cantando sobre un beso por cada pétalo de miri. Miri relajó la mano dos veces por si él quería dejarla, pero se la apretó incluso más fuerte.

Sólo cuando llegaron a su casa se la soltó.

—Podemos hablar más tarde o dar un paseo esta noche, si quieres.

Marda y su padre volvieron pronto de la cantera y estaban sentados sobre las grandes rocas que había al lado del jardín de Britta. Miri les dio el cuadro, apoyó la cabeza en el hombro de su padre y sonrió mientras murmuraban sobre la pintura.

Observaron cómo la luz cambiaba en el oeste mientras pintaba la tarde de amarillos y naranjas, y cantaron una armonía de tres partes. Su padre cantaba bajo, Marda alto y Miri hacía la melodía. «La plomada se balancea, el halcón aletea, Eskel canturrea.»

A sus pies, las hojas enroscadas que salían en el jardín de Britta eran más verdes que la hierba de la montaña, más verdes que las hojas de los pequeños árboles retorcidos, casi más verdes que el jardín del cuadro. Miri pensó que si mantenía a las cabras alejadas de allí, el jardín de Britta crecería para ser la cosa más verde que jamás había visto.

Se inclinó sobre la pequeña valla de roca para recoger unas esquirlas de línder que se habían caído encima de las plantas y tirarlas por la pendiente de la ladera. Entre los trocitos grises de restos de roca, el línder blanco y plateado brillaba como una joya. De entre las grietas de las rocas de alrededor, las miri ya estaban floreciendo.